D1334781

Sébastien Japrisot

La dame dans l'auto

avec des lunettes et un fusil

Denoël

Sébastien Japrisot, né à Marseille, a fait ses études chez les Jésuites, puis en Sorbonne. A dix-sept ans, il publie sous son vrai nom (Jean-Baptiste Rossi) un roman, « Les Mal Partis » qui obtient en 1966 le *Prix de l'Unanimité* (décerné par un jury qui comprend Sartre, Aragon, Elsa Triolet, Adamov, J.-L. Bory, Robert Merle). Il traduit, à vingt ans, « L'Attrape-Cœur » de Salinger, et plus tard les « Nouvelles ». Après une expérience de concepteur et de chef de publicité dans deux grandes agences parisiennes, il publie coup sur coup « Compartiment tueurs » et « Piège pour Cendrillon » (*Grand Prix de Littérature Policière*) qui rencontrent d'emblée la faveur de la critique et du public. Succès que viendra confirmer « La Dame dans l'auto avec des lunettes et un fusil » (*Prix d'Honneur* en France, *Best Crime Novel* en Grande-Bretagne). Après une période où il écrit directement pour le cinéma (« Adieu l'ami », « Le Passager de la pluie », « La Course du lièvre à travers les champs »), il revient à la littérature avec « L'Été meurtrier » (*Prix des Deux Magots*, 1978). Tous ses livres ont été portés à l'écran. Traduit dans de nombreux pays (Europe, Amérique, Japon, U.R.S.S., pays de l'Est), il est considéré comme l'un des écrivains français les plus lus à l'étranger.

PRÉFACE

— Vous considérez-vous, d'abord, comme un écrivain « policier » ?

Si Compartiment tueurs *et* Piège pour Cendrillon *sont des romans policiers, c'est qu'il était entendu avant que j'écrive qu'ils seraient publiés dans une collection policière.*

Pour La Dame dans l'auto, *il devait en être de même, mais il était trop long pour entrer dans la collection.*

Les trois livres ont profité du même malentendu : les critiques de romans policiers ont trouvé qu'ils étaient plus littéraires que les autres ; les critiques de romans-romans ont trouvé qu'ils étaient plus passionnants.

Enfin, c'est ce qu'ils ont dit.

— Ne peut-on dire que le sujet de *La Dame dans l'auto,* c'est l'aventure d'une femme en quête d'elle-même ? Et l'expérience dramatique qu'elle traverse, où elle a, peu à peu, le sentiment de devenir une autre, n'est-elle pas justement l'épreuve qui lui permet, à la fois, de se reconquérir et, d'une certaine façon, de s'accomplir ?

Excusez-moi.

Se reconquérir, s'accomplir, c'est le genre de mots qui semblent français et dont le sens m'échappe. Mais autant que je m'en souvienne, La Dame dans l'auto a bien assez de problèmes sans encore s'en inventer.

C'est moi, en l'écrivant, qui avais un problème. Compartiment tueurs et Piège pour Cendrillon dataient de deux ans. Beaucoup de mes relations commençaient à penser que le troisième livre ne viendrait jamais, parce que — disaient-ils — les louanges mêmes qui avaient accueilli les deux premiers me paralysaient. C'était faux, parce que je ne suis jamais d'accord avec ce qu'on raconte, en bien ou en mal, à propos de ce que j'écris, et en un sens c'était vrai parce que je voulais écrire un livre meilleur que les deux précédents.

J'ai donc mis, comme je l'ai dit, plus de temps à écrire, j'ai fait plus attention, je me suis appliqué. Quand on s'applique, on met plus de soi. C'est peut-être ce qui vous donne l'impression qu'il y a autre chose, dans ce livre, que la pure recherche d'un assassin.

Une fois, il était trois ou quatre heures du matin, et cela faisait plus de quinze heures que j'écrivais. On dormait, chez moi, le monde entier était endormi. Je voulais finir d'écrire un chapitre et je n'en pouvais plus, j'étais écœuré de mots, de cigarettes, et de juste-un-peu-d'alcool-pour-te-remonter. Alors, j'ai écrit une phrase pour m'encourager, à la suite des autres, c'était quelque chose comme : « Continue, tu n'as plus que ta main droite et ce cœur patraque, mais continue, ne te pose pas de questions, continue. » Je n'ai pas enlevé la phrase, elle est dans le livre. Je veux dire que moi aussi, j'y suis.

— N'éprouvez-vous pas une tendresse particulière pour les êtres jeunes, incertains d'eux-mêmes, et dont

vos romans, d'une certaine façon, retracent l'épanouis-
sement ?

*C'est vrai. C'est que j'aime bien l'adolescent que j'étais.
Ou, si l'on veut, ce que j'aime bien de moi, c'est
l'adolescent que j'étais. J'ai dit que j'ai essayé de le rester le
plus longtemps que j'ai pu. Si ce que j'écris, pendant que je
l'écris, me le fait retrouver, ou redevenir, c'est du temps
moins péniblement et moins bêtement gaspillé.*

La Dame dans l'auto, c'est mon personnage préféré.
*Elle ne m'embêtait jamais. Elle ne comprenait rien à ce qui
lui arrivait, c'est une chose magnifique chez un personnage, ça fait vrai. En outre, le plus souvent, je connaissais
les événements avant elle, c'était très exaltant. Une femme
qui laisse croire à un homme qu'il est intelligent, c'est rare.*

*J'ai même regretté, à la dernière ligne, que ce soit fini,
qu'elle parte faire sa vie sans moi. Et puis, je me suis dit
qu'un jour, je la retrouverais d'une manière ou d'une
autre.*

*Et voilà que cela s'est produit puisque le lecteur va la
retrouver Ou peut-être la découvrir.*

La dame

Je n'ai jamais vu la mer.

Le sol carrelé de noir et de blanc ondule comme l'eau à quelques centimètres de mes yeux.

J'ai mal à en mourir.

Je ne suis pas morte.

Quand on s'est jeté sur moi — je ne suis pas folle, quelqu'un, quelque chose s'est jeté sur moi — j'ai pensé : je n'ai jamais vu la mer. Depuis des heures, j'avais peur. Peur d'être arrêtée, peur de tout. Je m'étais fabriqué un tas d'excuses idiotes et c'est la plus idiote qui m'a traversé l'esprit : ne me faites pas de mal, je ne suis pas vraiment mauvaise, je voulais voir la mer.

Je sais aussi que j'ai crié, crié de toutes mes forces, et que mes cris pourtant sont restés enfermés dans ma poitrine. On m'arrachait du sol, on m'étouffait.

Criant, criant, criant, j'ai pensé encore : ce n'est pas vrai, c'est un cauchemar, je vais me réveiller dans ma chambre, il fera jour.

Et puis, ça.

Plus fort que tous les cris, oui, je l'ai entendu : le craquement des os de ma propre main, ma main qu'on écrasait.

La douleur n'est pas noire, n'est pas rouge. C'est un puits de lumière aveuglante qui n'existe que dans votre tête. Et vous tombez quand même dedans.

Frais le carrelage contre mon front. J'ai dû m'évanouir une seconde fois.

Ne pas bouger. Surtout ne bouge pas.

Je ne suis pas allongée sur le sol, mais à genoux, la fournaise de mon bras gauche contre mon ventre, pliée en deux sur la douleur que je voudrais retenir et qui envahit mes épaules, ma nuque, mes reins.

Tout près de mon œil, à travers le rideau de mes cheveux rabattus, une fourmi se déplace sur un carreau blanc. Plus loin, une forme grise, verticale, qui doit être le tuyau du lavabo.

Je ne me rappelle pas avoir enlevé mes lunettes. Elles ont dû tomber quand on m'a tirée en arrière — je ne suis pas folle, quelqu'un, quelque chose m'a tirée en arrière en étouffant mes cris — il faut que je retrouve mes lunettes.

Depuis combien de temps suis-je ainsi, à genoux dans une pièce de deux pas sur trois plongée dans la pénombre ? Plusieurs heures, à peine quelques secondes ? Je ne m'étais jamais évanouie de ma vie. C'est moins qu'une déchirure, un simple coup de griffe dans le souvenir.

Si j'étais ici depuis très longtemps, quelqu'un, dehors, se serait inquiété. Et puis, j'étais debout devant le lavabo, je lavais mes mains. Ma main droite, que je ramène contre ma joue, est encore humide.

16

Il faut que je retrouve mes lunettes, il faut que je me lève.

Quand je dresse la tête — brusquement, trop brusquement — le carrelage tournoie, j'ai peur de m'évanouir encore, mais tout s'apaise, le bourdonnement que j'ai dans les oreilles et même la douleur. Elle reflue tout entière dans ma main gauche, que je ne regarde pas, mais qui me semble de pierre, démesurément enflée.

M'accrocher de la main droite au lavabo, me lever.

Debout, mon image brouillée se déplaçant avec moi dans le miroir qui me fait face, j'ai l'impression que le temps se remet à battre.

Je sais où je suis : les toilettes d'une station-service, sur la route d'Avallon. Je sais qui je suis : une idiote qui fuit la police, un visage vers lequel je tends mon visage presque à le toucher, une main qui me fait mal et que j'élève jusqu'à mes yeux pour la voir, une larme qui a coulé le long de ma joue et qui tombe sur cette main, le bruit d'une respiration dans un monde si étrangement silencieux, moi.

Près du miroir où je me vois, j'ai posé, en entrant, mon sac à main sur une tablette. Il y est toujours.

Je l'ouvre comme je peux, avec ma main droite et avec mes dents, je cherche ma seconde paire de lunettes, celles que je mets pour taper à la machine.

Net à présent, mon visage dans la glace est maculé de poussière, pleurard, étiré par la peur.

Je n'ose plus regarder ma main gauche, que je tiens contre moi, pressée sur mon tailleur blanc tout sali.

La porte de la pièce est fermée. Je l'ai pourtant laissée ouverte derrière moi quand je suis entrée.

Je ne suis pas folle. J'ai arrêté la voiture. J'ai demandé qu'on fasse le plein d'essence. Je voulais me donner un coup de peigne, me laver les mains. On m'a indiqué une bâtisse aux murs blancs, à l'écart de la station. A l'intérieur, il faisait trop sombre pour moi, je n'ai pas refermé la porte. Je ne sais plus si c'est arrivé tout de suite, si je me suis recoiffée. Je me rappelle seulement que j'ai ouvert un robinet du lavabo, que l'eau était fraîche — mais si, je me suis recoiffée, j'en suis sûre ! — et soudain, il y a eu comme un déplacement d'air, une présence, je ne sais quoi de vivant et de brutal derrière moi. On m'a arrachée du sol, j'ai crié de toutes mes forces sans que mes cris puissent sortir de ma poitrine, je n'ai pas eu le temps de comprendre ce qui m'arrivait, la douleur qui trouait ma main me foudroyait tout entière, j'étais à genoux, j'étais seule, je suis là.

Rouvrir mon sac.

Mon argent est à sa place, dans l'enveloppe à en-tête du bureau. On ne m'a rien pris.

C'est absurde, c'est impossible.

Je compte les billets, m'embrouille, recommence, un voile froid me passe sur le cœur : on ne voulait pas me prendre mon argent, ni rien d'autre, tout ce qu'on voulait — je suis folle, je vais devenir folle — c'est me casser la main.

Je regarde ma main gauche, mes doigts énormes et violacés, et soudain je n'en peux plus, je m'affale contre le lavabo, je retombe à genoux et je hurle. Je hurlerai comme une bête jusqu'à la fin des temps, je hurlerai, pleurerai et trépignerai jusqu'à ce que quelqu'un vienne et que je revoie la lumière du jour.

18

J'entends des pas précipités, dehors, des voix, le gravier qui crisse.

Je hurle.

La porte s'ouvre d'un grand coup sur un monde éblouissant.

Le soleil de juillet n'a pas changé de place au-dessus des collines. Les hommes qui entrent et se penchent sur moi, parlant tous à la fois, sont les mêmes que j'ai croisés en descendant de voiture. Je reconnais le garagiste, deux clients qui doivent être de la région et qui, eux aussi, s'étaient arrêtés pour faire le plein d'essence.

Tandis qu'on m'aide à me relever, sanglotant tout mon saoul, mon esprit s'accroche à un détail imbécile : le robinet du lavabo coule toujours. Il y a un instant, je ne l'entendais même pas. Je veux fermer ce robinet, il faut que je le ferme.

Ceux qui me regardent faire ne comprennent pas. Ni que j'ignore depuis combien de temps je suis là. Ni que j'aie deux paires de lunettes : en me tendant celles qui étaient tombées, on me fait répéter dix fois qu'elles sont à moi, vraiment à moi. On me dit : « Calmez-vous, voyons, calmez-vous », on me prend pour une folle.

Dehors, tout est si clair, si tranquille, si terriblement réel que mes larmes s'arrêtent d'un coup. C'est une station-service comme les autres. Des pompes à essence, du gravier, des murs blancs, une affiche criarde collée sur une vitre, une haie de fusains et de lauriers-roses. Six heures du soir en été. Comment ai-je pu crier, me rouler par terre ?

La voiture est à l'endroit où je l'ai laissée. En

l'apercevant, je retrouve ma vieille angoisse, celle qui était tapie en moi quand c'est arrivé. On va m'interroger, me demander d'où je viens, ce que j'ai fait, je répondrai tout de travers, on devinera ce que je cache.

Sur le seuil du bureau vers lequel on me conduit, une femme en tablier bleu et une gamine de six ou sept ans m'attendent, visage curieux, à peine inquiet, comme au spectacle.

Hier soir aussi, à la même heure, sa poupée dans les bras, une petite fille aux longs cheveux me regardait approcher. Et hier soir aussi, j'avais honte. Je ne sais plus de quoi j'avais honte.

Ou plutôt si, je le sais. Je le sais bien. Les yeux des enfants me sont insupportables. Il y a toujours, derrière, la petite fille que j'étais, qui me regarde venir.

La mer.

Si les choses tournent mal, qu'on m'arrête, que je doive fournir — comment dit-on cela ? — un alibi, une explication, c'est par là qu'il faudra commencer.

Ce ne sera pas tout à fait la vérité, mais je parlerai longtemps, sans reprendre haleine, avec des sanglots dans la voix, je serai la victime naïve d'un rêve à quatre sous. J'inventerai n'importe quoi pour faire plus vrai : des crises de dédoublement de la personnalité, des grands-parents alcooliques, ou que je suis tombée d'un escalier quand j'étais petite. Je veux écœurer ceux qui m'interrogent, je veux les noyer sous un torrent de sirupeuses inepties.

Je leur dirai : je ne me suis pas rendu compte de ce

que je faisais, c'était moi et ce n'était pas moi, vous comprenez ? Moi, j'ai pensé que ce serait une bonne occasion de voir la mer. C'est l'autre, la coupable.

Ils me répondront, bien sûr, que si j'avais tellement envie de la voir, la mer, j'aurais pu le faire depuis longtemps. Je n'avais qu'à prendre un billet de chemin de fer et me pointer comme pensionnaire à Palavas-les-Flots, on en connaît d'autres qui n'en sont pas mortes, ça existe les congés payés.

Je leur dirai que j'ai souvent voulu le faire, que je n'ai pas pu.

C'est vrai, d'ailleurs. Chaque été, depuis six ans, j'écris à des syndicats d'initiative, à des hôtels, je reçois des prospectus, je m'arrête devant les vitrines pour regarder les maillots de bain. Une fois, j'ai même été à un doigt — le doigt qui, en définitive, n'a pas appuyé sur un bouton de sonnette — de m'inscrire à un club de vacances. Quatorze jours sur une plage des Baléares, aller-retour en avion et visite de Palma compris, orchestre, maître nageur et bateau à voile réservés pour la durée du séjour, beau temps assuré par l'Union-Vie, je ne sais quoi encore, rien que de lire le programme on bronzait. Mais comprenne qui pourra, chaque été, je passe la moitié de mes vacances à l'Hôtel Principal (il n'y en a qu'un) de Montbriand, Haute-Loire, et l'autre moitié près de Compiègne, chez une ancienne camarade de classe qui a « un mari à elle » et une belle-mère sourde. On fait des belotes bridgées.

Ce n'est pourtant pas que je tienne à mes habitudes, ni que j'aie une telle passion pour les jeux de cartes. Ce n'est pas non plus que je sois particulièrement timide. Il faut même un sacré culot pour abreuver son entourage de souvenirs aquatiques et tropéziens quand on revient de la forêt de Compiègne. Alors, je ne sais pas.

Je déteste les gens qui ont vu la mer, je déteste ceux qui ne l'ont pas vue, je crois que je déteste le monde entier. Voilà. Je crois que je me déteste moi-même. Si cela aussi explique quelque chose, d'accord.

Mon nom est Dany Longo. Plus exactement, Marie, Virginie Longo. J'ai inventé Danielle quand j'étais petite. Je mens depuis que je respire. A présent, Virginie me plairait bien, mais pour le faire entendre aux autres, c'est tintin.

J'ai vingt-six ans pour l'état civil, onze ou douze pour l'âge mental, cent soixante-huit centimètres de haut, des cheveux vaguement blonds que je décolore chaque mois avec de l'eau oxygénée à trente volumes, je ne suis pas laide mais je porte des lunettes — aux verres fumés, mon canard, pour cacher que je suis myope — et tout le monde s'en rend compte, abrutie — et ce que je sais faire le plus correctement, c'est me taire.

Je n'ai d'ailleurs jamais parlé à personne pour dire autre chose que passez-moi le sel, sauf deux fois, et deux fois, j'ai eu mal. Je déteste les gens qui ne comprennent pas la première fois qu'on leur tape sur les doigts. Je me déteste.

Je suis née dans un village des Flandres dont je ne me rappelle qu'une odeur, celle du charbon mêlé de boue que les femmes ont le droit de ramasser aux abords des mines. Mon père, un émigré italien qui travaillait à la gare, est mort quand j'avais deux ans, écrasé par un wagon dans lequel il venait de voler une caisse remplie d'épingles de sûreté. Comme c'est de lui que je tiens ma myopie, je présume qu'il avait mal lu ce qui était imprimé dessus.

Ceci se passait pendant l'Occupation et le convoi était destiné à l'armée allemande. Quelques années plus tard, mon père fut en quelque sorte réhabilité. Je garde en souvenir de lui, dans je ne sais quel tiroir de ma commode, une médaille en argent, ou en métal argenté, ornée d'une frêle jeune fille qui brise ses chaînes comme un costaud de foire. Chaque fois que je vois un briseur de chaînes faire son numéro sur le trottoir, je pense à mon père, je ne peux pas m'en empêcher.

Mais il n'y a pas que des héros dans ma famille. A la Libération, moins de deux ans après la mort de son époux, ma mère s'est jetée par une fenêtre de notre mairie, alors qu'on venait de lui raser la tête. D'elle, je ne garde rien. Si un jour je raconte ceci à quelqu'un, j'ajouterai : même pas une mèche de cheveux. On pourra ouvrir des yeux horrifiés, ça m'est égal.

Je ne l'avais vue que deux ou trois fois en deux ans, la pauvre fille, dans un parloir d'orphelinat. Je serais incapable de dire comment elle était. Pauvre, avec des airs de pauvre, probablement. Elle venait d'Italie, elle aussi. Elle s'appelait Renata Castellani. Née à San Appolinare, province de Frosinone. Elle avait vingt-quatre ans quand elle est morte. J'ai une maman plus jeune que moi.

Tout cela, je l'ai lu sur mon extrait de naissance. Les sœurs qui m'ont élevée ont toujours refusé de me parler de ma mère. Après mes bachots, quand on m'a émancipée, je suis retournée au village où nous habitions. On m'a montré l'endroit du cimetière où elle est enterrée. Je voulais économiser pour faire quelque chose, lui payer une tombe, mais il y avait d'autres personnes avec elle, on ne m'a pas permis.

Et puis, je m'en fiche.

J'ai travaillé quelques mois au Mans, comme secrétaire dans une fabrique de jouets, puis à Noyon chez un notaire. J'avais vingt ans quand j'ai trouvé une place à Paris. J'ai changé de place, mais à Paris, j'y suis toujours. Je gagne actuellement 1 270 francs par mois, charges sociales déduites, pour taper à la machine, classer des dossiers, répondre au téléphone, et à l'occasion vider les corbeilles à papier, dans une agence de publicité qui emploie vingt-huit personnes.

Ce salaire me permet de me nourrir de steaks-frites au déjeuner, de yaourts et de confitures au dîner, de m'habiller à peu près comme j'aime l'être, de régler le loyer d'une chambre-cuisine-cabinet de toilette rue de Grenelle, de me meubler l'esprit chaque quinzaine avec *Marie-Claire,* chaque soir avec une télé deux chaînes-grand écran-super lumineux, dont il ne me reste plus que trois traites à payer. Je dors bien, je ne bois pas d'alcool, je fume modérément, j'ai eu quelques liaisons mais pas de celles qui puissent effaroucher une concierge, je n'ai pas de concierge mais l'estime de mes voisins de palier, je suis libre, sans soucis, et parfaitement malheureuse.

Il est probable que ceux qui me connaissent — les maquettistes de l'agence comme l'épicière de mon quartier — seraient ahuris que je puisse me plaindre. Mais il faut bien que je me plaigne. J'ai compris avant

24

de savoir marcher que si je ne le faisais pas, personne ne le ferait pour moi.

Hier soir, vendredi 10 juillet. Il me semble que c'était il y a un siècle, dans une autre vie.

Il ne devait pas rester plus d'une heure avant la fermeture de l'agence. Celle-ci occupe deux étages, naguère habités, d'un immeuble tout en volutes et en colonnades, près du Trocadéro. On a laissé un peu partout des lustres en cristal qui tintinnabulent aux courants d'air, des cheminées de marbre, des miroirs ternis. Mon bureau est au second.

Il y avait du soleil sur la fenêtre, derrière moi, du soleil sur les papiers qui couvraient ma table. J'avais vérifié le plan de campagne de Frosey (l'eau de toilette fraîche comme la rosée), passé vingt minutes au téléphone pour qu'on nous rabatte le prix d'une annonce mal venue dans un hebdomadaire, tapé deux lettres à la machine. Un peu plus tôt, j'étais descendue comme tous les jours boire un café au bar-tabacs voisin, avec deux rédactrices et un joli-cœur de l'achat d'espace. C'est lui qui m'avait demandé de téléphoner pour l'annonce massacrée. Quand il marchande lui-même, il se laisse toujours avoir.

C'était un après-midi comme les autres, et pourtant pas tout à fait. Au studio, les dessinateurs parlaient de voitures et de Kiki Caron, des nanas désœuvrées passaient chez moi pour me piquer des cigarettes, l'assistant de l'assistant du patron, qui fait du bruit et des ronds de jambes pour paraître indispensable,

25

braillait dans un couloir. Rien ne différenciait le climat de celui des autres jours, mais on devinait chez tout le monde cette impatience, cette jubilation rentrée qui précède les longs week-ends.

Le 14 Juillet, cette année, tombant un mardi, il est entendu depuis au moins janvier dernier (c'est-à-dire au moment où nous avons reçu nos agendas) qu'on ferait le pont sur quatre jours. Pour rattraper la journée du lundi, on a travaillé deux matinées de samedi quand personne n'était en vacances — sauf moi. J'ai pris mes vacances en juin. Non pas pour arranger quelqu'un d'autre qui voulait les prendre en juillet, mais parce que, Dieu me damne si je mens, même l'Hôtel Principal de Montbriand, Haute-Loire, était complet pour le reste de la saison. Les gens sont dingues.

Il y a cela aussi, qu'il faudra expliquer si l'on m'arrête : mon retour d'un congé soi-disant méditerranéen, bronzée aux 220 volts (je me suis offert une lampe à ultra-violets pour un anniversaire, cent quatre-vingts francs, il paraît que ça donne le cancer mais je m'en fiche), au milieu d'un tas d'excités qui, eux, se préparaient à partir. Pour moi, c'était fini, kaputt jusqu'à l'éternité de l'an prochain, et la période des vacances, en ce qui me concerne, a du moins cette qualité que je peux l'oublier très facilement et sans regret en franchissant la porte de mon bureau. Mais pardon, on s'est chargé de prolonger l'agonie, elle n'est morte qu'à petit feu.

Les garçons, c'était la Yougoslavie. Je ne sais comment ils se débrouillent, mais ils placent des dessins de boîtes de conserve aux Yougoslaves, ils ont toujours de l'argent bloqué là-bas. Ils disent que c'est pas grand-chose, mais que pour cinq voltaires par jour on vit comme un nabab sur des plages à couper le souffle, avec sa femme, la sœur de sa femme et tous ses gosses, et quand on est futé pour passer la douane, on ramène même des souvenirs, de quoi boire, ou une fourche de paysan que ça te fait un portemanteau un peu là. J'en avais la tête pleine, de la Yougoslavie.

Les filles, elles, c'était plutôt le Cap-d'Antibes. Si tu y passes, viens me voir, j'ai un copain tout près il a une piscine, il met un liquide spécial pour la densité de l'eau, même quand tu nages comme une savate tu es obligée de flotter. A l'heure du déjeuner, elles écumaient le Prisunic ou Inno-Passy, un sandwich dans une main et leurs gratifications de juillet dans l'autre. Je les voyais rappliquer au bureau avec des yeux qui donnaient déjà sur la mer, rouges d'avoir couru et de s'être crêpé le chignon sur des soldes, les bras chargés de leurs découvertes, la robe à danser en nylon qui tient dans un paquet de cigarettes ou le transistor made-in-Japan avec magnétophone incorporé, on peut piquer tous les trucs d'Europe I en même temps que ça passe, il y a deux bobines en prime et l'emballage sert de sac de plage, quand tu le gonfles ça fait un oreiller. Dieu me damne si je mens, il y en a même une, un après-midi, qui m'a appelée aux toilettes pour me demander mon avis sur son nouveau maillot de bain.

Mes vingt-six ans, je les ai eus le 4 juillet, samedi dernier, après les effusions du grand départ. Je suis restée chez moi, j'ai fait un peu de ménage, je n'ai vu personne. Je me sentais vieille, hors du coup, définitivement vieille, triste, myope et stupide. Et jalouse comme il n'est pas permis. Même quand on croit ne plus croire en Dieu, jalouse à ce point-là, ce doit être un péché.

Hier soir, ça n'allait guère mieux. Il y avait la perspective de ce week-end interminable, durant lequel je ne saurais quoi faire, et aussi — et surtout — les projets des autres que j'entendais dans les bureaux voisins, un peu parce qu'ils parlent fort, un peu parce que je suis une fichue masochiste et que je les écoutais.

Les autres ont toujours des projets. Moi, je ne sais rien prévoir, je donne des coups de fil au dernier moment, et neuf fois sur dix il n'y a personne ou l'on est engagé pour autre chose. Pire encore, une fois j'ai arrangé un dîner chez moi, avec une journaliste qui me rend service dans mon travail et un acteur assez connu qui était son amant, plus un dessinateur de l'agence pour ne pas avoir l'air d'une gourde. On a pris rendez-vous quinze jours à l'avance, je l'ai noté sur quinze pages de mon agenda, et quand ils sont arrivés, salut-comment ça va, j'avais complètement oublié, tout ce que je pouvais leur donner c'était des yaourts et des confitures, on est allé dîner dans un chinois et ç'a été tout un cirque pour qu'on me laisse payer l'addition.

Je ne sais pas pourquoi je suis comme ça. Peut-être à cause des dix-huit années de ma vie où je n'ai eu qu'à suivre les rangs. Les projets pour les vacances ou pour un simple dimanche, on les faisait pour moi et c'était toujours les mêmes : je repeignais la chapelle avec celles qui, comme moi, n'avaient personne en dehors de l'orphelinat (j'adorais peindre, d'ailleurs), je traînais avec un ballon sous le bras dans des cours de récréation désertes, quelquefois on me conduisait à Roubaix où Maman-Sup, notre Supérieure, avait un frère pharmacien. Je restais quelques jours à tenir la caisse, on me donnait avant chaque repas des ampoules de fortifiant, puis Maman-Sup venait me reprendre.

A seize ans, au cours d'un de ces voyages à Roubaix, j'ai fait ou dit quelque chose qui l'a rendue triste — je ne sais plus quoi, c'était sans importance — et elle a décidé, juste avant de le prendre, que nous manquerions le train qui devait nous ramener. Elle m'a fait goûter des coquillages dans une brasserie et nous sommes allées au cinéma. Nous avons vu : *Le Boulevard du Crépuscule*. Maman-Sup, en sortant, était malade de honte. Elle avait choisi ce film parce qu'elle conservait un souvenir impérissable de Gloria Swanson dans des rôles de pure jeune fille, elle ne se doutait certes pas qu'il allait étaler devant mes yeux, en moins de deux heures, les turpitudes qu'on s'efforçait depuis toujours de me cacher.

Je pleurais moi aussi sur le chemin de la gare (nous avons dû courir comme des folles pour attraper le dernier train), mais je ne pleurais pas de honte, je pleurais d'émerveillement, j'étais broyée par un chagrin délicieux, j'étais suffoquée d'amour. C'est le premier film que j'ai vu et le plus beau de toute ma vie. Quand elle tire sur William Holden et qu'il titube sous les balles jusqu'à la piscine, quand Eric von Stroheim dirige les caméras des actualités et qu'elle descend l'escalier en croyant tourner un nouveau rôle, j'ai cru que j'allais mourir là, sur mon siège, dans un cinéma de Roubaix. Je ne peux pas expliquer. J'étais amoureuse d'eux, j'aurais voulu être eux, tous les trois, Holden, Stroheim et Gloria Swanson. Même la petite amie d'Holden, je l'aimais. Quand elle se promène avec lui dans les décors du studio vide, j'ai souhaité avec le plus grand désespoir d'être enfermée dans cette histoire, et qu'elle recommence sans fin et que je n'en sorte jamais plus.

Pour se réconforter, dans le train, Maman-Sup ne cessait de répéter que Dieu merci, le plus pénible de ce tissu d'aberrations n'était que sous-entendu, qu'il dépassait d'ailleurs son propre entendement, et que je n'avais certainement pas pu le comprendre. Mais j'ai revu le film plusieurs fois, depuis que je suis à Paris, et je sais bien que pour l'essentiel, au premier choc, rien ne m'avait échappé.

Hier soir, au moment où je cachetais les deux lettres que je venais de taper à la machine, j'ai pensé que j'irais au cinéma. C'est probablement ce que j'aurais fais si je possédais le dixième de la jugeote qu'on m'attribue dans mes meilleurs jours — et ça ne va pas très loin. J'aurais décroché le téléphone et, pour une fois quelques heures à l'avance, trouvé quelqu'un qui m'accompagne. Ensuite, je me connais, une bombe à hydrogène sur Paris n'aurait pas suffi pour que je me décommande, rien ne serait arrivé.

Et puis, qui le sait ? La vérité, c'est qu'hier, aujourd'hui ou dans six mois, ce genre de choses devait m'arriver de toute façon. Je suis à moi seule une fatalité.

Je n'ai pas décroché le téléphone. J'ai allumé une cigarette et je suis allée porter mes deux lettres dans la corbeille à courrier qui se trouve dans le couloir. Puis je suis descendue à l'étage en dessous. J'ai passé quelques minutes dans le débarras où l'on range les journaux et qu'on appelle pompeusement « la Docu mentation ». Georgette, la fille qui s'en occupe, découpait des annonces en tirant la langue. J'ai regardé les programmes de cinéma dans *Le Figaro* du matin, mais n'ai rien trouvé qui me plaisait.

Quand je suis remontée, le patron m'attendait dans mon bureau. En ouvrant la porte et en le trouvant là, debout dans une pièce que je croyais vide, j'ai eu un coup au cœur.

C'est un homme de quarante-cinq ans, peut-être un peu plus, d'assez haute taille, qui pèse près de cent kilos. Il a les cheveux coupés court, presque ras. Ses traits sont empâtés mais agréables et l'on dit même que plus jeune, plus mince, il était beau. Il s'appelle Michel Caravaille. C'est lui qui a fondé l'agence. Il est doué pour la publicité, il sait expliquer clairement ce qu'il veut obtenir, et dans un métier où il s'agit autant de convaincre l'annonceur qui nous paie que le public qui achète, c'est un vendeur de premier ordre.

Ses rapports avec le personnel et l'intérêt qu'il lui porte se limitent aux questions de travail. En ce qui me concerne, je ne le connais guère. Je ne le vois qu'une fois par semaine, le lundi matin, au cours d'une réunion d'une demi-heure qui se tient dans son bureau et où il fait le point des affaires courantes. Encore ne suis-je là que pour prendre des notes.

Il y a trois ans, il a épousé une fille — elle a mon âge et se nomme Anita — dont j'ai été la secrétaire dans une autre agence de publicité. Nous étions amies autant qu'on peut l'être quand on passe quarante heures par semaine dans le même bureau, qu'on déjeune chaque jour ensemble au self-service de la rue

La Boétie, et qu'on se retrouve un samedi ou un autre pour aller au music-hall.

C'est elle, quand ils se sont mariés, qui m'a proposé d'entrer chez Caravaille. Elle y travaillait depuis quelques mois. Je fais à peu près ce qu'elle faisait, sans son talent qui était grand, ni son avidité de réussite, ni évidemment son salaire. Je n'ai jamais rencontré personne qui mît autant d'acharnement et d'égoïsme à se propulser. Elle partait du principe que dans un monde où les autres apprennent à se courber devant les orages, il faut en créer pour leur marcher dessus. On l'appelait Anita-Je-t'emmerde. Elle le savait, et c'est même ainsi qu'elle signait sa note de service quand elle matraquait quelqu'un.

Environ trois semaines après son mariage, elle a eu une petite fille. Depuis, elle ne travaille plus et je ne la vois pratiquement jamais. Quant à Michel Caravaille, je pensais (je le pensais jusqu'à hier soir) qu'il avait même oublié que je connaissais sa femme.

Il paraissait fatigué, ou préoccupé, avec ce teint blafard qu'il a quelquefois quand il suit depuis plusieurs jours un régime pour maigrir. Il m'a appelée Dany et m'a dit qu'il avait des ennuis.

J'ai vu que des dossiers encombraient le fauteuil de visiteur qui se trouve devant ma table. Je les ai enlevés, mais il ne s'est pas assis. Il regardait autour de lui comme s'il entrait dans mon bureau pour la première fois.

Il m'a dit qu'il prenait le lendemain un avion pour la Suisse. Nous avons un client important à Genève : Milkaby, le lait en poudre pour les bébés. Il pouvait emporter avec lui, pour vendre la prochaine campagne, des maquettes, des tirés à part sur papier glacé, des photos en couleurs — de quoi se défendre honorablement pendant une heure ou deux face à une douzaine de directeurs et de sous-directeurs aux visages de glace et aux gestes manucurés. C'est notre force de frappe littéraire qui risquait de manquer l'avion. Il m'a expliqué sans sourire (si je n'ai pas entendu ce genre d'explication cent fois, je ne l'ai jamais entendu) qu'on avait rédigé tout un rapport sur la politique des concurrents et la nôtre, mais qu'au dernier moment, il avait dû tout modifier, que c'était à l'état de brouillon informe et qu'autant le dire, il n'avait plus rien à présenter du tout.

Il parlait vite, sans me regarder, parce qu'il était gêné d'avoir à me demander un service. Il m'a dit qu'il ne pouvait pas partir tout nu. Il ne pouvait pas non plus reculer son rendez-vous avec Milkaby, il l'avait déjà fait deux fois. Même suisses, ils comprendraient à la troisième que nous étions une bande de pignoufs et que mieux valait porter leur lait en poudre gratuitement à domicile.

Je voyais plus que vaguement où il voulait en venir, mais je n'ai rien dit. Il y a eu un silence, durant lequel il jouait machinalement avec un des jouets minuscules alignés sur ma table. Je m'étais assise. J'ai allumé une nouvelle cigarette. Je lui ai montré mon paquet de Gitanes, mais il n'en a pas voulu.

Il m'a demandé enfin si j'avais prévu de faire quelque chose de ma soirée. Il s'exprime souvent ainsi, de manière sophistiquée, quelque peu offensante. Je le crois incapable d'imaginer que je puisse faire quoi que ce soit de mes soirées, sinon dormir pour être d'attaque

33

au bureau le lendemain. Je ne savais pas, pauvre gourde, si j'avais envie de répondre oui ou non, et j'ai dit d'une voix qui se voulait impersonnelle :

— Il y a combien de pages à taper ?

— Une cinquantaine.

J'ai soufflé la fumée que j'avais dans la bouche en un joli nuage réprobateur, tout en pensant, ce qui gâchait tout, tu souffles la fumée comme dans les films, il va bien le voir que tu te rends intéressante.

— Et vous voulez que je fasse ça ce soir ? Mais je suis pas cap, moi ! Je fais du six pages à l'heure. Et encore, le pied au plancher. Prenez Mme Blondeau, elle y arrivera peut-être.

Il m'a dit que son avion ne partait qu'à midi. De toute manière, il n'était pas question de confier ce travail à Mme Blondeau : elle tapait vite mais ne comprendrait rien à un texte truffé de corrections, de renvois, de phrases à terminer. Moi, j'étais au courant.

Il a dit une chose aussi, et je pense que c'est cela qui m'a décidée. Il ne voulait pas — il n'a jamais voulu — qu'on reste au bureau après l'heure de la fermeture, surtout pour un concerto de machine à écrire. Il y a des gens qui habitent aux étages supérieurs et le droit au bail de l'agence ne survit que par d'obscures tractations administratives. Il m'a dit que je viendrais travailler chez lui, où je pourrais dormir, de manière à ne pas perdre de temps si je n'avais pas fini le soir même. Je finirais le lendemain matin avant son départ.

Je n'étais jamais allée chez lui. Cela et la perspective de revoir Anita, c'était trop pour que je refuse. En une seconde ou deux — le temps qu'il s'impatiente et dise lui-même bon, c'est entendu — je ne sais pas ce que j'ai imaginé. Je suis idiote. Un dîner à trois, tu vois, dans une grande pièce aux lumières tamisées. Des rires feutrés en évoquant des souvenirs. Mais voyons, si, reprenez du crabe. Anita me conduit par la main vers ma chambre, un rien attendrie et sentimentale à cause du vin que nous avons bu. Une fenêtre est ouverte sur la nuit et l'air gonfle les rideaux.

Il m'a douchée tout de suite. Il a regardé sa montre en disant que je serais tranquille pour travailler, ses domestiques étaient retournés en Espagne pour les vacances, et il avait une corvée à remplir avec Anita, un festival de films publicitaires au palais de Chaillot. Il a quand même ajouté :

— Anita sera heureuse de vous revoir. Vous étiez un peu sa protégée, n'est-ce pas ?

Mais c'était sans me regarder, en allant vers la porte, exactement comme si je n'existais pas — je veux dire pas en tant qu'être humain, et en tout cas pas davantage qu'une IBM électrique à caractères « Président ».

Avant de sortir, il s'est retourné, il a fait un geste vague pour montrer ma table. Il m'a demandé s'il me restait quelque chose d'important à faire. Je pensais corriger les épreuves d'une brochure industrielle, mais cela pouvait attendre, et pour une fois qu'il me venait une réplique raisonnable je ne l'ai pas manquée ;

— Toucher mon argent.

Il s'agit d'un mois double qui nous est payé moitié en décembre, moitié en juillet. Ceux qui sont en vacances ont reçu leur enveloppe avec la paye de juin. Les autres la reçoivent pour le 14 Juillet. C'est le chef comptable, comme aux fins de mois, qui passe dans les bureaux et la remet en main propre à chacun. En général, il vient chez moi une demi-heure à peine avant la sortie. Il va d'abord à la rédaction, où il déclenche une sorte de cataclysme, mais hier soir, je n'avais pas encore entendu les rédactrices se jeter sur le pauvre homme.

Le patron restait immobile, la main sur la poignée de la porte. Il a déclaré qu'il rentrait chez lui et qu'il pensait m'emmener tout de suite. Il me donnerait lui-même mon enveloppe, ce qui lui permettrait d'y ajouter quelque chose — mettons trois cents francs si je le voulais bien.

Il y avait une sorte de soulagement dans son regard, et moi aussi, évidemment, j'étais contente, mais pour lui ç'a été très bref, comme si je venais simplement de lui fournir l'occasion de régler une question embarrassante.

— Prenez vos affaires, Dany. Je vous retrouve en bas dans cinq minutes. Ma voiture est sous le porche.

Il est sorti en fermant la porte derrière lui. Presque aussitôt, il l'a rouverte. J'étais en train de remettre dans l'alignement des autres le jouet qu'il avait déplacé. Un petit éléphant articulé, rose bonbon. Il a remarqué le soin que je mettais à le faire, et il m'a dit : « Je vous demande pardon. » Il comptait sur ma discrétion, auprès des autres, pour ce travail hors du bureau. J'ai compris qu'il ne voulait pas que je parle du rapport en retard, qu'il se sentait un peu coupable. Il a voulu dire autre chose, peut-être m'expliquer qu'il se sentait coupable, mais finalement, il a regardé le petit éléphant rose et il est parti pour de bon.

Je suis restée un moment assise à me demander ce

36

qui se passerait si je n'étais pas capable de taper ces cinquante pages avant son départ. Quitte à travailler une partie de la nuit, je trouverais le temps nécessaire, ce n'était pas cela qui m'inquiétait. Mais je ne peux pas compter sur mes yeux pendant plusieurs heures. Ils deviennent rouges, s'emplissent d'étoiles et de larmes, et j'ai parfois si mal que je n'y vois plus.

Je pensais aussi à Anita, et à des choses idiotes : si j'avais su le matin que je devais la rencontrer, j'aurais mis mon tailleur blanc, il fallait absolument que je passe chez moi me changer. Autrefois, quand je travaillais avec elle, je portais encore des jupes que je m'étais faites à l'orphelinat. Elle disait : « Tu me dégoûtes de l'enfance malheureuse avec tes bricolages. » J'aurais voulu qu'elle me trouve différente, avec ce que j'avais de mieux. Puis soudain, je me suis rappelé que le patron m'avait donné cinq minutes. Pour lui, cinq minutes c'est trois cents secondes. Il est d'une exactitude à désespérer un coucou.

J'ai griffonné sur une feuille de mon bloc : « Je pars en week-end. A mercredi. »

J'ai aussitôt déchiré la page en petits morceaux et j'ai écrit sur la suivante, soigneusement cette fois : « Je dois prendre un avion pour le week-end. A mercredi. Dany. »

Maintenant, j'aurais voulu raconter ma vie. Un avion, ce n'était pas suffisant. Je pouvais écrire : un avion pour Monte-Carlo. Mais j'ai regardé ma montre, la grande aiguille approchait de la demie de cinq heures, et de toute façon, je devais être la seule de l'agence à n'avoir jamais pris l'avion, ça n'impressionnait plus personne.

J'ai accroché la feuille, avec un trombone, à l'abat-jour de la lampe qui est sur ma table. N'importe qui pourrait la voir en entrant. Je crois que j'étais heureuse. C'est difficile à expliquer. Si l'on veut, j'éprouvais moi aussi cette impatience que j'avais sentie chez les autres tout au long de l'après-midi.

En passant mon manteau d'été, j'ai pensé qu'Anita et Michel Caravaille avaient une petite fille. J'ai pris l'éléphant rose et je l'ai mis dans ma poche.

Je me rappelle qu'il y avait toujours du soleil sur la fenêtre, du soleil sur les papiers qui encombraient ma table.

Dans la voiture, une DS noire aux sièges de cuir, il a proposé lui-même de passer d'abord chez moi, pour que je puisse prendre une chemise de nuit et ma brosse à dents.

Ce n'était pas encore l'heure des embouteillages, il conduisait assez vite. Je lui ai dit qu'il avait l'air fatigué. Il m'a répondu que tout le monde l'était. Je lui ai parlé aussi du confort de la DS, mais ça ne l'intéressait pas, le silence est retombé.

Nous avons franchi la Seine à l'Alma. Rue de Grenelle, il a trouvé une place devant le magasin de photos qui est presque en face de chez moi. Il m'a suivie quand je suis sortie de la voiture. Il ne m'a pas demandé s'il pouvait monter ni rien. Il est entré dans l'immeuble derrière moi.

Je n'ai pas honte de mon appartement — enfin, je ne crois pas — et j'étais certaine de ne pas avoir laissé de linge à sécher au-dessus du radiateur à gaz. Néanmoins, cela m'embêtait qu'il monte. Il tiendrait toute la place, et je serais forcée de me changer dans un cabinet de toilette où, lorsqu'on donne un coup dans un mur, les trois autres vous le rendent. En outre, c'est au quatrième, sans ascenseur.

Je lui ai dit qu'il n'était pas obligé de m'accompagner, que j'en avais seulement pour quelques minutes. Il m'a répondu mais si, que c'était sans importance. Je ne sais pas ce qu'il imaginait. Peut-être que j'allais emporter une malle.

Il n'y avait personne sur mon palier, et cela du moins était une bonne chose. J'ai une voisine dont le mari s'est payé des vacances à l'hôpital Boucicaut, via la rue François-Ier en sens interdit, elle râle comme un pou quand on ne demande pas de ses nouvelles, et si on lui en demande, ça peut durer jusqu'à la nuit. Je suis entrée chez moi la première, et j'ai fermé la porte dès que Caravaille a été passé. Il a regardé autour de lui, mais il n'a rien dit. Il ne savait visiblement pas que faire de son grand corps. Il me paraissait beaucoup plus jeune et — comment dire ? — plus vrai, plus vivant qu'au bureau.

J'ai pris mon tailleur blanc dans un placard et je me suis enfermée dans le cabinet de toilette. Je l'entendais marcher tout à côté de moi. A travers la porte, pendant que je me déshabillais, je lui ai dit qu'il trouverait à boire dans le coffre qui est sous la fenêtre. Est-ce que j'avais le temps de prendre une douche ? Il n'a pas répondu. Je n'ai pas pris de douche, je me suis lavée rapidement avec un gant de toilette.

Quand je suis revenue dans la chambre, habillée,

recoiffée, maquillée, mais pieds nus, il était assis sur le divan, il téléphonait à Anita. Il lui a dit que nous arrivions tout de suite. En même temps, il regardait mon tailleur. J'ai enfilé des chaussures blanches, assise sur le bras d'un fauteuil, sans le quitter des yeux. Je n'ai vu dans les siens que de l'ennui.

Il parlait à Anita — il disait oui Anita, non Anita, je savais que c'était elle — je ne me rappelle même plus ce qu'il lui racontait, que je n'avais pas changé, non, que j'étais plutôt grande, oui, plutôt mince, oui, que j'étais jolie, oui, et blonde, très blonde, et bronzée, oui — enfin des choses comme ça, qui auraient dû être gentilles, qui étaient sans doute gentilles, mais que sa voix dénaturait. J'ai encore cette voix dans l'oreille : appliquée, monocorde, une voix d'huissier. Il répondait à Anita, il se pliait avec patience à un caprice d'Anita. Elle voulait qu'il me décrive, il me décrivait. C'est un être humain, elle. Quant à moi, Dany Longo, j'aurais pu tout aussi bien être une lessiveuse en réclame au Bazar de l'Hôtel-de-Ville.

Il a dit encore une chose. Oh, ce n'était pas une tournure de style pour indiquer à sa femme, sans me vexer, que je suis de plus en plus miro. C'était la relation la plus exacte de ce qu'il voyait, une constatation à l'état brut. Il a dit que des lunettes cachaient la couleur de mes yeux. J'ai ri. J'ai même relevé mes lunettes pour montrer la couleur de mes yeux. Ils ne sont pas bleus et changeants comme la mer, comme ceux d'Anita quand elle me donnait le droit de porter son plateau avec le mien, au self-service de la rue La Boétie, mais sombres, immobiles et inexpressifs

40

comme une désespérante plaine du Nord, et aveugles quand ils sont nus.

Je ne sais pas si c'est à cause de cela, à cause de mes yeux, je ne sais pas si c'est parce que j'ai compris, tout à coup, que je ne serais jamais pour eux qu'un sujet d'amusement un peu languissant au téléphone, entre époux de bonne compagnie, mais en même temps que je riais, j'étais triste, j'en avais ma claque, j'aurais voulu que cette soirée soit déjà passée, qu'ils soient déjà, tous les deux, à leur fichu festival de films publicitaires, qu'ils n'aient jamais existé, qu'Anita n'ait jamais existé : bref, qu'on s'en aille.

Nous sommes partis. J'emportais dans mon sac, comme il l'avait dit, une chemise de nuit et ma brosse à dents. Nous avons suivi les quais de la Seine jusqu'au pont d'Auteuil. Avant d'arriver chez lui, il s'est rappelé quelque chose, il a arrêté sa voiture en double file dans une rue commerçante.

Il m'a donné un billet de cinquante francs, en me disant qu'il ne mangeait jamais le soir, ni Anita non plus, et qu'il n'y aurait probablement rien pour moi à la maison. Si j'avais eu le moindre sens de l'humour, j'aurais éclaté de rire, en pensant à mon délirant petit dîner intime, aux lumières tamisées, à l'air qui gonfle les rideaux. Au lieu de cela, j'ai piqué un fard. Je lui ai dit que je ne mangeais pas davantage, mais il n'a pas voulu le croire, allez, je vous en prie.

Tandis qu'il attendait au volant de sa voiture, j'ai acheté deux brioches dans une boulangerie, et une tablette de chocolat. Il m'avait demandé aussi — « tant que vous y êtes » — d'entrer dans une pharmacie pour lui prendre un médicament. Pendant qu'on tamponnait l'ordonnance, j'ai lu sur la boîte contenant le flacon que c'était des gouttes pour le cœur. Il fait la grève de la faim et pour prévenir les syncopes, il se dope à la digitaline. Génial.

Dans la voiture, tout en rangeant sa monnaie, il m'a demandé sans me regarder où j'avais acheté mon tailleur. C'est ce genre de mari qui ne peut pas supporter une toilette convenable sur une autre femme que la sienne. Je lui ai dit que je l'avais eu gratuitement à l'agence, après des photos que nous avions prises pour un client du Faubourg Saint-Honoré. Il a hoché la tête, l'air de penser : « Oui, c'est ça, je savais bien », et à moi, dans l'intention d'être agréable, il a dit quelque chose comme : « Pour de la confection, il fait beaucoup d'effet. »

Je n'étais jamais entrée dans la villa Montmorency, à Auteuil. Sans doute parce que mon humeur déteignait sur le paysage, cela m'a fait penser, en plein Paris, à un village pour retraités de province, aux avenues dominicales et compassées. Les Caravaille habitaient l'avenue des Trembles. Il y avait aussi l'avenue des Tilleuls et, je présume, celle des Marronniers. Leur maison était comme je l'imaginais, belle, grande, entourée de fleurs. Il était un peu plus de six heures. Le soleil agitait dans le feuillage des taches éblouissantes.

Je me rappelle notre arrivée, le bruit de nos pas dans le silence de cette fin d'après-midi. Dans un hall d'entrée carrelé de rouge, avec un grand tapis où figuraient des licornes, toutes les lampes allumées malgré le jour, un escalier de pierre montait vers les étages, et sur la première marche, dans des chaussures vernies, une chaussette plus haut que l'autre, habillée de velours bleu pâle et de dentelles, serrant une poupée chauve contre son cœur, se tenait une petite fille aux cheveux blonds qui fixait sur moi un regard perdu.

En allant vers elle, je m'en voulais de ne pas savoir prendre les choses comme elles viennent, simplement. Je me suis inclinée pour l'embrasser et remettre sa chaussette en place. Elle s'est laissé faire sans rien dire. Ses yeux étaient larges et bleus comme ceux d'Anita. Je lui ai demandé son nom : Michèle Caravaille, qu'elle prononçait *Cravaille*. Je lui ai demandé son âge : *Crois ans*. J'ai pensé au petit éléphant rose que je voulais lui donner, mais il était dans la poche de mon manteau, et le manteau était chez moi.

Tout de suite après, son père m'a appelée dans une vaste pièce que je n'ai pratiquement plus quittée. Le canapé et les fauteuils étaient de cuir noir, les meubles sombres, les murs tapissés de livres. Un cheval de manège supportait une grosse lampe.

J'ai changé de lunettes et essayé la mitrailleuse. C'était une Remington semi-portative des années 40, à clavier anglais pour tout arranger. On pouvait néanmoins taper six exemplaires lisibles, mais Caravaille m'a dit que quatre suffiraient. Il a ouvert le dossier pour Milkaby, des pages couvertes d'une écriture minuscule (je n'ai jamais compris qu'une grande brute comme lui écrive si petit), et il m'a expliqué les difficultés que je pourrais rencontrer. Il devait voir un imprimeur pour Dieu sait quoi, avant de se rendre au palais de Chaillot. Il est parti en me disant qu'Anita allait venir et en me souhaitant bon courage.

J'ai travaillé.

Anita est descendue une demi-heure plus tard, ses cheveux blonds serrés derrière la nuque, une cigarette à la main. Elle m'a dit eh bien, ça fait une éternité qu'on ne s'est pas vues, comment tu vas, moi j'ai une migraine terrible — tout cela très vite, en me détaillant des pieds à la tête, l'air sous pression comme autrefois.

Elle a ouvert une porte au fond de la pièce et m'a montré ma chambre. Elle m'a expliqué que son mari y couchait quelquefois, quand il avait à travailler tard dans la nuit. Il y avait un lit immense, recouvert de fourrure blanche, et sur un mur, l'agrandissement d'une photo d'Anita, assise nue en travers d'un fauteuil, une photo très belle où l'on voyait le grain de sa peau. J'ai ri bêtement. Elle a tourné la photo, collée sur un châssis de bois, du côté du mur. Elle m'a dit que Caravaille s'était fait installer un laboratoire d'amateur dans le grenier mais qu'elle était son seul modèle. Elle ouvrait en même temps une autre porte, près du lit, et me montrait une salle de bains carrelée de noir. Une seconde, nos regards se sont rencontrés, j'ai compris que tout cela l'ennuyait à mourir.

Je me suis remise au travail. Pendant que je tapais, elle a disposé un couvert sur une table basse, apporté deux tranches de rosbif, des fruits et une bouteille de vin entamée. Elle n'était pas encore habillée pour sortir. Elle m'a demandé si je n'avais besoin de rien d'autre, mais sans attendre la réponse, elle m'a souhaité elle aussi bon courage, à tout à l'heure, et elle a disparu.

44

Un peu plus tard, dans un manteau de satin noir fermé au col par une grosse broche, elle s'est arrêtée sur le seuil, tenant sa petite fille par la main. Elle la conduisait chez sa mère, qui habite tout près de là, boulevard Suchet (j'y suis allée deux ou trois fois), puis elle rejoignait son mari à Chaillot. Elle m'a dit qu'ils rentreraient tôt, à cause de ce voyage en Suisse, mais que je n'étais pas obligée de les attendre si je me sentais fatiguée. Je voyais qu'elle cherchait quelque chose d'amical à me dire, avant de me laisser seule, et qu'elle n'y arrivait pas. Je me suis levée pour mieux voir la petite et lui dire bonne nuit Michèle mon chéri : en s'en allant, elle se retournait, elle continuait de me regarder. Elle tenait toujours sa poupée chauve contre sa poitrine.

Ensuite, j'ai mitraillé. Deux ou trois fois, j'ai allumé une cigarette, et comme je n'aime pas fumer en tapant à la machine, je faisais le tour de la pièce, je regardais le dos des livres. Il y avait quelque chose d'un peu m'as-tu-vu mais de fascinant, sur un mur : un verre dépoli de 30 × 40, dans un cadre doré, sur lequel un système encastré projetait, par-derrière, des diapositives en couleurs. Caravaille s'était probablement servi d'un de ces appareils qu'on destine à la publicité dans les vitrines. La photo changeait toutes les minutes. J'ai vu plusieurs ports de pêche, dévorés de soleil, où les reflets dans l'eau multipliaient les barques multicolores. J'ignore leur nom. Tout ce que je peux dire, pauvre idiote, c'est que c'était de l'agfacolor. Je fais ce cirque depuis trop longtemps pour me tromper sur la qualité d'un rouge.

A un moment aussi, quand mes yeux commençaient

d'être fatigués, je suis allée les baigner à l'eau froide dans la salle de bains carrelée de noir. On n'entendait pas un bruit dehors, Paris me semblait très loin, et je sentais sur moi le poids de la maison vide, de ses chambres obscures.

Vers minuit et demi, j'avais tapé trente pages. Je n'arrêtais plus de faire des fautes, j'avais la cervelle comme du lait en poudre. J'ai compté les pages qui restaient, une quinzaine. J'ai remis le couvercle sur la machine.

J'avais faim. J'ai mangé une brioche que j'avais apportée, une tranche de rosbif, une pomme et bu un peu de vin. Je ne voulais pas laisser tout en rade, j'ai cherché la cuisine, qui était vaste, meublée comme une salle de ferme, avec un évier de pierre où deux grandes piles de vaisselle se couvraient de moisi. Je connais mon Anita. Depuis que ses domestiques sont partis en vacances, elle n'a certainement pas dû se donner la peine d'appuyer sur un bouton de grille-pain.

J'ai ôté la veste de mon tailleur, j'ai lavé mon assiette, mon verre, et mon couvert. J'ai tout éteint et je suis allée me coucher. Il faisait chaud et je n'osais pas — Dieu sait pourquoi — ouvrir une fenêtre. Je n'arrivais pas à m'endormir. Je pensais à Anita, autrefois, quand je travaillais pour elle. Je n'avais pas pu m'empêcher, en me déshabillant, de retourner la photo où elle était nue dans un fauteuil. Je m'en voulais d'avoir ri bêtement. Je ne veux pas dire qu'il est bête d'éclater de rire devant la photo d'un type qui placarde les fesses de sa femme sur les murs de sa maison — c'est le son de mon rire qui était bête.

Quand je travaillais avec Anita, elle est venue

plusieurs fois passer la nuit chez moi. Elle habitait alors avec sa mère, et elle m'avait demandé — demandé comme elle seule savait le faire, à grands coups de tendresse et de menaces, et avec le plus bel entêtement — de lui prêter mon appartement pour recevoir un garçon. Elle a changé de garçon, mais pas de lieu de rencontre, et puisque j'avais cédé une fois, je n'avais plus le courage de refuser. Pendant la fête, j'allais au cinéma. Je la retrouvais ensuite dévêtue et le visage brûlant, en train de lire ou d'écouter la radio en fumant des cigarettes, les jambes par-dessus les bras d'un fauteuil, un peu comme sur la photo. Il ne lui serait jamais venu à l'idée de refaire le lit. Mon souvenir le plus net, ce sont ces draps froissés, qui traînaient jusqu'à terre, et dans lesquels je devais dormir, à côté d'elle, le reste de la nuit. Quand je faisais une remarque, elle m'appelait « sale petite vierge ignoble » et elle me disait de retourner en crever d'envie au couvent. Ou elle prenait un air affreusement contrit et me promettait de faire ça, la prochaine fois, sur ma table de cuisine. Le lendemain, au bureau, elle redevenait Anita-Je-t'emmerde, dans une robe de jeune fille des beaux quartiers, les yeux clairs, le geste efficient et le cœur boutonné jusqu'au col.

J'ai fini par m'endormir, ou par sommeiller, car un peu plus tard, je les ai entendus rentrer. Le patron se plaignait de boire trop et de rencontrer trop d'imbéciles. Puis il est venu demander tout bas, de l'autre côté de ma porte : « Vous dormez, Dany ? Ça va ? » J'ai répondu que ça allait, qu'il restait quinze pages. Par une sorte de mimétisme, je l'ai fait d'une voix qui n'était qu'un souffle, comme si j'avais peur de réveiller quelqu'un dans la satanée baraque.

Puis je me suis rendormie. Comme au même instant, on a gratté à la porte et c'était le matin — ce matin — le soleil entrait déjà dans la chambre, le patron a dit : « J'ai fait du café, il y en a une tasse sur la table. »

Après avoir retapé le lit et pris un bain, je me suis rhabillée, j'ai bu le café froid posé près de la machine et je me suis remise au travail.

Le patron est venu deux ou trois fois voir où j'en étais. Anita s'est montrée ensuite en combinaison blanche, cherchant quelque chose qu'elle n'a pas trouvé, une main plaquée sur sa migraine de la veille, l'autre secouant sa première cigarette de la journée. Elle devait aller chercher sa fille boulevard Suchet. J'ai appris du même coup qu'ils profitaient du rendez-vous avec Milkaby pour passer tous les trois le week-end en Suisse. Ce départ la rendait nerveuse, et sur ce point au moins je l'ai trouvée changée. Autrefois, elle avait pour principes que les clients comme les amoureux vous estiment plus chère de les faire attendre et qu'il est mesquin de se biler pour un avion quand on peut très bien prendre le suivant.

Tout le monde d'ailleurs était nerveux — elle, moi et Caravaille. J'ai tapé les dernières pages comme ces dactylos que je ne peux pas souffrir, sans même essayer de comprendre ce que je lisais. J'ai dû laisser passer un tas de bourdes, je frappais presque toutes les touches de la main gauche (je suis gauchère, et quand ça va vite, que je veux aller vite, j'en oublie que j'ai une main droite), je perdais un temps fou à me dire : pense à ce que tu fais, ta droite, idiote, ta droite, comme un boxeur qui vient de prendre un coup à lui arracher le cœur. Le coup que j'avais pris, moi — tant pis si c'est bête, cela aussi il faudra bien que je le dise si l'on m'interroge —, c'est ce week-end familial en Suisse. Je suis allée une fois à Zurich, un affreux souvenir. Je n'ai jamais vu Genève, mais je présume qu'il doit y avoir, au moins pour les Caravaille et ceux qui leur ressemblent, des hôtels ouatés, de grandes terrasses ouvertes sur la lune et la douceur mélancolique des violons, des journées lumineuses et des soirées illuminées, enfin des heures comme je n'en connaîtrai jamais, et pas seulement parce qu'elles sont payables en francs lourds ou en dollars. Je me déteste d'être ainsi — c'est vrai, c'est vrai, c'est vrai — mais je ne suis que moi, je ne sais pas comment dire.

J'ai fini mon travail vers onze heures. Je triais les pages et classais les quatre exemplaires dans l'ordre quand Caravaille est venu me délivrer. Il portait un complet d'été bleu marine, une méchante cravate à pois blancs, il m'écrasait de sa taille et de son dynamisme. Il avait fait un saut à l'agence pour prendre les maquettes. Il me rapportait mon enveloppe de gratifications : avec les trois cents francs promis, j'ai compté plus de mille francs, presque un mois complet. J'ai dit — je n'en manque pas une — merci beaucoup, c'est formidable, c'est beaucoup trop.

Il rangeait ce que j'avais tapé dans un sac de voyage en cuir noir. Il m'a demandé d'une voix essoufflée si j'avais mon permis de conduire. Ce n'était pas une question. Anita sait que je l'ai, elle avait probablement dû le lui dire. Quand elle a acheté sa première voiture, une Simca décapotable d'occasion, elle avait si peur que c'est moi qui la lui ai sortie du garage. Par la suite, je la lui changeais de place quatre ou cinq fois par jour en zone bleue.

Néanmoins, je n'ai réellement conduit qu'une voiture dans ma vie, une fourgonnette 2 CV de l'orphelinat. C'est Maman-Sup qui m'avait payé mon permis (« parce que c'est utile, ça t'obligera à te choisir un mari qui roule sur quatre roues, pas un crève-la-faim pour ses beaux yeux »), et j'étais la seule à la piloter dans ses courses. C'était ma dernière année de classe. Il y avait deux fourgonnettes semblables et l'on m'avait attribué la plus vieille. « Casse-la donc, disait Maman-Sup, ça te donnera de l'expérience et après on pique la belle de Sœur Marie-de-la-Pitié. » Mais à trente à l'heure elle se cramponnait des deux mains à son siège, à quarante elle criait à l'assassin. Un jour, elle a eu si peur qu'elle a tiré le frein à main et nous avons failli passer toutes les deux à travers le pare-brise.

D'une traite, penché sur son sac noir, Caravaille m'a dit que c'était la plaie pour trouver un taxi le samedi matin, qu'il avait fait mettre son téléphone aux abonnés absents pour que je sois tranquille, qu'il ne voulait pas avoir à recommencer, qu'il y avait encore sa fille à prendre, et que je lui rendrais un fameux service de les accompagner à Orly. Je ne comprenais pas. Il s'est relevé, le sang à la tête, et m'a expliqué : comme ça, je ramènerais sa voiture.

Il était fou.

Je lui ai dit qu'il y avait des parkings à Orly, mais il

s'est contenté de hausser les épaules et de répondre merci, qu'il le savait.

— Allez, vous venez, Dany.

Je lui ai dit que c'était impossible.

— Pourquoi ?

Il me regardait en face, maintenant, un peu penché vers moi, il me semblait plein de force et d'impatience. Quand quelqu'un se trouve trop près de moi, je perds le fil de ce que je veux dire. Après plusieurs secondes, j'ai répondu :

— Je ne sais pas, moi ! Parce que !

On ne pouvait pas être plus bête. Il a haussé à nouveau les épaules, dit qu'il ne fallait pas être bête, et il a emporté son sac dans le hall. Pour lui, c'était une question réglée.

Je ne pouvais pas les accompagner à Orly. Je ne pouvais pas ramener sa voiture. Il fallait lui dire que je n'avais jamais conduit autre chose que le fantôme d'une fourgonnette, et que Maman-Sup n'était rassurée que lorsqu'il y avait une église en vue, parce que ça nous laissait une chance de recevoir l'extrême-onction. Je l'ai suivi dans le hall. Anita descendait l'escalier. Je n'ai rien dit.

Ils avaient trois valises. J'en ai porté une dans le jardin. Je cherchais la DS des yeux, et ce que j'ai vu était, pour moi, proprement effroyable. Ils ne prenaient pas la DS, mais une longue, large voiture américaine découverte, qu'Anita sortait du garage. Un tank.

Je suis revenue dans le hall, puis dans la pièce où j'avais travaillé. Je ne savais même plus ce que j'étais entrée y chercher. Mon sac. J'ai pris mon sac. J'ai reposé mon sac sur la table. Je ne pouvais pas conduire cette voiture.

Caravaille fermait des portes à la hâte. Quand il m'a vue plantée là, il a dû enfin comprendre que quelque chose n'allait pas, il est venu vers moi. Il a posé sa main sur mon bras et il a dit :

— C'est la voiture d'Anita. Il y a un accélérateur et un frein, c'est tout. Elle est très facile à conduire.

Il m'a dit aussi :

— Il ne faut pas être comme ça.

Je me suis tournée vers lui. J'ai vu que ses yeux étaient bleus, d'un bleu très clair, bordés de fatigue. Bleus. Je ne l'avais jamais remarqué. En même temps, je me rendais compte, pour la première fois, que j'existais dedans. J'existais comme une fille un peu sotte, mais qu'il aimait bien. Enfin, je crois. Je n'avais pas compris ce qu'il voulait dire par : « Il ne faut pas être comme ça. » Je ne l'ai toujours pas compris. Il était trop près de moi, comme tout à l'heure, il me semblait très grand et très fort, je sentais que je me décomposais. Il a ajouté après un long silence — ou tout au moins un silence qui m'a paru insupportable — que si je ne voulais pas les accompagner, il s'arrangerait, il laisserait la voiture au parking. C'était sans importance.

J'ai baissé la tête. J'ai dit que je venais.

J'étais à l'arrière, avec la petite. Elle portait un manteau rouge à col de velours, elle se tenait très droite, sa main tiède dans la mienne, sans dire un mot.

Anita et son mari ne parlaient pas non plus. Il était midi moins vingt quand nous avons quitté le boulevard périphérique, à la porte d'Orléans, et que nous avons pris l'autoroute du Sud. C'est lui qui conduisait.

J'ai demandé où je devrais laisser la voiture : dans le jardin. Nous étions obligés de crier, car il allait vite et de grands souffles d'air emportaient nos paroles. Il m'a dit que les papiers se trouvaient dans la boîte à gants, et la clef du portail avec celles de la voiture. Il a remué, de l'index, le trousseau qui pendait au contact. Je lui ai demandé où je devrais laisser les clefs. Il a réfléchi, puis il a dit que je n'avais qu'à les garder, je les lui donnerais au bureau, mercredi après-midi, à leur retour de Suisse.

Anita s'est retournée, excédée, avec le même regard qu'autrefois quand je travaillais pour elle, et elle m'a dit : « Si tu la fermais un peu, non, c'est quand même pas compliqué ? Tu sais à combien on roule ? » La petite, voyant que sa mère était mécontente contre moi, m'a retiré sa main.

A midi moins dix — l'avion s'envolait à midi cinq, — Caravaille a stoppé devant le trottoir de l'aérogare. Ils m'ont abandonnée en courant. Anita, manteau beige doublé de soie verte, a soulevé sa petite pour la sortir de la voiture, et la tenant contre sa poitrine, elle s'est penchée pour m'embrasser. Le patron activait un porteur. Il m'a tendu la main, que je voulais désespérément retenir, car tout à coup, il me venait une foule de choses à lui demander. Et s'il pleuvait ? Il pouvait pleuvoir, avant mercredi. Je ne pouvais pas laisser la voiture découverte. Comment refermer la capote ? Il était dérouté, il regardait le ciel lumineux, puis moi, puis le tableau de bord.

— Mais je n'en sais rien, moi ! C'est la voiture d'Anita.

Il a rappelé Anita, qui s'impatientait à une entrée du hall. Quand elle a compris ce que je voulais, elle était folle de rage. Elle m'a dit ce que je suis en un seul mot. Elle m'a montré en même temps, de sa main grande ouverte — elle portait des gants d'été —, un bouton de commande qui m'a semblé très bas, bien au-dessous du volant, mais si coléreusement que je n'ai même pas vu lequel c'était. Elle gardait sur un bras sa petite fille, qui devait lui peser, dont les chaussures salissaient son manteau. Caravaille les a entraînées vers le hall. Avant qu'ils aient disparu, c'est lui qui s'est retourné pour me faire un vague signe d'adieu.

J'étais seule à l'arrière d'une monstrueuse machine. J'avais l'impression qu'il y avait dans ma tête un grand silence.

Il m'a fallu sans doute plusieurs minutes pour m'apercevoir que le moteur tournait encore et que les passants me regardaient. Puis un agent est venu et m'a dit que je ne pouvais pas rester là. Pour prendre une contenance et lui laisser le temps de s'éloigner, j'ai ôté le foulard que j'avais mis sur ma tête en quittant la maison de Caravaille, je l'ai plié soigneusement. C'est un foulard de soie turquoise, que j'ai acheté au Mans la première année où je travaillais, le jour même où un télégramme m'a appris que Maman-Sup était morte. Je le garde presque continuellement dans mon sac.

A travers le silence qui emplissait ma tête, Maman-Sup m'a dit : « Ne te bile pas, tu mènes la voiture dans un parking, il n'y a que cinquante mètres à faire, après tu as tout ton temps pour réfléchir. »

Je suis descendue de la voiture, qui était blanche et resplendissait au soleil, et parce que je ne voulais pas, je ne pouvais pas me trouver tout de suite au volant, je me suis donné le temps d'aller regarder la marque sur le devant du capot. C'était une Thunderbird, un grand oiseau blanc sous le ciel de l'été, un oiseau de tonnerre.

Je me suis installée. Il me semblait que la porte se refermait seule. Les sièges de cuir étaient brillants, couleur de sable doré, tout était sable autour de moi, et chromes étincelants. Il y avait des manettes et des boutons tout au long du tableau de bord et jusqu'entre les sièges. Je me suis efforcée de ne pas les regarder. Comme Caravaille me l'avait dit, je n'ai pas trouvé sous mes pieds de pédale d'embrayage. Je me suis penchée pour étudier le sélecteur de vitesses. Hors le point mort et la marche arrière, il n'y avait que deux positions : une pour partir, une pour rouler. Mon front était moite, ma gorge sèche, mais ce que j'éprouvais n'était pas seulement de l'appréhension, je ne sais pas ce que c'était. J'étais sûre que je penserais toujours à ce moment, que je regretterais de ne plus avoir à le vivre. J'ai ôté ma chaussure droite, dont le talon me gênait pour conduire. J'ai dit à Maman-Sup que j'y allais, j'ai passé la vitesse lente et je suis partie.

D'abord la voiture a fait un bond en avant, parce que j'accélérais trop fort, mais elle s'est calmée aussitôt, elle m'a emmenée en souplesse droit devant moi, à une allure solennelle. Ensuite, c'était le cirque. Les avenues devant l'aérogare me conduisaient dans tous les sens, et immanquablement dans les interdits, je suis passée quatre ou cinq fois aux mêmes endroits, je me suis retrouvée quatre ou cinq fois devant le signe d'index négatif du même gardien de la paix, j'ai été traitée de grippe-sous par un automobiliste qui me suivait, parce que je ne mettais pas mes feux de direction, et avant de les trouver, mes feux — ce qui pourtant était bien facile — j'ai mis en marche le lave-glace, le ventilateur d'air chaud, Radio Monte-Carlo et la vitre de portière du côté droit. J'étais au bord de la crise de nerfs quand j'ai fini par me ranger dans le parking que je visais désespérément à chacun de mes passages, et si je tenais encore debout sur mes jambes en sortant du cabriolet, c'est bien parce que c'était la mode.

Mais j'étais fière aussi, d'une certaine façon, et j'avais beau frissonner d'énervement, je savais que ma peur était passée, je me sentais capable de faire des kilomètres avec cette voiture. Maintenant, j'entendais le grondement des avions sur les pistes d'envol. J'ai mis deux pièces de vingt centimes dans le compteur automatique du parking, j'ai pris les clefs qui pendaient au contact, mon sac à main, mon foulard et je suis allée faire un tour à pied pour m'aérer le cœur. Comme je traversais l'avenue qui longe l'aérogare, une Caravelle de la Swissair s'élevait dans le soleil. C'était peut-être celle qui emportait Anita.

J'ai pris un ticket de visite à un distributeur du hall. Il y avait beaucoup de monde, beaucoup de bruit, et je me sentais comme étrangère à moi-même. Je suis montée aux terrasses par l'escalier mécanique. J'ai regardé un Boeing d'Air-France faire son tour de piste, blanc et bleu, et des hommes en jaune canari qui s'agitaient au sol. J'ai regardé des voyageurs qui se dirigeaient en une file sage vers un gros appareil, et un des pilotes qui allait et venait, mains dans les poches, en poussant un caillou du bout du pied.

Je suis descendue aux étages en dessous. A travers les baies, j'ai cherché des yeux mon pilote footballeur, mais il avait dû rentrer dans l'avion, je ne l'ai pas retrouvé. J'ai traîné un moment devant des vitrines de curiosités où le plus curieux me semblait ce reflet fugitif d'une fille en tailleur blanc, aux cheveux dorés, qui n'était pas vraiment moi. J'ai acheté *France-Soir* et j'ai essayé d'en lire les gros titres au bar : dix fois j'ai lu que quelqu'un avait fait quelque chose, mais je ne sais toujours pas qui ni quoi. J'ai bu un Dubonnet-vodka, fumé une cigarette. J'ai vu des gens se lever, ramasser leur monnaie sur leur table et partir à l'autre bout du monde. J'étais bien, j'étais mal, je ne me rappelle plus. J'ai bu un second verre, puis un troisième, en me disant : « Ma pauvre fille, tu seras parée pour le stock-car après ça, qu'est-ce que tu veux au juste ? » Et je crois bien que déjà je le savais, ce que je voulais.

Ce n'était pas très net, ce n'était encore qu'une sorte de démangeaison de l'esprit, un trouble vague qui ressemblait à de l'angoisse. J'écoutais une voix de femme, au timbre adouci et presque confidentiel, qui répétait sans relâche dans les haut-parleurs quelle porte il faut prendre pour se retrouver au Portugal ou en Argentine. Je me promettais qu'un jour je viendrais là, exactement à la même table, et que je ne sais pas, je ne sais pas. J'ai payé mes verres. Je me suis dit que je les avais bus à la santé de mon bel oiseau de tonnerre. Et puis c'est tout. Je me suis levée, j'ai ramassé ma monnaie sur la table et je suis partie voir la mer.

Oh, je ne me suis pas avoué cela tout de suite. Je suis un as pour pactiser avec moi-même. En remontant dans la voiture, j'ai pensé seulement que ça n'avait pas d'importance si je la gardais une heure ou deux, et que même si Caravaille l'apprenait, j'avais bien le droit de déjeuner en route. Je ferais un tour dans Paris, je m'arrêterais quelque part pour manger un steak-frites et boire un café, je traverserais tranquillement le bois de Boulogne, et mettons vers quatre heures, je ramènerais la voiture dans son jardin. Da ? Da.

J'ai pris mon temps, j'ai étudié tous les mécanismes du tableau de bord. En trouvant celui qui commandait la capote, j'ai pensé avec écœurement au coup de colère d'Anita. Le compteur de vitesse, très allongé, avec de gros chiffres en métal, indiquait un maximum de cent vingt miles. J'ai calculé que cela faisait près de deux cents kilomètres-heure et je me suis dit eh bien mon coco. J'ai inventorié la boîte à gants. Elle ne contenait que des contraventions en zone bleue, des factures de garage et des cartes routières. La carte grise et l'attestation d'assurance, que j'ai trouvées dans une gaine de plastique transparent, étaient au nom d'une des sociétés de Caravaille, domiciliée chez lui, avenue des Trembles. On raconte qu'il en a quatre, plus ou moins fictives, qui lui servent à manœuvrer les comptes de l'agence, mais je n'y comprends rien et le chef comptable en fait tout un mystère. Je me suis sentie rassurée de savoir que les papiers de la voiture n'étaient pas au nom d'Anita. Ce qui n'est à personne — enfin, pas à une personne —, on l'emprunte plus facilement.

Je suis descendue pour voir ce qu'il y avait dans le coffre arrière : des chiffons, une éponge végétale, et un dépliant publicitaire Thunderbird. J'ai pris le dépliant à tout hasard. Comme je me remettais au volant — il se déplaçait sur la droite pour qu'on puisse s'installer à l'aise et se bloquait le moteur en marche, c'était sublime —, je me suis rendu compte que des voyageurs se retournaient pour me regarder. Ce regard n'était pas tout à fait celui que l'on me prête d'habitude, même en considérant que ma jupe était étroite et que j'avais peut-être montré mes jambes plus qu'il ne faut. Je me suis dit que tout cela ne devait pas durer, mais que d'être cotée au-dessus de l'argus dans les yeux des autres, c'est une sensation agréable. Da ? Da.

J'ai fait marche arrière comme une reine, je suis sortie du parking, j'ai viré en une courbe gracieuse devant l'aérogare, et au premier carrefour je me suis arrêtée. Un panneau indiquait la direction de Paris. Il indiquait aussi l'autre direction, celle du sud. J'ai noué mon foulard autour de ma tête pour me donner le temps de réfléchir. Un automobiliste a klaxonné derrière moi. J'ai fait un geste de la main pour dire au diable, à lui et à moi-même, et je suis allée vers le sud. Déjeuner à Paris, ça n'avait aucun sens, ça m'arrive tous les jours. J'irais à Milly-la-Forêt, parce que le nom est joli et que ce serait une découverte, je ne me paierais pas un steak-frites mais n'importe quoi de merveilleux avec des framboises, je trouverais un restaurant où l'on dresserait ma table dans le jardin —

maintenant la question est entendue, tu as déjà trois Dubon derrière le bonnet, pense à ce que tu fais ou tu rentres en dépanneuse. Tant que j'y étais, j'ai passé la vitesse de croisière.

J'ai doublé une première voiture sur l'autoroute au moment de prendre l'enbranchement vers Milly-la-Forêt, ce qui pourrait expliquer que je me suis trouvée obligée de continuer. Mais j'aurais continué de toute façon. Doux le volant dans mes mains, doux le soleil sur mon visage, doux le souffle tiède qui m'enveloppait dans les courbes, et longues les courbes, profondes les descentes, silencieux et obéissant, et planant rapide dans la campagne, mon grand oiseau de rêve, mon complice, mon ami : j'étais à battre, il aurait fallu me battre pour m'arrêter. Je voyais des voitures qui roulaient dans le même sens que moi, avec des gosses qui collaient leur nez aux vitres, déjà tout attentifs à leurs vacances, des ballons de plage dans des coffres trop pleins et qu'on avait fermés avec des cordes, et des remorques à bateaux, et des mâts rabattus entraînés vers la mer, et dans le regard d'un couple qui était un instant sur la même ligne que moi, comme un air de connivence. Au moins jusqu'à la sortie de l'autoroute, je voulais me laisser croire — et sans doute laisser croire aux autres — que je continuerais avec eux, que nous ferions peut-être étape, le soir, dans la même auberge, entre Valence et Avignon. Une dingue.

Quand j'ai ralenti pour quitter l'autoroute, Maman-Sup m'a dit : « Je t'en prie, maintenant écoute-moi, tu ne te feras que du mal, ramène cette voiture. » Je me suis juré sur ma tête de ne pas aller plus loin que le premier restaurant venu — ou du moins le premier convenable — et de rentrer à Paris sitôt réglée l'addition. Maman-Sup a dit serment d'ivrogne et que ce serait plus difficile ensuite d'arrêter mes idioties. J'ai vu sur un panneau que j'avais fait cinquante kilomètres. J'ai ressenti un léger pincement d'angoisse. Il y a quelques heures à peine de cela, peut-être cinq ou six, mais tout me semble défiguré, c'est aussi éloigné de moi que les rêves au réveil.

Je me suis arrêtée dans un restauroute, près de Fontainebleau. Un univers de nickel et de lamifié, avec de grandes baies ouvertes, dont l'une, presque en face de ma table, encadrait la Thunderbird immobile. Il y avait peu de monde, uniquement des couples. On m'avait longuement suivie des yeux à mon entrée, sans doute à cause de la voiture, peut-être aussi parce que j'avais pris un air d'assurance exagéré. Il faisait très clair à l'intérieur et j'ai pu garder mes lunettes noires.

J'ai commandé un carré d'agneau avec des tomates à la provençale, une salade de pissenlits et une demi-bouteille de rosé sec, parce qu'il n'y avait pas de quart et que ça me tournerait moins la tête que le vin rouge — tu parles, mon coco. J'ai demandé un journal et on m'a apporté le même *France-Soir* que j'avais laissé à Orly. Je ne l'ai pas lu davantage. J'ai fait vaguement le jeu des sept erreurs, en pensant à Anita qui s'énervait contre moi quand elle ne trouvait pas les sept, et aussi qu'il devait y avoir environ deux mille francs à mon compte à la B. N. C. I. J'ai sorti mon carnet de chèques pour vérifier. Deux mille trois cents francs, mais il fallait enlever une traite pour la télévision, et les deux cents francs que j'envoie chaque mois à l'orphelinat. Avec ce que j'avais dans mon porte-monnaie et dans mon enveloppe du matin, j'ai calculé que je pouvais disposer de plus de trois mille francs. Ce n'était pas assez pour vivre au Négresco toute l'année, mais pour moins de quatre jours — j'ai compté sur mes doigts samedi, dimanche, lundi, mardi — j'étais riche, j'étais merveilleusement riche. Je n'avais pas très faim, je laissais tout dans mon assiette. Par contre, j'avais fini ma demi-bouteille de rosé, plus que je n'en bois parfois en toute une semaine.

Un couple qui sortait s'est arrêté près de ma table. Un homme d'une cinquantaine d'années, aux tempes dégarnies, bronzé, tranquille, et une femme jeune habillée de beige. L'homme m'a demandé si j'étais contente de ma Thunderbird. J'ai levé la tête, en appuyant de l'index sur la jointure de mes lunettes, à l'endroit où elles me font une marque sur le nez. J'ai répondu que si je n'en étais pas contente, je ne manquerais pas de le lui faire savoir. Son sourire s'est effacé, il m'a dit excusez-moi. Je m'en suis voulu de jouer les foudres de guerre et je l'ai rappelé. Son sourire est revenu.

Je ne sais pas ce que je leur ai dit, à propos de la voiture, mais ils se sont assis en face de moi. Je finissais des framboises au sucre. Ils avaient déjà bu un café, ils en ont pris un second pour pouvoir m'offrir le mien. Ils m'ont dit qu'ils m'avaient observée, pendant le repas, qu'ils me connaissaient certainement, ou du moins qu'ils m'avaient vu quelque part. La jeune femme m'a demandé si j'étais actrice. J'ai dit grands dieux, non, que j'étais dans la publicité, que je dirigeais une agence. Alors, peut-être m'avait-elle vue dans des interviews ou quelque chose à la télévision ? J'ai répondu que c'était bien possible. Elle s'est tournée vers l'homme, et il lui a dit : « Tu vois, c'est moi qui avais raison. » J'allais dans le Midi ou j'en revenais ? J'ai dit que je devais voir des amis au Cap-d'Antibes, et aussi régler une affaire à Nice pendant le week-end. Ils ont trouvé que j'avais de la chance, pour eux c'était le retour. La route était possible jusqu'à Montélimar, mais là ils avaient attendu pendant plus de deux heures, bloqués par la file de voitures qui venait en sens inverse et qui s'étendait sur plusieurs kilomètres. Je devais aussi éviter Lyon, c'est la mort. Le mieux était de prendre la 6 et de passer par je ne sais quoi-la-Demi-Lune pour retrouver la 7. J'ai dit bien sûr, c'est ce que je fais d'habitude. Il était médecin-colonel dans l'armée. J'ai dit mon père aussi, mais c'était dans l'armée allemande, une faiblesse de ma mère pendant l'Occupation, la tête rasée, vous voyez, tout ça. Ils ont trouvé que j'avais beaucoup d'humour, ils m'ont quittée enchantés, en me laissant une adresse griffonnée sur une page d'agenda. Je l'ai brûlée dans un cendrier après avoir allumé une cigarette.

Maman-Sup prétendait que j'étais paf, que le temps virait à l'orage et que je ferais bien d'aller me cacher dans les lavabos avant de fondre en larmes. Mais je n'ai pas pleuré. J'ai décidé que je ramènerais la voiture mardi soir, ou même mercredi matin. Je la ferais laver dans un garage au retour. Anita n'est pas quelqu'un à regarder un compteur kilométrique. Personne ne saurait jamais rien.

Dehors, j'ai allumé une autre cigarette, j'ai marché un moment sur le bas-côté de la route. Le soleil plaquait devant moi une ombre dure, et quand je suis remontée dans la Thunderbird, les sièges étaient brûlants. Je suis allée à Fontainebleau. J'ai trouvé une place au bord d'un trottoir, j'ai enfilé ma chaussure droite et je suis descendue. J'ai acheté une robe qui m'a semblé jolie dans une vitrine et qui l'était encore plus quand je l'ai essayée : en mousseline blanche, la jupe vaporeuse. J'ai pris aussi, dans la même boutique, un maillot de bain bouton d'or, un soutien-gorge, deux culottes, un pantalon turquoise, un pull blanc à col montant et sans manches, deux grandes serviettes éponge, deux gants de toilette assortis et c'est tout. Pendant qu'on faisait une retouche à la robe, j'ai traversé la rue et j'ai acheté une paire de nu-pieds, à brides dorées, pour aller avec le pantalon. Pour rien au monde je ne serais retournée chez moi, rue de Grenelle, prendre ce genre d'affaires. Ce n'était pas tant à cause des deux heures perdues dans l'aller-retour que par crainte de réfléchir encore et encore, et de ne plus avoir le courage de partir.

Mes achats dans de grands sacs en papier, je suis entrée dans une maroquinerie, j'ai choisi une valise en cuir noir et j'ai tout mis dedans. Je ne voulais surtout pas faire le compte des chèques que je signais. D'ailleurs j'ai toute une gamme de tilts dans la tête, par habitude de faire attention, et si j'avais écorné ma fortune au point de compromettre ce week-end, ils m'auraient sûrement avertie.

J'ai déposé la valise dans le coffre de la Thunderbird, mais j'ai regretté aussitôt de ne pas la sentir près de moi. Je l'ai sortie et placée sur le siège arrière. Il était quatre heures à la montre du tableau de bord. J'ai ouvert une carte routière d'Anita et j'ai calculé qu'en roulant jusqu'à la nuit, je pourrais dormir aux environs de Chalon-sur-Saône, ou peut-être Mâcon. J'ai regardé plus bas, sur la carte, et j'ai lu des noms qui soudain faisaient battre mon cœur très vite : Orange, Salon-de-Provence, Marseille, Saint-Raphaël. J'ai noué mon foulard sur mes cheveux, ôté ma chaussure droite et en route.

En sortant de Fontainebleau, je me suis rappelé ce que m'avait dit le médecin-colonel, j'ai demandé à une femme qui tenait un étalage de fleurs où trouver la Nationale 6. J'ai acheté un bouquet de violettes que j'ai posé contre le pare-brise. Un peu plus loin, j'ai vu des motards de la police qui bavardaient à un carrefour. C'est à ce moment que j'ai pensé : « Si Caravaille revenait pendant le week-end ? Si pour une raison ou une autre, il revenait dès ce soir ? » Malgré moi, j'ai ralenti.

En ne trouvant pas la voiture, il penserait à un accident, il téléphonerait sans doute chez moi (avait-il seulement mon numéro ?) mais je n'y serais pas, il s'adresserait à la police. J'ai imaginé mon signalement transmis partout, des gendarmes postés sur les routes. Et puis, non, c'était idiot. Les autres sont tout le contraire de ce que je suis, quand ils disent qu'ils feront une chose, ils la font. Caravaille ne reviendrait pas avant mercredi. Il avait avec lui sa femme et sa fille, il ne leur gâcherait pas ces quelques jours de congé. Il dirait à la petite gonfle tes poumons, il l'emmènerait promener en barque sur le lac. Et d'ailleurs, revenir à Paris pour quoi faire ? Jusqu'à mercredi tout était arrêté. La vie n'était pas tout à fait la vie, je n'étais une voleuse de voiture que le temps

65

d'une valse de 14 Juillet, il ne fallait pas que je joue à me faire peur et à croire que c'était sérieux. J'ai accéléré. Le ciel était serein, d'un bleu profond, presque mauve. Dans les champs de blé poudroyait une lumière tiède, une poussière de soleil. Assoupie mais têtue, l'angoisse que j'avais déjà ressentie au sortir de l'autoroute s'est installée en moi, dans la zone la plus silencieuse et la plus trouble de ma conscience, et parfois, pour un rien, sans raison, elle remuait brusquement comme une bête qu'on dérange, ou comme une autre moi-même qui se retournait dans son sommeil.

J'ai traversé la vallée de l'Yonne. Je me rappelle m'être arrêtée dans un bar-tabacs de Joigny, pour acheter des cigarettes et aller aux lavabos. Il y avait derrière le comptoir des photos de camions accidentés, et une affiche tricolore pour annoncer les réjouissances du week-end. Des routiers bavardaient en buvant une bière. Ils se sont tus pendant que j'étais là et l'un d'eux, quand j'ai payé le jus de fruit que j'avais bu, a dit au patron que c'était pour lui. Je ne voulais pas, mais il a dit, avec l'accent du Midi, « qu'il ne manquerait plus que ça que je refuse », et j'ai repris mon argent. Je remettais la voiture en marche quand il est sorti à son tour, avec un autre, et avant de se diriger vers son camion, il s'est arrêté près de moi. Il était brun, il avait à peu près mon âge, l'air nonchalant et le sourire Gibbs. Il m'a dit, toujours avec son accent, en promenant les yeux du bout du capot à l'échancrure de mon tailleur : « Vous devez tirer, avec un moteur pareil. » J'ai acquiescé d'un grand signe de tête. Il m'a dit dommage, qu'alors on ne se reverrait jamais. Quand j'ai démarré, il ouvrait la portière de son camion et grimpait dans la cabine. Il a agité la main. Il a crié : « Si on se revoit, je vous le rendrai ! » Il tenait quelque chose que j'étais déjà trop loin pour voir. J'ai compris en ramenant les yeux sur mon pare-brise. Il avait trouvé le moyen de me chiper mon bouquet de violettes.

Après Auxerre, j'ai pris une autoroute dont les travaux ne sont pas terminés, j'ai roulé plus vite que je n'aurais imaginé le faire de ma vie. J'ai retrouvé la Nationale 6 au sud d'Avallon. Le soleil était moins haut, mais il était chaud encore, et pourtant j'avais froid. Ma tête bourdonnait, vide. Je crois que c'était l'excitation, la peur que j'avais éprouvée en appuyant mon pied nu, de plus en plus fort, sur l'accélérateur. Je crois aussi que c'est cela qui m'a fait exagérer, tout de suite après, un incident sans importance. Il ne faudra pas que j'en parle si l'on m'interroge. Cela embrouille-rait tout, on se demanderait si j'ai bien toute ma tête, on ne croirait plus ce que je raconte.

C'était un village, le premier que j'ai rencontré après l'autoroute. C'est vrai qu'il m'a semblé familier. C'est vrai. Mais n'importe quel village aux maisons grises, avec un clocher qui pointe dans le ciel bleu, des collines à l'horizon, et soudain, en face, le soleil de l'été qui s'engouffre dans une longue rue, si longue que j'ai eu mal aux yeux, que je n'avançais plus — n'importe quel village de ce genre m'aurait donné cette impres-sion de déjà vu, il y a longtemps, très longtemps, beaucoup trop longtemps pour qu'on puisse arracher un détail, un nom au souvenir.

Une femme en tablier noir, maigre, vieille, au visage raviné, était assise devant un café, sur une chaise pliante, et la porte de ce café, très étroite, n'était qu'un trou d'ombre. Je roulais très lentement, aveuglée, quand tout à coup quelque chose m'a fait tourner la tête et j'ai vu cette femme qui me faisait signe, qui m'appelait. Je me suis arrêtée au bord du trottoir. Elle avait de la peine à marcher, elle venait très lentement vers moi. Je suis descendue. Sa voix était très forte, mais rauque, râpée par l'asthme, j'avais du mal à comprendre. Elle m'a dit que j'avais oublié mon manteau chez elle, le matin. Je me rappelle qu'elle tenait des cosses de petits pois dans une main, que je l'avais vue avec un panier sur les genoux quand elle était assise. Je lui ai dit qu'elle se trompait, que je n'avais pas oublié mon manteau chez elle, pour la bonne raison que je n'y étais jamais venue. Elle a insisté : elle m'avait servi du café, des tartines, elle avait compris que je n'étais pas dans un état normal, elle n'avait pas été surprise en retrouvant mon manteau sur une chaise. Je lui ai dit que c'était une erreur, merci quand même, et je suis remontée précipitamment dans la voiture.

Elle me faisait peur. Ses yeux fouillaient mon visage avec une sorte de méchanceté. Elle m'a suivie. Elle a accroché à la portière une main ridée, brune, aux jointures qui crevaient la peau. Elle répétait que j'avais bu un café, mangé des tartines, pendant qu'on « arrangeait » ma voiture.

Je ne trouvais plus le contact. Je me suis laissée aller,

malgré moi, à me justifier : le matin, j'étais à Paris, à je ne sais combien de kilomètres de là, elle confondait simplement deux voitures semblables. Elle a répondu, avec un vilain sourire de vieille, une chose terrible — enfin, sur le moment cela m'a paru terrible :

— La voiture, on l' « arrangeait », je ne l'ai même pas vue. Mais vous, je vous ai vue.

Je ne sais pas ce qui m'a pris. J'ai arraché sa main de la portière, en lui criant de me laisser tranquille, je ne la connaissais pas, elle ne m'avait jamais vue, il ne fallait pas qu'elle raconte qu'elle m'avait vue, jamais, jamais. Je me suis rendu compte alors qu'il y avait d'autres habitants du village à portée de voix. Ils regardaient vers nous, j'ai démarré.

Voilà. Cela se passait il y a un quart d'heure, peut-être moins. J'ai roulé droit devant moi. J'ai essayé de penser à Maman-Sup, à quelque chose qui me rassure, à ma chambre, à la mer. Je n'ai pas pu. J'ai vu une station d'essence sur le côté gauche de la route. A Orly, j'avais regardé le niveau du réservoir, qui était presque au maximum. Il avait baissé de moitié, mais je pouvais faire encore bon nombre de kilomètres. Néanmoins, j'ai préféré m'arrêter.

L'homme qui s'est approché pour me servir plaisantait avec deux automobilistes. Il ne portait ni casquette ni uniforme. Je suis allée vers une bâtisse aux murs blancs. J'avais ôté mon foulard. Je me rappelle le crissement de mes pas sur le gravier, et surtout le soleil qui éclatait déjà en mille éclaboussures à travers les arbres des collines. A l'intérieur, c'était l'ombre tiède, le silence. Je me suis recoiffée, j'ai ouvert le robinet d'un lavabo. Alors l'autre moi-même qui était mon angoisse s'est réveillée en criant, en criant. On m'a attrapée par-derrière, c'était si soudain que j'ai à peine eu le temps de me débattre, et froidement, mais désespérément — je sais, oui, je sais que pendant tout un éclair d'éternité je l'ai compris, et que j'ai supplié, supplié de ne pas faire ça — on m'a écrasé la main.

L'auto

Manuel aurait pu leur dire très exactement ce que c'était : une Thunderbird de l'année, entièrement automatique, moteur V8 de 300 CV, 180 chrono de vitesse de pointe, réservoir de 100 litres. Il travaillait sur les voitures depuis l'âge de quatorze ans — il approchait de la quarantaine — et s'intéressait à ce qui roule sur quatre roues presque autant qu'à ce qui marche sur deux jambes et porte des talons hauts. Ses seules lectures étaient *L'Argus de l'Automobile* et les prospectus de produits de beauté féminine quand il en trouvait sur le comptoir du pharmacien.

En Amérique, il aurait eu plaisir à montrer son savoir. On vous écoutait. Même quand vous ne parliez pas bien leur langue et qu'il vous fallait deux cent trois ans pour trouver un mot. Manuel, qui était basque, avait travaillé toute sa jeunesse en Amérique, le plus longtemps à Toledo, Ohio. Il avait encore un frère là-bas, l'aîné, son préféré. Ce qu'il regrettait le plus de l'Amérique, c'était son frère, et aussi une fille aux cheveux roux avec qui il s'était promené en bateau sur Maumee River, au cours d'une fête organisée par la colonie basque. Il ne s'était rien passé, sauf qu'elle était venue dans sa chambre, un autre jour, et qu'il avait essayé de glisser une main sous sa jupe, mais elle n'avait pas voulu.

Il avait eu plusieurs maîtresses, pendant qu'il travaillait à Toledo, mais c'était pour la plupart des compteurs trafiqués ou des femmes mariées, il pensait à elles sans nostalgie. Il se disait qu'il était trop plein de vie, alors, trop impatient, et que s'il s'était donné un peu de mal, il aurait pu avoir Maureen comme les autres. Il l'appelait Maureen, quand il revoyait la fête sur le fleuve, parce que cela ressemblait à Maumee et avait un air irlandais, mais il ne se souvenait même plus de son nom. Elle n'était peut-être pas irlandaise. Il lui arrivait même, quelquefois, quand il ne trouvait dans son vin que le cafard, de n'être plus tout à fait sûr qu'elle avait les cheveux roux. La fille de sa femme — elle avait deux ans lorsqu'il était devenu son papa — il lui avait aussi donné le nom de Maureen, mais tout le monde avait pris l'habitude de l'appeler Momo ou Riri, même la maîtresse d'école, et il n'avait pas pu l'empêcher. Dans la vie, vous pouvez toujours essayer de garder une croûte de pain, on se débrouillera bien pour vous la prendre.

Manuel n'aimait pas passer pour un enquiquineur, surtout auprès des clients, et il savait par expérience que sorti des voitures françaises, quand on vous demande qu'est-ce que c'est ce machin, c'est uniquement pour savoir combien ça vaut. Côté technique, on est persuadé d'avance que ça ne vaut rien — sauf bien sûr les connaisseurs, mais ils ne vous posent pas de questions, c'est eux qui vous enquiquinent. Aussi s'était-il contenté de répondre, pour la Thunderbird aux sièges couleur de sable :

— Ça doit bien aller chercher dans les cinq briques. Facile.

Il avait fait le plein. Il nettoyait le pare-brise. Se tenaient près de lui un viticulteur du village, Charles Baulu, et un agent immobilier de Saulieu, un grand maigre à 404 qui passait trois fois par semaine mais dont Manuel ignorait le nom. C'est à ce moment qu'ils avaient entendu les cris. Comme les autres, Manuel était resté plusieurs secondes sans réaction, et cependant il n'aurait pas pu dire qu'il était vraiment surpris. Du moins pas comme il aurait dû l'être s'il s'était agi d'une autre femme.

Dès qu'il avait vu celle-là, quelque chose l'avait averti qu'elle n'était pas tout à fait normale. C'était peut-être ses lunettes noires, son mutisme (elle n'avait prononcé que quelques mots indispensables) ou bien encore cette manière d'incliner la tête de côté en marchant, avec une sorte d'indolence, de lassitude. Elle avait une démarche très belle, très spéciale, comme si le mouvement en avant de ses longues jambes partait à chaque pas d'une cambrure des reins. Manuel avait pensé à un animal blessé, sans pouvoir décider si c'était une antilope ou un félin, mais en tout cas un animal échappé d'un monde nocturne, parce qu'on devinait des idées d'ombre, des idées de nuit sous ses cheveux blonds.

Ils étaient tous les trois autour d'elle, maintenant, tandis qu'elle se dirigeait vers le bureau de Manuel. En sortant des toilettes, ils avaient voulu la soutenir, mais tout de suite elle s'était écartée. Elle ne pleurait plus.

75

Elle tenait contre elle sa main enflée, qui portait un gros sillon bleu juste au-dessous de la jointure des doigts. Elle avait retrouvé sa démarche et son profil lisse, d'une immobilité parfaite, au nez court et droit, aux lèvres closes. Même dans son tailleur blanc maculé de poussière, un peu décoiffée, elle gardait, pour Manuel, l'air de ce qu'elle était probablement, un souple animal pour monsieur cousu d'or.

Il y avait autre chose aussi qui chagrinait Manuel, et plus encore que de se sentir vaguement un pauvre type parce qu'une femme était au-dessus de ses moyens de séduction ou de ses moyens tout court. Sur le seuil du bureau, à côté de sa mère, la petite les regardait venir. Manuel aurait préféré qu'elle ne fût pas là. Elle avait sept ans et bien qu'il restât conscient à chaque minute de sa vie qu'elle n'était pas réellement sa fille, c'était l'être auquel il tenait le plus. Elle le lui rendait bien. Et même elle l'admirait, parce que les pères de ses camarades d'école venaient à lui avec une sorte d'humilité, quand leur moteur ne tournait plus, et qu'il savait, lui, avec ses seules mains, tout remettre en marche. Il détestait qu'elle le voit dans une situation embarrassante.

Il fit asseoir la dame à la Thunderbird derrière la grande vitre de son bureau. Personne ne parlait. Il n'osait plus éloigner la petite, qui lui en aurait voulu. Il alla dans la cuisine, prit une bouteille de cognac dans un placard, un verre propre sur l'évier. Sa femme, Miette, l'avait suivi :

— Qu'est-ce qui s'est passé ?

— Rien. Je ne sais pas.

Il but une gorgée à la bouteille, avant de revenir. Par

principe, Miette lui dit qu'il buvait trop et il répondit, en basque, qu'ainsi il mourrait plus vite, elle pourrait encore se remarier. Elle avait épousé en premières noces il ne savait quel Espagnol de l'armée en déroute, dont il ne voulait pas entendre parler, mais ce n'était pas par jalousie. Il n'aimait pas sa femme, ou il ne l'aimait plus. Quelquefois, il imaginait qu'elle avait fait cocu son Espagnol et que n'importe qui lui avait mis la petite dans le ventre. N'importe qui.

Il posa sur la table métallique du bureau un verre à demi plein, que tout le monde regardait en silence. La dame à la Thunderbird se contenta de dire non de la tête, elle ne le prit pas. Manuel était ennuyé d'avoir à parler le premier, à cause de la petite, et parce qu'il savait que son accent allait les surprendre, dans un moment comme celui-là, qu'il serait ridicule. Il fit un grand geste d'énervement pour amortir le coup :

— Vous dites qu'on vous a attaquée, mais il n'y avait personne. Tout le monde qu'il y avait, ils sont ici. Moi, madame, je ne sais pas pourquoi vous dites qu'on vous a attaquée, je ne sais pas.

Elle le regardait à travers ses lunettes noires, il ne voyait pas ses yeux. Baulu et l'agent immobilier se taisaient toujours. Ils devaient penser qu'elle était épileptique, n'importe quoi de ce genre, et se sentir mal à l'aise. Manuel, lui, savait que c'était autre chose. Une nuit, la première année de son retour en France, on lui avait volé sa sacoche dans une station-service près de Toulouse. Il avait le sentiment de se retrouver dans une situation semblable, en ce moment, il n'aurait pas su dire pourquoi.

— Quelqu'un est entré, affirma la dame. Vous avez bien dû le voir, puisque vous étiez devant.

Sa voix était lente comme sa démarche, mais nette, sans trace d'émotion.

— Si quelqu'un était entré, oh, oui, on l'aurait vu, dit Manuel. Précisément, personne n'est entré, madame, personne.

Elle tourna la tête vers Baulu et l'agent immobilier. Baulu haussa les épaules.

— Vous ne voulez quand même pas dire quelqu'un de nous ? demanda Manuel.

— Je ne sais pas. Je ne vous connais pas.

Ils restèrent tous les trois sans voix, l'air stupide, à la regarder. L'appréhension qu'avait Manuel de revivre une mauvaise nuit de Toulouse devenait plus précise. En même temps, il était rassuré, parce qu'il n'avait pas quitté les deux autres durant tout le temps qu'elle était aux toilettes — cinq, six minutes ? — et qu'il devinait bien, à un silence qui avait changé de nature, qu'eux aussi se méfiaient d'elle. Ce fut d'ailleurs l'agent immobilier qui parla. Il dit à Manuel :

— Peut-être votre femme devrait-elle emmener la petite ?

Manuel, en basque, dit à sa femme que Riri ne devait pas rester là et qu'elle-même, si elle ne voulait pas prendre une trempe dont elle se souviendrait, avait intérêt à faire de l'air. Elle lui répondit, en basque, qu'il l'avait bel et bien violée, elle, alors qu'elle était la veuve d'un homme admirable, sans même lui enlever sa robe de deuil, elle n'était pas étonnée de savoir qu'il avait recommencé avec une autre. Néanmoins, elle sortit avec la petite, qui se retournait vers la dame et

78

vers Manuel, essayant de comprendre à qui on repro-
chait quelque chose.

— Aucun de nous trois n'est entré là-bas, dit Baulu
à la dame. N'allez pas prétendre des choses qui ne sont
pas.

C'était un homme lourd, sa voix était lourde. Quand
on faisait la manille au village, c'est lui qui criait le plus
fort. Manuel trouvait qu'il disait exactement ce qu'il
fallait dire. Ne pas prétendre des choses qui ne sont
pas.

— On vous a pris de l'argent ? demanda Baulu.

La dame fit non de la tête, sans hésitation, très
nettement. Manuel comprenait de moins en moins où
elle voulait en venir.

— Alors quoi ? Pourquoi vous aurait-on attaquée ?

— Je n'ai pas dit ce mot-là.

— Eh ! C'est bien ce que vous avez voulu dire !
rétorqua Baulu.

Il avait fait un pas en avant vers la dame. Manuel se
rendit compte brusquement qu'elle s'appuyait de toutes ses forces au dossier de la chaise, qu'elle avait peur.
Et puis deux larmes surgirent de dessous ses lunettes et
glissèrent lentement, bien droit, sur ses joues. Elle ne
semblait pas avoir plus de vingt-cinq ans. Manuel
éprouvait un curieux mélange de gêne et d'excitation.
Il avait envie de s'approcher lui aussi, mais il n'osait
pas.

— Et d'abord, enlevez ces lunettes ! dit Baulu. Je
n'aime pas parler aux gens dont je ne vois pas les yeux.

Manuel aurait juré qu'elle ne le ferait pas, et sans
doute l'agent immobilier aussi, et peut-être même
Baulu, qui exagérait sa colère pour impressionner le

monde, mais elle obéit. Ce fut presque immédiat, comme si elle avait peur qu'on l'y oblige par la force et, pour l'effet produit sur Manuel, comme si elle se dénudait. Ses yeux étaient grands, sombres, totalement désarmés, on voyait qu'elle retenait ses larmes au bord des paupières, et c'était vrai, par le diable, qu'ainsi elle semblait plus belle et plus nue.

Les deux autres eurent la même impression car il y eut à nouveau un long silence. Puis, sans un mot, elle éleva sa main gonflée, la leur montra. Manuel fit alors un pas vers elle, qui ne le distinguait pas bien, et il écarta Baulu.

— Ça ? dit-il. Ah, non ! Vous ne pouvez pas dire qu'on vous l'a fait ici ! Vous l'aviez déjà ce matin !

En même temps, il se disait : « Ça ne tient pas debout », parce qu'il avait cru comprendre enfin avec quoi rimait cette comédie — avec escroquerie — et qu'il se rendait compte d'une absurdité qui mettait par terre tout le mécanisme. Si elle avait voulu, par exemple, faire croire qu'on l'avait blessée chez lui, Manuel, et lui extorquer un peu d'argent au lieu d'avertir les gendarmes (il n'aurait jamais marché, bien qu'il eût été en prison, une fois), pourquoi diable se serait-elle déjà montrée, le matin, avec la même blessure ?

— Ce n'est pas vrai !

Elle essayait de se lever, elle secouait la tête avec force. Baulu dut venir en aide à Manuel pour la contenir. Par l'échancrure de sa veste de tailleur, ils virent qu'elle ne portait dessous qu'un soutien-gorge de dentelle blanche, que la naissance des seins était dorée comme le reste de sa peau. Puis elle accepta de demeurer assise, ils reculèrent. Elle répéta, en remettant ses lunettes, que ce n'était pas vrai.

— Quoi ? Qu'est-ce qui n'est pas vrai ?

— Je n'avais rien à ma main, ce matin. Et si j'avais eu quelque chose, vous ne l'auriez pas vu, j'étais à Paris.

Elle avait à nouveau sa voix nette, son air dédaigneux. Manuel voyait que ce n'était pas exactement du dédain, mais un effort pour ne pas pleurer davantage, pour garder l'air d'une dame. Elle étudiait sa main gauche, inerte, et ce curieux sillon presque à la jointure des doigts.

— Vous n'étiez pas à Paris, madame, dit Manuel calmement. Ça, vous ne pouvez le faire croire à personne. Je ne sais pas ce que vous voulez, mais à personne ici vous ferez croire que je suis un menteur.

Elle leva la tête, mais pas vers lui, elle regardait à travers la vitre. Ils tournèrent les yeux avec elle et virent Miette qui faisait le plein d'une fourgonnette 2 CV. Manuel dit :

— J'ai réparé les feux arrière de votre Thunderbird, ce matin. Les fils étaient débranchés.

— Ce n'est pas vrai.

— Je ne dis pas les choses si elles ne sont pas vraies.

Elle était venue au lever du jour, il avait entendu ses coups d'avertisseur alors qu'il buvait un café arrosé dans la cuisine. Elle avait le même air que maintenant quand il était sorti, le même air à la fois calme et tendu, prête à pleurer pour un rien, mais si on m'attaque je me défends. Elle l'avait regardé, à travers ses lunettes noires, fourrer le bas de sa veste de pyjama dans sa ceinture. Il avait dit : « Excusez-moi. Combien j'en mets ? » parce qu'il pensait qu'elle voulait de l'essence. Elle s'était contentée de répondre que ses feux ne marchaient plus et qu'elle reviendrait une demi-heure plus tard chercher la voiture. Elle avait ramassé un manteau d'été sur un siège, un manteau blanc. Elle était partie.

— Vous me prenez pour une autre, dit la dame. J'étais à Paris.

— Avec ça, dit Manuel. Je vous prends pour une autre qui était vous.

— Vous pouvez confondre deux voitures.

— Quand j'en ai réparé une, jamais, même pas sa sœur jumelle. C'est vous qui prenez Manuel pour un autre, madame. Je pourrais même vous dire que j'ai changé les vis des cosses en remettant les fils, et que si on regarde, c'est les vis de Manuel.

Ils se dirigeait soudain vers la porte, mais Baulu l'attrapa par un bras pour le retenir.

— Tu dois bien avoir quelque chose d'écrit, pour cette réparation, non ?

— Moi, les comptes, tu sais, j'ai pas le temps, dit Manuel. (Il voulait être tout à fait sincère :) Enfin, quoi, j'allais pas marquer deux sacs pour que Ferrante prenne sa part dessus !

Ferrante était percepteur, il habitait le village, il buvait, le soir, l'apéritif avec eux. S'il avait été là, Manuel aurait parlé de la même façon.

— Mais à elle, je lui ai donné un papier.

— Une facture ?

— Si tu veux. Un bout de papier, quoi, une page de carnet, tampon et tout.

Elle regardait tour à tour Baulu et Manuel. Elle

tenait sa main enflée dans son bras droit. Elle souffrait peut-être. Il était difficile de savoir ce qu'elle pensait ou éprouvait, derrière ses lunettes.

— De toute façon, dit Manuel, il y a quelqu'un qui peut le confirmer.

— Si elle veut vous attirer des embêtements, dit l'agent immobilier, votre femme ou votre fille, ça ne vaut rien.

— Laissez ma fille tranquille, le diable si j'ai l'idée de la mêler à ça ! C'est les Pacaud que je veux dire.

Les Pacaud tenaient un des cafés du village. La mère et la bru se levaient tôt pour servir les ouvriers de l'autoroute d'Auxerre. C'est là que Manuel avait envoyé la dame en tailleur blanc quand elle lui avait demandé où trouver quelque chose d'ouvert. C'était étrange une femme seule qui roulait la nuit, qui sortait de la nuit avec des lunettes sombres (il n'avait pas compris alors qu'elle était myope et voulait le cacher), c'était si étrange déjà qu'il n'avait remarqué qu'au dernier moment le pansement qui enserrait sa main gauche. Un pansement blanc dans le petit jour.

— J'ai mal, dit la dame. Laissez-moi partir. Je veux voir un docteur.

— Une seconde, dit Manuel. Je vous demande bien pardon. Vous êtes allée chez les Pacaud, ils pourront le dire. Je vais téléphoner.

— C'est un café ? demanda la dame.

— Exactement.

— Ils confondent aussi.

Il y eut un silence, pendant lequel elle les regardait sans bouger, on lui aurait trouvé un air buté si on avait pu voir ses yeux, et Manuel maintenant comprenait lui aussi qu'elle était timbrée, qu'elle ne lui voulait pas vraiment du mal, qu'elle était timbrée tout simplement. Il dit avec une douceur qui le surprit lui-même :

— Vous portiez un pansement à votre main, ce matin, je vous assure.

— Je ne l'avais pas tout à l'heure quand je suis arrivée.

— Non ? (Manuel interrogeait des yeux les deux autres, qui haussaient les épaules.) Ça ne nous a pas frappés, non. Et alors ? Puisque je vous dis que vous l'aviez ce matin !

— Ce n'était pas moi.

— Alors, pourquoi êtes-vous revenue ?

— Je ne sais pas. Je ne suis pas revenue. Je ne sais pas.

Il y avait à nouveau deux larmes qui glissaient sur ses joues.

— Laissez-moi partir. Je veux voir un docteur.

— Je vais vous conduire chez un docteur, dit Manuel.

— Ce n'est pas la peine.

— Je veux savoir ce que vous lui racontez, dit Manuel. Vous n'avez pas dans l'idée de me faire des ennuis, non ?

Elle fit non de la tête, mais non, avec agacement, et comme elle se levait, cette fois ils reculèrent.

— Vous dites que je confonds, que les Pacaud confondent, que tout le monde confond, dit Manuel. Moi, je ne comprends pas ce que vous cherchez.

— Laisse-la tranquille, dit Baulu.

Quand ils sortirent, elle d'abord, puis l'agent immobilier, puis Baulu et Manuel, il y avait plusieurs voitures arrêtées devant les pompes. Miette, qui n'avait jamais été très rapide, allait de l'une à l'autre, débordée. La petite jouait sur un tas de sable près de la route, avec d'autres gamins. Elle vint vers Manuel, bras ballants, visage sali, en voyant qu'il montait dans sa vieille Frégate et que la dame de Paris l'accompagnait.

— Retourne t'amuser, dit Manuel. Je vais au village et je reviens.

Mais elle resta là, silencieuse près de la portière, pendant qu'il faisait chauffer le moteur. Elle ne quittait pas des yeux la dame assise à côté de lui. Quand il vira devant les pompes, Baulu et l'agent immobilier racontaient l'incident à d'autres automobilistes. Il vit dans le rétroviseur que tout le monde le regardait s'éloigner.

Le soleil avait disparu derrière les collines, mais il allait bientôt resurgir, comme pour un second crépuscule, de l'autre côté du village. Parce qu'il supportait mal le silence qu'il y avait entre eux, Manuel dit à la dame que c'était pour cela, probablement, que le village s'appelait Deux-Soirs-lès-Avallon. Elle ne l'écoutait visiblement pas.

Il l'emmena chez le docteur Garat, qui avait son cabinet sur la place de l'église. C'était un vieil homme de très haute taille, fort comme un arbre, qui portait depuis des années le même complet de cheviotte. Manuel le connaissait bien, parce qu'il était bon chasseur, socialiste comme lui, et qu'il prenait parfois la Frégate pour faire ses visites, quand sa voiture — une traction avant de 48 — avait ce qu'il appelait « son souffle au cœur ». En fait, malgré plusieurs rodages de soupapes, elle n'avait plus ni cœur ni rien, elle n'aurait pas pu aller d'elle-même jusqu'à la ferraille.

Le docteur Garat examina la main de la dame, lui fit bouger les doigts, dit qu'il allait faire une radiographie, mais qu'apparemment les articulations n'étaient pas démises. Le choc avait écrasé les muscles de la paume. Il lui demanda comment elle s'était fait ça. Manuel se tenait à l'écart, parce que le cabinet du médecin l'impressionnait comme l'église en face et qu'on ne lui disait pas de s'approcher. Après une courte hésitation, la dame répondit simplement que c'était un accident. Le docteur Garat jeta un coup d'œil sur sa main droite, qui pourtant n'avait rien.

— Vous êtes gauchère ?

— Oui.

— Vous ne pourrez pas vous servir de votre main pendant une dizaine de jours. Je peux vous donner un arrêt de travail.

— Ce n'est pas la peine.

Il la fit passer dans une pièce peinte en blanc, où il y avait une table d'examen, des bocaux de verre, un grand placard à pharmacie. Manuel les suivit jusqu'à la porte. Longue silhouette blanche sur le blanc des murs, la dame ôta la veste de son tailleur à moitié, libérant juste son bras gauche, mais Manuel put voir un instant la peau bronzée et satinée de son torse mince, deviner sous la dentelle du soutien-gorge des seins gonflés, fermes, d'un poids inattendu pour son corps élancé. Ensuite, il n'osait plus regarder, ni reculer, ni même avaler sa salive, il se sentait bête et — pourquoi ? — triste, oui triste comme un chien.

Le docteur Garat prit une radiophoto, disparut pour

la développer, revint en confirmant qu'il n'y avait pas de fracture. Il fit une piqûre qui endormirait la douleur, enserra la main enflée dans un pansement rigide qui maintenait le dos et la paume, enroula une bande d'abord entre les doigts, puis tout autour, très serrée, jusqu'au poignet. L'opération demanda un quart d'heure, durant lequel aucun des trois ne dit un mot. Si elle souffrait, elle ne le montrait pas. Elle regardait sa main qu'on soignait, ou le mur en face d'elle, et plusieurs fois, de l'index de sa main droite, elle appuya sur la jointure de ses lunettes pour les remonter. Elle n'avait pas l'air d'avoir l'esprit plus dérangé que n'importe qui, plutôt moins, et Manuel se dit qu'il valait mieux renoncer à comprendre son comportement.

Elle eut de la difficulté à enfiler la manche de sa veste, dont l'extrémité était étroite. Ce fut Manuel, pendant que le docteur rangeait ses affaires, qui lui vint en aide pour défaire quelques points de couture. Il sentit son parfum, doux et clair comme ses cheveux, et quelque chose de plus chaud qui était l'odeur de sa peau.

Quand ils revinrent dans le bureau de Garat, pendant que celui-ci préparait une ordonnance, elle fouilla dans son sac, prit un peigne, rectifia sa coiffure de la main droite. Elle sortit aussi de l'argent mais Manuel dit qu'il s'arrangerait avec le docteur. Elle haussa les épaules — sans mauvaise humeur, il le comprit bien, seulement par fatigue — et elle rentra dans son sac l'argent et l'ordonnance. Elle demanda :

— Quand me suis-je fait ça ?

Le docteur Garat la regarda sans comprendre, puis tourna les yeux vers Manuel.

— Elle demande quand elle s'est blessée.

Garat comprenait encore moins. Il dévisageait la jeune femme assise devant lui comme s'il ne l'avait pas encore vraiment vue.

— Vous ne le savez pas ?

Elle ne répondit pas, ni d'un mot ni d'un signe.

— Ma foi, je présume que vous êtes venue me voir tout de suite, non ?

— Ce monsieur prétend que j'avais déjà ça ce matin, dit-elle en levant sa main bandée.

— C'est bien possible, mais enfin, vous devez le savoir, vous ?

— C'est possible ?

— Pourquoi pas ?

Elle se leva, remercia. Comme elle franchissait la porte d'entrée, Garat retint Manuel par le bras et l'interrogea du regard. Manuel écarta les mains d'un geste impuissant.

Il se remit au volant, la ramena vers sa Thunderbird, en se demandant ce qu'elle allait faire. Il se dit qu'elle pourrait rentrer chez elle par le train, qu'elle enverrait quelqu'un reprendre la voiture. La nuit tombait. Manuel n'arrivait pas à s'enlever de la tête la vision de ses seins gonflés.

— Vous n'allez pas pouvoir conduire, avec votre pansement.

— Mais si.

Elle tourna juste les yeux, et avant que ça parte, il sut ce qu'elle allait dire, c'était bien fait pour lui :

— Je conduisais bien, ce matin, quand vous m'avez

vue ? Et ma main, ma main, elle était comme maintenant, non ? Alors, qu'est-ce qu'il y a de changé ?

Ils ne parlèrent plus jusqu'à la station-service. Miette avait allumé les lampes. Elle les regarda descendre de la Frégate, debout sur le seuil du bureau.

La dame alla vers sa Thunderbird, que quelqu'un, probablement Baulu, avait rangée à l'écart des pompes. Elle jeta son sac à main sur le siège à côté d'elle, s'installa au volant. Manuel vit sa petite fille déboucher de derrière la maison, en courant, et s'arrêter net pour les regarder. Il s'approcha du cabriolet dont le moteur était déjà en marche.

— Je n'ai pas payé l'essence, dit la dame.

Il ne se rappelait plus exactement combien elle lui devait, il fit un compte rond. Elle lui donna un billet de cinquante francs. Il ne pouvait pas la laisser partir comme ça, surtout devant la petite, mais il ne trouvait rien à dire. Elle nouait son foulard sur ses cheveux, allumait ses feux de position. Elle frissonnait. Sans le regarder, elle dit :

— Ce n'était pas moi, ce matin.

D'une voix basse, tendue, presque suppliante. En même temps, il la retrouvait telle qu'il l'avait vue au petit jour. Et puis, màintenant, qu'est-ce que ça pouvait faire ? Il répondit :

— Je ne sais plus, moi. Je me suis peut-être trompé. Tout le monde peut se tromper.

Elle devait bien sentir qu'il ne croyait pas un mot de ce qu'il disait. Derrière lui, en basque, Miette cria qu'on avait déjà téléphoné trois fois pour des dépannages.

— Qu'est-ce qu'elle dit ?

— Rien. Vous allez pouvoir vous débrouiller avec votre pansement ?

Elle fit oui de la tête. Manuel lui tendit la main par-dessus la portière, en disant très vite, très bas :

— Soyez gentille, prenez-la, c'est pour ma petite qui nous regarde.

Elle tourna la tête vers la petite, qui était immobile à quelques pas d'eux, sous les lampes, dans son tablier à carreaux rouges, les genoux sales, elle comprit si vite qu'il en eut comme un coup au cœur, mais le vrai coup au cœur, ce ne fut pas ça, ce ne fut pas non plus quand elle mit sa main droite dans la sienne, ce fut, brusque, inattendu, inconnu encore, son sourire. Elle lui souriait. Elle frissonnait en même temps. Manuel avait envie de lui dire quelque chose de magnifique pour la remercier, quelque chose de bien pour effacer le reste, mais tout ce qui lui vint aux lèvres ce fut :

— Elle s'appelle Maureen.

Elle démarra, sortit de la piste, vira en direction de Saulieu, et il fit quelques pas vers la route pour suivre plus longtemps des yeux les deux aveuglantes lumières rouges qui s'éloignaient. Maureen vint près de lui, et il la prit dans ses bras et il lui dit :

— Tu vois ces lumières ? Tu les vois ? Eh bien, regarde, elles ne marchaient plus, c'est ton papa, c'est Manuel qui les a réparées !

Sa main ne lui faisait pas mal, rien ne lui faisait mal, tout en elle était engourdi. Elle avait froid, très froid dans la voiture découverte, et cela aussi contribuait à l'engourdir. Elle fixait droit devant elle la zone la plus lumineuse de ses phares, juste avant cette frange poudreuse où ils se noyaient dans l'obscurité. Quand d'autres voitures arrivaient en face, il fallait une demi-seconde à sa main droite pour passer les coudes, une demi-seconde où rien ne tenait plus le volant que le poids de son pansement rigide. Elle roulait sagement, mais avec une régularité têtue. L'aiguille du compteur de vitesse devait rester tout près de quarante miles, toucher au moins le gros 4 métallique. Tant qu'elle ne s'en écartait pas, rien ni personne n'était encore trahi. Le volant ne bougeait pas d'un millimètre, Paris s'éloignait un peu plus et un peu plus, elle avait trop froid pour réfléchir, c'était bien.

Elle s'y connaissait, en trahison, oh oui. Vous prétendez aimer quelqu'un, ou tenir à quelque chose, et puis, à peine le temps de sentir l'aiguille s'écarter de quarante miles, à peine le temps d'une fatigue, le temps d'un souffle, le temps de vous dire : « Je ne serais pas capable de tenir à ce quelqu'un, d'aimer ce quelque chose jusqu'au bout », une porte se ferme, vous courez dans les rues, et vous pouvez bien alors vous envelopper chaudement dans les larmes et même essayer pendant des mois de rayer tout cela de vos souvenirs, vous avez laissé tomber, vous avez laissé tomber, vous avez laissé tomber.

Saulieu, c'était des taches lumineuses et des taches noires, la route qui tournait en pente, les hauteurs d'une basilique. Elle s'arrêta net, après s'être engagée dans une rue, puis dans une autre, à moins d'un mètre d'un mur gris de cette basilique. Elle coupa le contact et se laissa aller la tête contre le volant, les yeux secs, avec des sanglots dans la poitrine qu'elle n'essayait même pas de retenir, mais qui ne sortaient pas, qui lui donnaient un hoquet ridicule. Ta bouche sur ton pansement. Tes cheveux devant tes yeux, par-delà tes maudites lunettes de hibou. Maintenant, c'est toi, c'est tout à fait toi, tu n'as que ta main droite et ce cœur patraque, mais continue, ne te pose pas de questions, continue.

Elle se permit de rester quelques minutes ainsi — trois ou quatre, peut-être moins — puis elle se lança carrément en arrière contre le dossier de son siège, en se disant que le monde est grand, la vie longue, qu'elle avait faim, soif, et envie de fumer. La nuit était claire et belle au-dessus d'elle. Il restait toujours, sur une carte qu'elle pouvait prendre avec sa main valide, des noms comme Salon-de-Provence, Marseille ou Saint-Raphaël. Ma pauvre fille, tu es ce qu'on appelle une cyclothymique. Da, je suis une cyclothymique. Une cyclothymique qui a froid.

Elle fit fonctionner la capote, qui s'éleva magique ment dans le ciel de Saulieu, effaça les étoiles, la renferma, elle, Dany Longo, dans un monde qui ressemblait aux cabanes de son enfance, celles qu'on construisait avec des draps de lit dans le dortoir de l'orphelinat. Elle alluma une cigarette, qui était bonne et piquait la gorge comme les premières qu'elle avait fumées à quinze ans sous ces cabanes, on se les passait de main en main, une goulée chacune, ensuite on toussait à fendre l'âme, et les lèche-bottes de la sœur surveillante faisaient : « Chut ! Chut ! » dans le dortoir. Et alors lumière, la sœur surveillante arrivait en chemise de gros coton, n'importe quoi sur la tête pour cacher ses cheveux ras, et elle donnait des taloches partout, à tort et à travers, il fallait remonter les genoux jusqu'au menton et se protéger des coudes, c'est elle qui se faisait mal.

Des gens passèrent, leurs pas résonnant sur le pavé, une horloge fit entendre, lourdement, la demie de quoi ? — de neuf heures à la montre du tableau de bord. Dany Longo alluma une lumière intérieure — tout s'allumait dans cette voiture, on ne pouvait pas presser un bouton sans être éblouie —, elle fouilla dans la boîte à gants, regarda rapidement les papiers qu'elle avait vus quelques heures plus tôt. Elle ne trouva pas de facture de dépannage à Deux-Soirs-lès-Avallon. Elle ne s'attendait pas à en trouver une.

Elle vida également son sac à main sur le siège à côté d'elle. Rien non plus. Elle se demanda, un peu mal à l'aise, pourquoi elle se donnait tant de peine : elle savait pertinemment qu'elle n'avait jamais mis les pieds de sa vie chez le petit homme à l'accent du Sud-Ouest, alors quoi ? Elle remit tout dans son sac. Combien de cabriolets américains étaient passés durant cette journée sur les nationales de Paris à Marseille ? Des dizaines, peut-être plus de cent. Combien de femmes, en juillet, pouvaient s'habiller de blanc ? Combien étaient-elles, Seigneur, à porter des lunettes de soleil ? L'incident eût été proprement ridicule sans sa main écrasée.

D'ailleurs, le petit homme du Sud-Ouest n'avait fait que mentir. La blessure, au moins, c'était réel, elle avait le pansement sous les yeux, et il n'y avait qu'une explication, elle n'en voyait qu'une. L'un des deux automobilistes, ou peut-être lui-même, était entré derrière elle dans les toilettes, pour lui prendre son argent, ou pour autre chose qu'elle n'arrivait pas à croire — mais ce regard, dans le cabinet du médecin, quand elle avait retiré une manche de sa veste, ce regard à la fois écœurant et pitoyable, l'inventait-elle aussi ? Sans doute, elle avait dû se débattre, il avait senti qu'il lui brisait la main, il avait pris peur. Ensuite, pour disculper ses amis ou se disculper lui-même, il avait raconté n'importe quoi dans le bureau. Ce verre d'alcool sur la table. Ce gros rougeaud qui parlait fort. Ils voyaient bien qu'elle était effrayée, ils en profitaient. Et certainement aussi, sans comprendre que la voiture n'était pas à elle, ils avaient deviné tous les trois que quelque chose l'empêchait d'appeler la police comme elle aurait dû le faire.

C'était ça, c'était sûrement ça. Elle avait l'impression de tricher un peu, parce qu'elle n'arrivait pas à oublier le visage ridé, les yeux méchants d'une vieille femme, dans une longue rue dévorée de soleil, mais cela aussi c'était une coïncidence, un malentendu. Elle ouvrit la valise noire, à l'arrière, en s'agenouillant sur son siège, sortit le pull blanc qu'elle avait acheté à Fontainebleau. Il était très doux, avec une odeur de neuf qui la rassurait. Elle éteignit la lumière dans la voiture pour l'enfiler sous sa veste, ralluma, arrangea le col montant en se regardant dans le rétroviseur. Chaque geste, d'autant plus attentif qu'elle était malhabile de sa main droite, éloignait d'elle la vieille femme, la station-service, toute cette vilaine fin d'après-midi. Elle était Dany Longo, la blonde et belle, en route pour Monte-Carlo, avec un tailleur qu'il lui faudrait laver mais qui séchait en deux heures, et une faim de loup.

A la sortie de Saulieu, un panneau indiquait Chalon à quatre-vingt-cinq kilomètres. Elle n'allait pas très vite, la route montait, tournait beaucoup, elle devait compter plus d'une heure et demie pour arriver là. Mais il y avait d'autres voitures devant elle, dont les feux la guidaient dans les virages, et elle ne s'arrêterait plus. Ce fut juste au moment où elle se promettait de ne plus s'arrêter qu'on l'obligea, le cœur vidé de son sang, à le faire.

Il y eut d'abord, sur sa gauche, au croisement d'une nationale qui menait à Dijon, les silhouettes lourdes, massives, de deux motards arrêtés sous les arbres. Elle n'était même pas sûre, en les dépassant, d'avoir vu des uniformes. Mais si c'était des motards de la police et qu'ils la suivent ? Elle vit dans le rétroviseur, à plus de deux cents mètres déjà derrière elle, l'un des deux virer en puissance sur la route et foncer en grondant sur ses traces. Il grandissait dans le miroir, elle pouvait distinguer son casque, ses grosses lunettes de protection, il donnait l'impression, sur sa machine, d'un robot implacable, il n'était pas humain. Elle se disait : « C'est impossible, ce n'est pas après moi qu'il en a, il va me dépasser, il poursuivra son chemin. » Il la dépassa dans un bruit de moteur poussé à fond, continua un instant, puis ralentit en se retournant vers elle, en levant la main. Elle stoppa sur le bord de la route, à vingt mètres de lui, qui rangeait sa moto, retirait ses gants, s'approchait dans la lumière des phares, d'un pas calme, exagérément calme, comme pour achever de lui briser les nerfs. C'était fini avant de commencer. On s'était aperçu de la disparition de la Thunderbird, on avait sans doute son signalement et son nom, tout. En même temps, elle qui n'avait jamais parlé à un policier que pour demander un renseignement dans Paris, elle avait une impression curieuse de déjà vu, comme si elle avait imaginé par avance cette scène dans tous ses détails, ou si elle la revivait.

Arrivé près d'elle, le motard tourna d'abord la tête vers les voitures qui passaient sur la route, traversant la nuit d'un grand souffle mugissant, puis il soupira, releva ses grosses lunettes sur son casque, s'accouda pesamment à la portière et dit :

— Alors, mademoiselle Longo ? On se promène ?

Il avait des scrupules et se nommait Toussaint Nardi. Il avait aussi une femme, trois enfants, une certaine adresse au tir au pistolet, un culte pour Napoléon, un F4 avec eau chaude et vide-ordures à la caserne, des économies aux chèques postaux, une patience sans limites pour apprendre dans les livres ce qu'on n'avait pas eu le temps de lui enseigner à l'école et l'espoir de finir pépère et officier de police dans une petite ville au soleil.

Il avait la réputation de quelqu'un qu'il ne faut pas gratter où ça ne le démange pas, mais brave type autant qu'un flic peut l'être. Il n'avait jamais eu l'occasion, en quinze ans de service, de montrer son adresse sur autre chose que des cibles d'entraînement ou des pipes de foire, et il s'en félicitait. Il n'avait jamais non plus levé la main sur personne, ni en civil ni en uniforme, si l'on exceptait quelques raclées à son fils aîné qui à treize ans se coiffait comme les Beatles, taillait les cours de mathématiques et deviendrait voyou si on n'y mettait bon ordre. Enfin, son seul souci, avec celui d'éviter les histoires, était d'entretenir convenablement sa moto. D'abord par discipline, et parce qu'elle pouvait être une raison majeure de mourir avant l'âge.

Quand il vit passer la Thunderbird blanche à capote noire, au carrefour de la 6 et de la 77 *bis,* il était d'ailleurs en train de parler motos avec son collègue Rappart. C'était celui qu'il préférait, parce qu'il était à la caserne son voisin d'étage et que son fils non plus ça n'allait pas fort. En service de jour, on ne parlait guère. En service de nuit, il y avait, en plus des motos, trois sujets de conversation supportables : la connerie du bricart-chef, les défauts de l'épouse respective, et la légèreté des autres femmes.

Nardi n'eut aucune hésitation à reconnaître la Thunderbird. Elle n'allait pas très vite, et il put lire le numéro d'immatriculation, 3210 RX 75. Un numéro facile à se rappeler parce qu'il évoquait le compte à rebours des lancements de fusées. Il avait eu le vague pressentiment, pendant les deux heures précédentes, qu'il la verrait passer. Ce sont des choses qui ne s'expliquent pas. Il dit simplement à Rappart : « Va voir sur la 80 comment ça roule, on se retrouve ici. » Il était assis à califourchon sur sa machine, il n'eut qu'à la soulever, à dégommer le moteur d'un grand coup de pied. Il laissa la priorité à une camionnette, bondit en chassant sur sa droite pour virer dans le démarrage. En trois secondes, il avait les feux arrière de la Thunder-

97

bird dans les yeux, énormes, d'un rouge éblouissant, des feux à complexer pour la vie un enragé du P. V

Il ne voyait pas qui conduisait. En la dépassant, son regard accrocha le pansement qu'elle portait à la main gauche, il sut que c'était elle. Quand il lui demanda de s'arrêter, il n'arrivait pas à se rappeler son nom, que pourtant il avait lu, avec sa date de naissance et tout, et il avait une mémoire des noms très aiguë. Cela lui revint tandis qu'il marchait vers elle : Longo.

Elle était différente du matin, il se demandait à quoi cela tenait, surtout qu'elle le regardait avec l'air de ne pas le reconnaître. Puis il comprit que le matin, elle n'avait pas de pull à col montant. Celui-ci, blanc comme son tailleur, faisait paraître son visage plus arrondi et par contraste plus bronzé. Mais c'était la même émotivité bizarre, la même difficulté à sortir un mot, et pour lui, la même impression de se trouver devant quelqu'un de coupable.

Coupable de quoi ? Il l'avait arrêtée au lever du jour, un peu après Saulieu, sur la route d'Avallon, pour un défaut d'éclairage à l'arrière. C'était la fin de son service, et il avait piqué durant la nuit assez d'imbéciles qui franchissaient les lignes jaunes, doublaient au sommet des côtes et se moquaient de la vie des autres, pour en avoir sa dose et se contenter de dire : « Vos feux ne marchent pas, faites-les réparer, au revoir et n'y revenez pas. » Même une femme, même une femme émotive ne pouvait se paniquer à ce point-là, simplement parce qu'un cogne bourré de fatigue lui dit de faire réparer ses feux.

Ce n'est qu'après, en trouvant son comportement par trop étrange et en lui demandant de montrer ses papiers, qu'il avait remarqué le pansement à sa main gauche. Et tout le temps qu'il regardait son permis de conduire — il lui avait été donné à dix-huit ans, dans le Nord, et son domicile était alors un orphelinat religieux —, il avait perçu, bien qu'elle restât parfaitement silencieuse et immobile, que sa nervosité grandissait, approchait d'un point limite où il pouvait, lui, courir un danger.

Oui, c'était inexplicable, il n'aurait pas pu l'expliquer en dépit de tous les sacrés cours de psychologie dont il se bourrait la tête pour ses examens, mais il avait eu, très nette, la sensation d'un danger. Un peu, par exemple, comme si arrivée à bout de nerfs, il était possible qu'elle ouvre sa boîte à gants, sorte une arme et l'envoie rejoindre les victimes du devoir. En plus, il n'aurait pas dû être seul, il s'était arrangé avec Rappart qui voulait rentrer plus tôt pour être d'attaque au repas de baptême de sa petite nièce. Il n'était même pas blanc, dans cette histoire.

Les papiers, eux, avaient l'air en règle. Il avait demandé où elle allait : Paris. Quelle était sa profession : secrétaire dans une agence de publicité. D'où elle venait : elle avait dormi dans un hôtel de Chalon. Quel hôtel : La Renaissance. Elle répondait sans véritable hésitation, mais d'une voix décomposée, à peine audible. C'était dans l'obscurité entre la nuit et le jour, il ne la voyait pas bien. Il avait envie de lui faire ôter ses lunettes mais on ne peut pas demander cela, surtout à une femme, sans paraître jouer les durs d'un feuilleton télé. Nardi avait horreur du ridicule.

La voiture était au nom de la maison de publicité où elle travaillait. Elle lui avait dit le numéro de téléphone de son patron, il pouvait vérifier qu'on la lui confiait souvent. Elle frissonnait. Aucune Thunderbird n'était signalée en cavale sur les routes et s'il la poussait à bout sans motif, il risquait peut-être des embêtements. Il l'avait laissée partir. Ensuite, il l'avait regretté. Il aurait dû s'assurer qu'elle n'était pas armée. Et pourquoi donc avait-il cette idée saugrenue qu'elle pouvait l'être ? Cela surtout le tracassait.

Maintenant, il ne savait plus. C'était la même fille effrayée, déroutante, mais quelque chose s'était produit depuis le matin, quelque chose qui avait pour ainsi dire gommé ce qu'il avait senti chez elle d'agressif — non, ce n'était pas exactement ça, — de désespéré, — ce n'était pas ça non plus, — il n'y avait pas de mot pour définir qu'au petit jour elle était prête à atteindre un point limite et que ce point limite était franchi. Il était certain que si une arme s'était jamais trouvée dans la voiture, elle n'y était plus.

En fait, après avoir dormi, Nardi s'était senti un peu ridicule en repensant à la jeune femme dans la Thunderbird. S'il n'avait pas emmené Rappart avec lui, en la voyant une seconde fois, c'était par crainte de l'être encore plus. Il était content à présent d'avoir agi ainsi.

— Il semble, mademoiselle Longo, qu'on soit voué, vous et moi, au service de nuit. Vous ne trouvez pas ?

Elle ne trouvait rien du tout. Elle ne le reconnaissait même pas.

— J'ai vu que vos feux arrière sont réparés. (Un temps.) C'était un court-circuit ? (Un temps.) En tout cas, ils marchent. (Un siècle.) C'est à Paris que vous les avez fait réparer ?

Un visage bronzé caché par des lunettes, éclairé par la lumière du tableau de bord, une petite bouche charnue qui tremblait un peu, comme gonflée par l'envie de fondre en larmes, une mèche blonde qui dépassait du foulard turquoise. Pas de réponse. Coupable de quoi ?

— Eh, je vous parle ! C'est à Paris que vous avez fait réparer vos feux ?

— Non.

— Où ?

— Je ne sais pas. Du côté d'Avallon.

A la bonne heure. Ça parlait. Même il lui semblait, autant qu'il pouvait se souvenir, que sa voix était moins blanche, plus appuyée. Elle avait repris un peu de son calme.

— Mais vous êtes allée à Paris ?

— Oui, je crois.

— Vous n'en êtes pas sûre ?

— Si.

Il se passait un index sur les lèvres, se forçait à la dévisager soigneusement cette fois, bien qu'il fût toujours un peu gêné de regarder les femmes, même les tapineuses, de cette façon.

— Quelque chose qui ne gaze pas ?

Elle secouait un peu la tête, c'était tout.

— Ça vous ennuierait si je vous demandais d'ôter un instant vos lunettes ?

Elle obéissait. Elle expliquait précipitamment, comme s'il en était besoin :

— Je suis myope.

Elle l'était si gravement, qu'en retirant ses verres, elle renonçait même à y voir. Elle n'essayait pas, plus ou moins, d'accommoder. Au lieu de rétrécir comme ceux de la petite Rappart, qui était myope aussi à la suite d'une mauvaise rougeole, et dont les efforts sans lunettes étaient pitoyables, ses yeux s'élargissaient instantanément, vides, comme à l'abandon, ils lui changeaient le visage.

— Vous arrivez à conduire, avec ces yeux-là, en pleine nuit ?

Il avait adouci sa voix, mais il s'en voulut de prononcer une phrase de flic borné, de chaussures à clous. Elle remettait heureusement très vite ses lunettes, disait oui d'un léger mouvement du menton. Il y avait aussi ce pansement.

— Ce n'est pas très sage, mademoiselle Longo, surtout avec une main abîmée. (Pas de réponse.) Et puis, si je comprends bien, vous n'avez pas quitté le volant de la journée ? (Pas de réponse.) Rien que l'aller-retour, ça vous fait combien ? Six cents kilomètres ? (Pas de réponse.) Vous êtes obligée de rouler ? Vous allez où maintenant ?

— Dans le Midi.

— Où, dans le Midi ?

— A Monte-Carlo.

Il siffla entre ses lèvres.

— Vous n'allez pas faire ça d'une traite ?

Elle secouait la tête très nettement. C'était la première réaction un peu assurée qu'il lui voyait.

— Je vais m'arrêter dans un hôtel un peu plus loin.

— A Chalon ?

— Oui, à Chalon.

— A La Renaissance ?

Elle le regardait à nouveau sans comprendre.

— Vous m'avez dit que vous aviez couché à La Renaissance. Ce n'était pas vrai ?

— Si.

— Votre chambre est retenue ?

— Non, je ne crois pas.

— Vous ne croyez pas ?

Elle secouait la tête, se détournait pour éviter son regard, restait là, immobile, son pansement sur le volant, non pas avec cette patience arrogante de certains automobilistes qui se disent : « Continue, tu m'intéresses, quand tu auras fini de faire le pantin, je pourrai peut-être partir » — mais simplement parce qu'elle était comme déphasée, perdue, que les mots ne venaient plus, ni les idées, simplement parce qu'elle s'abandonnait, de la même manière qu'en retirant ses lunettes. S'il lui avait demandé de venir à la gendarmerie, elle n'aurait pas fait de difficulté, elle n'aurait probablement même pas essayé de savoir pour quel motif.

Il alluma sa lampe-torche, promena le faisceau à l'intérieur de la voiture.

— On peut voir la boîte à gants ?

Elle l'ouvrit. Il n'y avait rien que des papiers, elle posa sa main droite dessus pour montrer que c'était tout.

— Votre sac ?

Elle l'ouvrit aussi.

— Il y a quelque chose dans le coffre ?

— Non. Ma valise est là.

Il regarda dans sa valise, qui était de cuir noir et ne contenait que des vêtements, des serviettes de toilette, une brosse à dents. Il était penché, portière ouverte, par-dessus le siège avant, elle s'était écartée d'elle-même pour lui laisser la place. Il était partagé entre le sentiment d'être un mufle, de surcroît casse-pieds, et celui de passer à côté de quelque chose d'étrange, de grave, qu'il aurait dû comprendre.

Il referma la portière, soupirant :

— Vous semblez avoir des ennuis, mademoiselle Longo.

— Je suis fatiguée, c'est tout.

Des voitures passaient en grondant derrière Nardi, des éclats de lumière dure déplaçaient les ombres sur le visage de la jeune femme, au point que ce visage n'était jamais le même.

— Vous savez ce qu'on va faire ? Vous allez me promettre de vous arrêter à Chalon et moi, je téléphonerai à La Renaissance pour vous retenir une chambre.

Il pourrait vérifier ainsi qu'elle y était bien la veille, qu'elle n'avait pas menti. Il ne voyait pas ce qu'il pouvait faire d'autre.

Elle acquiesçait d'un signe de tête. Il lui dit d'aller doucement, qu'il y avait beaucoup de monde sur les routes durant ce week-end, il s'écarta, portant l'index à son casque, et tout ce temps il pensait : « Ne la laisse pas partir, en rien de temps ça va se révéler une bourde monumentale. »

Elle ne dit pas au revoir. Il s'était planté jambes écartées sur la route, pour ralentir les voitures qui arrivaient dans le même sens. Il la suivit des yeux en revenant vers sa moto. Il se disait qu'après tout c'est bien vrai, personne n'est le gardien de sa sœur, qu'il n'avait rien à se reprocher. Si elle devait finir avec son portrait dans le journal, il se trouverait bien, un peu plus bas, sur la 6 ou la 7, un collègue plus têtu que lui pour l'en empêcher. Il ne croyait peut-être qu'à une seule qualité de ses collègues, après quinze ans de service, mais il y croyait comme à l'Évangile : ils sont nombreux. Et plus têtus les uns que les autres.

Elle traversait, pleins phares, un rêve. Ni bon ni mauvais. Un rêve comme il y en a tant. Comme elle en faisait quelquefois, et ensuite on ne se rappelle plus. Elle n'allait pas se réveiller dans sa chambre, même pas. Elle était réveillée. Elle traversait le rêve de quelqu'un d'autre.

Est-ce que ça existe, de faire un pas aussi banal que tous les pas qu'on a faits dans sa vie, et sans se rendre compte, de franchir une frontière de la réalité, de rester soi, vivante et parfaitement éveillée, mais dans le rêve nocturne de mettons sa voisine de dortoir ? Et de continuer à marcher avec la certitude qu'on n'en sortira plus, qu'on est prisonnière d'un monde calqué sur le vrai mais totalement inepte, un monde monstrueux parce qu'il peut s'évanouir à tout instant dans la tête de la copine, et vous avec ?

Comme dans les rêves, où les raisons d'agir se métamorphosent au fur et à mesure qu'on avance, elle ne savait plus pourquoi elle était sur une route et fonçait dans la nuit. On entre dans une salle où — clic — un petit tableau vous montre un port de pêche, mais Maman-Sup est là, vous êtes entrée pour lui avouer que vous avez trahi Anita et vous ne trouvez pas les mots pour lui expliquer, parce que c'est obscène, et vous trappez et frappez Maman-Sup, mais déjà c'est une autre vieille femme chez qui vous veniez reprendre votre manteau blanc, et ainsi de suite. Le plus clair, c'est qu'elle devait se rendre dans un hôtel où elle était déjà passée, avant qu'on puisse dire à un gendarme qu'elle n'était jamais venue. Ou le contraire. On raconte que quand on est fou, ce sont les autres qui vous donnent l'impression de l'être. Eh bien, ce devait être ça. Elle était folle.

Après Arnay-le-Duc, une longue file de camions avançait au pas. Elle dut rouler derrière eux, au long d'une côte qui n'en finissait plus. Quand elle put les doubler, un, puis deux, puis tous les autres, une grande vague de soulagement la submergea. Ce n'était pas tant de pouvoir dépasser les camions, de retrouver devant elle la route noire, la nuit libre, mais, à retardement, de n'avoir pas été conduite en prison pour le vol de la voiture. On ne recherchait pas la Thunderbid. Sauvée. Il lui semblait qu'elle venait à l'instant de quitter le motard. Elle avait déjà fait vingt kilomètres dans une confusion d'idées où se consumait le temps.

Il fallait arrêter ces bêtises, ramener tout de suite la voiture à Paris. Il n'était plus question de voir la mer. Elle irait une autre fois. Par le train. Ou elle utiliserait ce qui lui restait d'économies pour s'acheter le tiers d'une 2 CV, la suite par traites sur dix-huit mois. Elle aurait dû le faire depuis longtemps. Elle ne débarquerait pas à Monte-Carlo, mais dans un petit trou pour anémique de la volonté. Pas dans un grand hôtel imaginaire avec piscine, musique douce et rencontres climatisées, mais dans une pension de famille bien réelle, avec vue sur le potager, le fruit défendu étant, à l'heure de la sieste, d'échanger des idées intellectuelles sur les pièces d'Anouilh avec une dame charcutière devant laquelle il ne convient pas de faire l'andouille, ou alors, au mieux, avec un garçon presbyte et renverseur de chaises longues, comme ça ils formeraient la paire, lui et elle, Dany Longo, à l'attendrissement de la marieuse de service : « C'est beau mais c'est triste, s'ils ont des enfants, ils vont se ruiner en opticien. » Oh, elle pouvait se moquer, prendre ça de haut, c'était bel et bien son univers, elle n'en méritait pas d'autre. Elle n'était qu'une idiote qui se donnait de grands airs. Quand on n'est pas capable de regarder son ombre sans tomber à la renverse, on reste dans son coin.

Chagny. Des toits bourguignons, d'énormes poids lourds alignés devant un restaurant de routiers, Chalon à dix-sept kilomètres.

Dieu, comment arrivait-elle à se monter la tête, au point de s'en épouvanter, avec des raisonnements de moulin à poivre ? Ainsi pour Caravaille. Croyait-elle réellement que, par sortilège revenu de Suisse, il se précipiterait chez les gendarmes afin que tout le monde sache bien qu'il avait de la graine de pénitencier dans son personnel ? Pire encore, croyait-elle qu'il aurait le cœur de dramatiser l'affaire devant le colossal éclat de rire d'Anita ? Parce qu'elle n'aurait pas d'autre réaction, Anita, elle imaginerait trop bien son petit hibou trouillard, partant vivre sa vie à trente à l'heure.

A l'asile, à l'asile. Tout ce qu'elle risquait à son retour, c'était que Caravaille lui dise : « Content de vous revoir, Dany, vous avez une mine superbe, mais vous comprendrez aisément que si chacun, à l'agence, m'empruntait une voiture, je devrais entretenir une écurie », et qu'il la mette à la porte. Même pas : il y aurait une raison à fournir ou un dédit à payer. Il lui demanderait gentiment sa démission. Elle en serait quitte pour accepter les propositions qu'une autre agence lui faisait chaque année, elle y gagnerait même une augmentation de salaire. Eh oui, crétine.

Le motard connaissait son nom. Il prétendait lui aussi l'avoir vue, au même endroit le matin. Eh bien, il devait y avoir une explication. Si elle s'était comportée comme un être normal avec lui et le petit garagiste, cette explication, elle l'aurait déjà. Elle l'entrevoyait bien, maintenant qu'elle était raisonnable. Ce n'était pas encore très clair, parfaitement bouclé, mais ce qu'elle devinait n'avait rien qui pût faire peur à un chat. Elle avait honte, c'était tout.

On s'approchait d'elle, on lui parlait en haussant à peine le ton, elle défaillait. On lui demandait d'ôter ses lunettes, elle les ôtait. Elle se terrorisait elle-même avec tant de force qu'elle eût peut-être obéi si c'était ses vêtements. Elle aurait pleuré, oui, et supplié. Elle n'était bonne qu'à ça.

Elle savait pourtant se rebiffer, se défendre même avec violence, elle se l'était prouvé plus d'une fois. A treize ans, déjà, avec Sœur Marie-de-la-Pitié, qui n'en avait guère pour les joues des autres, et à qui elle avait rendu une gifle, un jour, aussi sec, de toutes ses forces. Même avec Anita, qui la tenait pour une larve, mais qui lui devait la plus magistrale raclée de sa vie et une sortie sur le palier, sac et manteau à la suite. Après, elle avait pleuré, bien sûr, et pendant des jours, mais ce

108

n'était pas pour avoir frappé Anita, c'était pour autre chose, qui ferait que jamais plus elle ne serait tout à fait elle-même, et si elle avait pleuré, de toute façon, elle était seule à le savoir. Elle était seule à savoir aussi qu'elle pouvait passer, comme sans raison, en moins d'une heure, de l'état d'esprit le plus serein à la dépression la plus paralysante. Encore, dans la dépression, il lui restait toujours en tête, par habitude, qu'elle devait se faire confiance, qu'elle resurgirait bientôt de ses cendres comme le phénix. Les autres, elle en était sûre, devaient la considérer comme une fille pas bavarde, gênée par ses lunettes, mais qui avait du caractère

En approchant de Chalon, sa main recommença de lui faire mal. Un mouvement pour refermer ses doigts sur le volant, sans s'en rendre compte, ou l'effet de la piqûre qui était passé. Ce n'était pas encore vraiment une douleur, mais elle sentait sa main sous le pansement. Elle l'avait oubliée.

Dans la lumière des phares, de grands panneaux publicitaires vantaient des marques auxquelles elle était habituée. L'une d'elles, une eau minérale, faisait partie des budgets dont elle s'occupait à l'agence. Ce n'était pas agréable de la trouver sur sa route. Elle se dit qu'elle allait prendre un bain et dormir. Elle ramènerait la voiture dès qu'elle serait reposée. Si elle avait du caractère, c'était maintenant qu'elle allait le montrer. Elle avait encore une chance de river leur clou à ceux qui prétendaient la connaître : l'hôtel où le motard l'envoyait, La Renaissance. Un nom prédestiné, parce que là renaîtrait le phénix.

Elle était certaine d'avance qu'on lui dirait l'avoir

vue la veille. Elle était même certaine qu'on connaîtrait son nom. Forcément, puisque le motard avait téléphoné. Mais cette fois, au lieu de se décomposer, elle se mettrait dans la tête qu'elle ne risquait rien pour l'emprunt de la voiture et c'est elle qui attaquerait. La Renaissance. Envoyez La Renaissance. Elle sentait une froide, délicieuse colère l'envahir. Comment le motard avait-il eu son nom, lui ? Elle l'avait probablement dit chez le médecin, ou peut-être même à la station-service. Elle avait beau n'être pas bavarde — ou croire qu'elle ne l'était pas —, elle lâchait du lest à chaque fois. Le tort qu'elle avait eu, c'était de lier la blessure de sa main au reste, alors que l'accident n'était tout simplement pas prévu dans — le mot lui vint, évident — la mise en boîte. On l'avait mise en boîte, on se payait sa tête.

Où cela avait-il commencé ? A Deux-Soirs-lès-Avallon ? Par la vieille femme ? Non, c'était avant, certainement avant. Elle n'avait rencontré avant qu'un couple dans un restauroute, des vendeuses de magasin, un routier au beau sourire qui lui avait chipé un bouquet de violettes et qui... Oh, Dany, Dany, pourquoi ne te sers-tu de ta tête que pour mettre un foulard dessus ? Le routier, bien sûr ! Même si elle devait y passer sa vie, elle le retrouverait, Sourire-Gibbs, elle irait jusqu'à garnir de plomb son sac à main pour lui faire avaler ses dents.

A Chalon, on avait commencé de décorer les rues avec des drapeaux tricolores en papier, des guirlandes de petites lampes. Elle traversa la ville tout droit jusqu'aux quais de la Saône. Elle voyait des îles, en face d'elle, et sur la plus grande, des bâtiments qui

110

devaient être un hôpital. Elle monta sur un trottoir au bord du fleuve, arrêta le moteur, éteignit ses feux de position.

C'était étrange, cette sensation qu'elle avait de déjà vu, de déjà vécu. Une barque dans l'eau noire. Les lumières d'un café de l'autre côté de la rue. Même la Thunderbird, immobile et tiède, parmi les autres voitures alignées là, un soir d'été, à Chalon, renforçait cette impression de savoir ce qui allait arriver l'instant suivant. Ce devait être la fatigue, la mise à vif de ses nerfs durant cette journée, tout.

L'instant suivant, elle avait ôté son foulard, secoué sa chevelure, elle traversait la rue en retrouvant le plaisir de marcher, elle entrait dans le café empli de lumière, Barrière chantait sa vie à travers des sonneries de billard électrique, des clients racontaient la leur sans se faire entendre, et elle devait enfler la voix, elle aussi, pour demander à la dame-caissière où trouver l'hôtel La Renaissance.

— Rue de la Banque, vous n'avez qu'à prendre tout droit et puis sur votre gauche, mais je vous avertis que c'est cher.

Elle commanda un jus de fruits, puis non, elle avait besoin de se remonter, elle but un cognac très fort, qui la brûlait jusqu'aux paupières. Son verre était gradué avec de petits cochons roses de toutes les tailles. Elle n'était qu'un petit cochon de rien du tout. La dame-caissière comprit ce qu'elle avait derrière ses lunettes, car elle eut un rire clair, très gentil, et elle dit :

— Vous souciez pas, va, vous êtes bien comme vous êtes.

Dany n'osa pas, comme elle en avait envie, demander un second cognac. Elle prit un paquet de bretzels sur le comptoir, en croqua un en cherchant un disque de Bécaud sur le cadran de la boîte à musique. Elle mit : *Seul sur son étoile,* et la dame-caissière lui dit qu'à elle aussi cette chanson faisait un drôle d'effet — là ! — elle tapait sur son cœur du bout des doigts.

Quand Dany sortit dans la nuit de Chalon, l'air était frais à son visage, elle marcha un moment. Debout devant le fleuve, elle se dit qu'elle n'avait plus envie d'aller à La Renaissance. Elle avait envie de jeter dans l'eau le paquet de bretzels qui était dans sa main droite — elle le jeta —, elle avait envie de manger des spaghetti, elle avait envie d'être bien, d'être à Cannes ou quelque part dans la robe vaporeuse qu'elle avait achetée à Fontainebleau, ou nue dans les bras d'un garçon gentil, qui la rassurerait, qui serait nu aussi et qu'elle embrasserait, embrasserait de toutes ses forces. Un garçon comme le premier, qui avait affadi les autres, et qu'elle avait rencontré à vingt ans (de vingt à vingt-deux exactement), mais il avait ce qu'on appelle une vie faite, une femme qu'il continuait désespérément d'aimer, un bambin entrevu sur des photos — Dieu, qu'elle était fatiguée, quelle heure devait-il être ?

Elle revint vers la Thunderbird. Il y avait de ces plantes, au bord du quai, qu'on appelle des anges. En soufflant dessus, quand elle était enfant, des fleurs blanches et légères s'envolaient, on était la bonne femme du dictionnaire Larousse. Elle en ramassa une, mais des gens qui passaient la regardèrent, elle n'osa pas la souffler. Elle avait envie de trouver un ange sur sa route, un ange du sexe masculin, sans ailes mais joli, et tranquille, et amusant, un ange comme ceux dont se méfiait Maman-Sup, mais qui la garderait dans ses bras toute la nuit. Et tu sais quoi ? Le lendemain, elle aurait oublié un mauvais rêve, ils iraient ensemble dans le Midi avec Oiseau de Tonnerre. Arrête, bécasse.

Elle n'avait jamais eu beaucoup de chance dans ses prières, mais quand elle ouvrit la portière de la Thunderbird, c'était à hurler. Ange ou pas, il était bel et bien dans la voiture, parfaitement inconnu, plutôt brun, plutôt long, plutôt voyou, confortablement installé sur le siège à côté du volant, une cigarette à bout filtre à la bouche — une de celles qu'elle avait laissées sur le tableau de bord — les jambes levées, les semelles de ses mocassins contre le pare-brise, écoutant la radio, probablement du même âge qu'elle, avec un pantalon clair, une chemise blanche et un pull ras du cou. Il la regardait de haut en bas avec de grands yeux noirs, et il disait d'une voix sourde, pas déplaisante, mais légèrement agacée :

— Vous en avez mis du temps ! On va plus partir !

Philippe Filanteris, dit Filou-Filou parce que deux valent mieux qu'un, avait au moins une des vertus cardinales : il savait que le monde n'existerait plus à l'instant même de sa mort, que par conséquent les autres n'avaient aucune espèce d'importance, même en se cassant la tête pour en trouver une, qu'ils n'étaient là que pour lui fournir ce dont il avait besoin, et qu'il était d'ailleurs proprement imbécile de se casser la tête pour quoi que ce fût, dans la mesure où un effort du cerveau peut agir défavorablement sur le cœur et

113

raccourcir le temps — soixante ou soixante-dix ans —
qu'il espérait vivre.

Il avait vingt-six ans depuis la veille. Il avait été élevé
chez les Jésuites. La mort de sa mère quelques années
auparavant était le seul événement de sa vie qui lui eût
réellement fait mal, qui lui fît mal encore. Il avait
travaillé comme pisse-copie dans un journal alsacien. Il
avait en poche un billet de bateau pour Le Caire, un
contrat pour la Radio et environ pas un sou. Il jugeait
que les femmes, qui sont par naissance de condition
inférieure et ne demandent pas en général de grands
efforts cérébraux, étaient la compagnie la plus souhai-
table pour un garçon comme lui, qui avait besoin de
manger deux fois par jour, de faire l'amour de temps
en temps et d'atteindre Marseille avant le 14 du mois.

La veille, pour son anniversaire, il était à Bar-le-
Duc. L'y avait amené en 2 CV une institutrice des
environs de Metz, grande admiratrice de Liz Taylor et
de Mallarmé, qui allait voir ses parents à Saint-Dizier
en Haute-Marne. C'était dans l'après-midi. Il pleuvait,
il faisait soleil, il pleuvait. Ils avaient fait un détour
pour se ranger derrière une scierie à l'abandon, et puis
voilà, ça ne lui était jamais arrivé, à elle, c'était quelque
chose d'ardu et d'un peu misérable sur ce siège arrière,
un très vilain souvenir. Mais elle était contente.
Jusqu'à Bar-le-Duc, elle chantonnait, elle voulait qu'il
laisse sa main entre ses genoux pendant qu'elle conduisait. Elle avait vingt-deux ou vingt-trois ans, elle
racontait qu'elle était fiancée, mais qu'elle allait rompre, sans faire de peine à personne, que c'était son plus
beau jour, des choses comme ça.

A Bar-le-Duc, elle l'avait laissé dans une brasserie,

114

en lui donnant trente francs pour dîner. Elle devait le retrouver au même endroit, vers minuit, après avoir embrassé ses parents à Saint-Dizier. Il avait mangé une choucroute en lisant *France-Soir,* puis sauté dans un autobus avec sa valise, et il était allé prendre un café à la sortie de la ville. C'était un hôtel plutôt bien, avec une grande cheminée de bois dans la salle à manger, des serveuses en robe noire et tablier blanc. Il avait fait la connaissance, après les avoir entendus parler d'aller à Moulins dans la nuit, d'une callipyge brune à la peau très blanche, d'environ quarante ans, et de son beau-frère, notaire à Longuyon. Ils finissaient de dîner. Il avait dit n'importe quoi, qu'il voulait se consacrer à l'enfance délinquante, qu'il venait d'obtenir un poste à Saint-Étienne.

La femme, autant qu'il pouvait en juger, n'était pas quelqu'un à renverser avec des histoires. Elle fumait une cigarette après des fraises à la crème, en pensant visiblement à autre chose. Il s'était rabattu sur le beau-frère, qui était épais, congestionné, vêtu d'un tissu d'été brillant, et il lui avait dit qu'on n'imaginait pas les notaires aussi modernes que lui. Sur le coup d'onze heures, il était monté avec eux dans une 404 noire un peu poussive, et c'est parti.

Une heure du matin. Il connaissait leur vie à tous les deux, le terrain de famille qu'ils avaient eu la bêtise de vendre, le grand-père qui faisait un méchant paralysé, les qualités du mari de la dame, et l'autre frère, à Moulins, qu'ils allaient voir. Le notaire s'était arrêté pour dormir un moment, et Philippe était descendu avec elle sur le bord de la route, pour fumer une anglaise maussade. Elle disait, en s'étirant sur la pointe des pieds, que dans la campagne, quand il faisait bon et que tout dormait, elle se sentait jeune. Ils s'étaient engagés dans un chemin de terre qui devait mener à une ferme. Elle s'arrêtait pour reconnaître des fleurs dans l'obscurité. Il sentait, à sa voix qui tremblait un peu, qu'elle avait une boule dans la gorge, qu'elle se descendait en flammes elle-même avec un tas d'idées.

Il l'avait secouée sous un bouquet d'arbres, après avoir passé un temps fou à trouver un endroit qui lui convienne, à genoux parce qu'elle ne voulait pas salir sa jupe, en se demandant à chaque fois qu'elle s'en allait si elle n'allait pas avoir une attaque et, de toute molle qu'elle était, lui rester raide dans les bras. Elle n'arrêtait pas de haleter des commentaires invraisemblables et un peu écœurants — que c'était la première fois qu'elle faisait une chose pareille, qu'il ne faudrait pas qu'il la considère mal, qu'elle était toute à lui — et passée l'envie qu'il avait eue de ses fesses dénudées, d'une blancheur presque lumineuse, il était effectivement un peu écœuré. Ensuite, en se rajustant, elle lui avait demandé s'il l'aimait. Comme si cela ne se voyait pas.

Dans la voiture, le beau-frère dormait toujours. Ils l'avaient réveillé. Comme Thérèse — c'était son nom — voulait que Philippe restât près d'elle à l'arrière, il avait bien dû avoir une idée de ce qui s'était passé, mais il n'avait rien dit. Plus tard, alors qu'on entrait dans Beaune, elle s'était endormie. Philippe avait fait du bruit en ouvrant son sac à main, et le bonhomme, en ralentissant, avait déclaré d'une voix éteinte : « Vous êtes plus jeune et plus fort que moi, mais je vous en prie, je me défendrais, tout cela se terminerait par une

116

bêtise. » Philippe avait refermé le sac, il était descendu. Thérèse ne s'était pas réveillée.

Il lui restait un peu plus de dix francs, sa valise, et un grand besoin de sommeil. Il avait traversé Beaune désert, en se repérant au bruit des trains pour trouver la gare. Il avait dormi dans la salle d'attente, la tête chaude, et vers huit heures, il s'était rasé aux lavabos, il avait bu un café, acheté un paquet de cigarettes. Puis il avait pensé que l'épargne, en ce qui le concernait, devait être encouragée, il avait rendu le paquet de cigarettes.

Il avait pris en fin de matinée un autocar pour Chalon-sur-Saône. Il n'avait plus d'argent, mais ce serait vraiment le diable s'il ne trouvait pas une enflée sur la 6. Ç'avait été le diable, et même pire. Il avait traîné tout un après-midi dans l'avenue de Paris et la rue de la Citadelle, sans trouver personne, sans même de quoi s'asseoir dans un bistrot. Il n'avait pas le goût du vol qualifié, avec coups et blessures. Il préférait, tant qu'il lui restait un peu de temps — il se donnait jusqu'à minuit —, éviter les camionneurs et toute autre poire du sexe masculin, parce qu'on commence par jouer les braves étudiants de médecine en pensant à un portefeuille et on finit sur les bancs d'un tribunal. En outre, s'il est simple et même recommandé, en cas de besoin, d'allonger une femme d'une tarte, on ne s'en tire pas avec un homme sans lui mettre la grosse tête, ou s'il est d'une catégorie au-dessus de la vôtre, sans — au pied de la lettre — lui casser les couilles. Un crâne c'est fragile, et le reste aussi. On ne joue pas l'épaisseur d'un crâne pour l'épaisseur d'un portefeuille.

C'eût été un matin, et un autre jour que samedi, il

117

serait entré dans une H.L.M., il aurait trouvé une ménagère éreintée, incomprise et gaullisante, son mari au boulot et ses gosses à l'école, il l'aurait interviewée pour *Le Progrès de Lyon* jusqu'au lit conjugal, elle aurait expliqué ensuite qu'elle avait perdu son porte-monnaie à l'Uniprix. Ou bien, il aurait pu entrer à l'Uniprix lui-même et encadrer une vendeuse, mais un samedi après-midi elles étaient débordées, elles avaient la tête pleine des erreurs de caisse et de l'imbécillité des clients, il n'avait pas une chance.

Vers cinq heures, après avoir parlé à des touristes belges qui malheureusement rentraient chez eux, il se dit mon pauvre ami, que cette fois il était cuit aux patates, qu'il allait bien finir par esquinter un routier père de quatre enfants et tout et tout. Avant de prendre son bateau, le 14 au matin, à Marseille, il avait l'intention d'aller à Cassis. Il y connaissait un garagiste autrefois installé à Metz, qui pourrait, c'était bien le mot, le dépanner. On était le 11. Au train où il allait, il ne serait pas à Marseille avant la fin du mois.

Il eut une idée, pas géniale des masses, mais enfin, c'était mieux que rien : la sortie des collèges et des lycées. Il fit de nombreuses rues, en commençant à traîner les jambes, avant de comprendre que les vacances étaient déjà commencées, que les écoles étaient désertes. Il trouva cependant un cours d'enseignement commercial pour jeunes filles, avec des mères qui attendaient. Le plus embêtant, c'était sa valise. Il avait l'air d'un peigne-cul.

Quand les hirondelles s'envolèrent, il avait le soleil dans les yeux, par-delà un toit d'usine, et il eut du mal à choisir celle qu'il cherchait. C'était une fille blonde, grande, avec un corps lourd, un rire et une voix spectaculaires, des livres sous le bras serrés par une ceinture de cuir. Il lui donna seize ans, par principe, parce qu'il se serait senti vaguement humilié de lui donner moins. Et marche. Elle était environnée d'amies, qu'elle quittait au coin des rues après de longues palabres. Il apprit qu'elle s'appelait Grand-champ, et ensuite qu'elle s'appelait Dominique. Elle s'était aperçue qu'il les suivait. De temps en temps, il croisait son regard, qui était bleu, bête, qui s'abaissait sur sa valise.

Elle se retrouva seule près d'un stade, dans une rue Garibaldi. Il l'attrapa par le bras, il dit seulement Dominique, qu'il était un être humain, qu'elle devait l'écouter, puis aussitôt il la lâcha, terrorisée, il alla s'asseoir sur un petit mur qui environnait les abords d'un terrain de football. Elle mit une trentaine de secondes à venir près de lui. Il lui dit, sans la regarder, qu'il l'aimait depuis toujours et la détestait tout à la fois, qu'il venait de se battre et de perdre sa place parce qu'on s'était moqué de lui à cause d'elle, et qu'il tenait avant de partir, même si elle devait en rire aussi, à lui dire ce qu'il avait ressenti dès la première fois qu'il l'avait vue — n'importe quoi. Il la regarda ensuite, et elle était debout, effarée, les joues rouges, mais elle n'avait plus peur, et tout en tapant du plat de la main à côté de lui, pour lui indiquer qu'elle devait s'asseoir, il se demandait combien d'argent elle avait sur elle ou pouvait se procurer, combien de temps il devrait perdre pour l'avoir.

Elle avait deux billets de dix francs et une pièce de cinq francs — une sorte de fétiche — dans la poche de son blazer. Elle les lui donna trois heures plus tard, dans le couloir de son immeuble, qui était triste et sentait la soupe aux choux, elle pleurait doucement, elle l'appelait Georges — le nom qu'il lui avait dit — elle l'embrassait avec des lèvres serrées, maladroites, salées par les larmes, il avait le sentiment d'un carnage, il s'en voulait que ce fût un carnage à deux mille balles et il promettait de ne jamais partir, de l'attendre le lendemain après-midi devant il ne savait quel monument qu'il prétendait connaître. Quand elle monta son escalier, qu'elle se retourna vers lui une dernière fois avec son visage de pauvre idiote qui croit au bonheur, il se répéta que bon sang, à lui non plus personne ne faisait de cadeau, que sa mère aussi son fumier de père l'avait prise pour une gourde, et pendant toute sa vie, et que c'était pourtant sa mère, non, à lui ? Et puis merde.

Il se paya un hamburger dans un snack, regardant la nuit de l'autre côté d'une vitre. C'était sur un quai qui prolongeait celui des Messageries. Il resta là longtemps, parce qu'aller ailleurs lui coûterait plus cher et qu'il savait par expérience qu'à la nuit tombée, il faut savoir attendre, obstiné, immobile, qu'en bougeant on manque sa bonne étoile. Il vit la Thunderbird blanche s'arrêter sur le quai vers onze heures, en mangeant un autre hamburger, en buvant un autre quart de vin, et il n'aperçut à l'intérieur qu'un foulard vert, ou bleu, mais derrière, l'immatriculation de la Seine. Il se dit que ce n'était pas trop tôt.

Quand il sortit, la jeune femme descendait de la voiture. Elle était longue, vêtue de blanc. Elle ôtait son foulard et ses cheveux dorés brillaient sous les lampadaires au bord du fleuve. Elle portait un pansement à la main gauche. Elle traversa la rue, entra dans un café un peu plus loin. Sa démarche, à la fois attentive et allongée, lui parut agréable.

Avant d'aller jeter un coup d'œil dans le café, Philippe traversa la rue lui aussi, en sens inverse, tourna autour de la voiture pour voir s'il n'y avait personne d'autre dedans. Elle était vide. Il ouvrit la portière du côté du volant. L'intérieur sentait le parfum de la dame. Il trouva un paquet de Gitanes-filtre sur le tableau de bord, en prit une, se donna du feu à l'allume-cigare, ouvrit la boîte à gants, puis la valise à l'arrière : deux culottes en dentelle de nylon, une robe claire, un pantalon, un maillot deux-pièces, une chemise de nuit qui sentait aussi le parfum de la dame alors que tout le reste sentait le neuf. Il mit sa propre valise dans la voiture, à tout hasard.

Dans le café, qu'il se contenta de regarder à travers la vitre, elle choisissait un disque à la boîte à musique. Elle serrait un bretzel entre ses lèvres. Il remarqua que ses lunettes noires avaient des courbures intérieures qui renvoyaient curieusement la lumière. Myope. Vingt-cinq ans. Malhabile de sa main droite. Mariée ou collée avec un type capable d'offrir une Thunderbird pour Noël. Quand elle pencha le buste sur la boîte à musique, il vit que le tissu de sa jupe dessinait des fesses rondes, fermes, des cuisses longues mais aussi qu'elle s'était salie en plusieurs endroits. Elle avait une coiffure sage, une petite bouche, un petit nez. Comme elle parlait à une mémé rousse-ravageuse qui tenait la caisse, il vit aussi qu'elle traînait des ennuis, ou un chagrin, bref un sourire triste. Des hommes — autant dire tous les clients — coulaient vers elle des regards rapides, insistants, mais elle ne s'en rendait pas compte. Elle écoutait une chanson de Bécaud qu'il entendait à travers la vitre, qui lui disait, à elle, qu'elle était seule sur son étoile. Plaquée de fraîche date. Celles-là, on ne les a jamais.

Elle n'était pas riche, ou du moins elle ne l'était pas depuis longtemps. Il n'aurait pas su dire pourquoi il le savait. Peut-être parce qu'une fille riche ne se promène pas seule à Chalon, à onze heures du soir — mais pourquoi pas ? Ou à cause de sa valise, qui contenait très peu de choses et une brosse à dents. Tout ce qu'il savait, c'est que s'il tombait sur quelqu'un de sa sorte, il pouvait aussi bien, dès maintenant, arrêter un camion. Celles-là non plus, on ne les a jamais.

Il s'installa dans la voiture et l'attendit. Il prit Europe I, alluma une autre cigarette. Il la vit sortir du café, traverser la rue, s'arrêter très loin devant la Saône. Quand elle revint, son étrange et belle démarche lui laissa deviner que c'était quelqu'un de posé, de raisonnable, mais aussi une chose qui le réconforta, c'est qu'enlevé ce tailleur, elle devait adorer être tripotée, il ne lui accorda pas l'ombre d'une chance.

Elle eut un léger recul, en ouvrant la portière et en s'entendant reprocher d'être en retard, mais elle ne montra pas autrement sa surprise. Elle s'assit au volant, tira sa jupe pour couvrir ses genoux et déclara en cherchant ses clefs dans son sac :

— Ne me dites pas que vous m'avez déjà vue. J'en ai ma claque.

Elle avait la voix la plus précise qu'il eût jamais entendue, elle semblait prononcer toutes les lettres des mots qu'elle employait. Il répondit, en attendant de trouver mieux :

— Oh, ça va, vous causerez en route. Vous savez l'heure qu'il est ?

Le plus gênant, c'était ses lunettes. Deux grands ovales noirs derrière lesquels se cachait n'importe quoi. Sa voix nette :

— Descendez de ma voiture.

— Ce n'est pas votre voiture.

— Ah oui ?

— Eh oui. J'ai vu les papiers dans la boîte à gants. Elle haussa les épaules. Elle dit :

— Sois gentil, tu veux ? Descends vite.

— Je vais à Cannes.

— Bravo. Mais descends. Tu sais ce que je fais si tu ne descends pas ?

— Vous m'emmenez à Cannes.

Elle ne rit pas. Elle lui donna une petite tape sèche sur les jambes, parce qu'il avait mis ses semelles contre le pare-brise, et il s'assit comme il fallait. Elle le regarda un moment, puis :

— Je ne peux pas te conduire à Cannes.

— Ça me ferait mal.

— Qu'est-ce que tu veux, exactement ?

— Voir votre putain de bagnole en marche, bon sang !

Elle hocha la tête, l'air de dire d'accord, et elle alluma le contact. Il savait qu'elle n'était pas d'accord du tout. Il ne fut pas surpris de la voir faire un joli tour sur le trottoir et revenir vers le centre de la ville. Il se dit qu'elle était bien capable, sans un mot, de l'emmener devant un commissariat, et puis non, ce n'était pas son genre.

Elle prit une rue, à gauche, en s'arrêtant pour regarder la plaque. Elle avançait le cou, qu'elle avait très fin, et une voiture qui venait dans l'autre sens dut s'arrêter aussi. Le conducteur dit des bêtises par la portière. Elle ne répondit pas, ni Philippe, et ils se rangèrent un peu plus loin devant une enseigne au néon : « Hôtel La Renaissance ». Il eut évidemment une idée simpliste dans la tête mais prétentieuse aussi, et il l'écarta.

— Je reste dans la voiture ou je viens avec vous ?

— Oh, viens ou fais ce que tu veux.

Il descendit, la rejoignit sur le trottoir. Il était plus grand qu'elle d'une tête. Il lui dit bêtement que si elle continuait à le tutoyer, il allait le faire aussi.

— Essaie. Je réveille tout Mâcon.

— On n'est pas encore à Mâcon, mais à Chalon-sur-Saône.

— Précisément, on m'entendra de loin.

Elle levait le visage vers lui, indifférente, réponse-à-tout, l'air d'une fille qui en a vu d'autres, mais en même temps il avait la certitude presque physique qu'il l'aurait dans ses bras cette nuit même, qu'il connaîtrait ses yeux, qu'ils seraient ensemble au grand soleil le lendemain Elle ne poussait pas la porte vitrée. Elle devait bien penser les mêmes choses que lui, parce que tout à coup, sans cesser de le regarder, mais la voix changée, comme lasse, elle dit :

— Je ne pèserai pas lourd, va.

Et puis elle entra.

Il y eut une scène, à l'intérieur, qu'il avait quelque peine à comprendre. La jeune femme interrogea un monsieur élégant assis derrière le comptoir de la direction, puis son épouse venue le rejoindre. Elle avait une chambre retenue par téléphone. Elle s'appelait Longo. Elle demandait si elle avait passé la nuit précédente à l'hôtel. Les gens étaient mal à l'aise, ou décontenancés, ils se regardaient stupidement.

— Mais enfin, mademoiselle, vous devez bien le savoir, vous ?

Eux ne l'avaient pas vue. C'était le veilleur de nuit qui l'avait reçue, mais ce soir, comme tous les samedis, il avait congé. La jeune femme répliqua :

— Vraiment ? Comme c'est facile.

— Ce n'est pas vous qui êtes venue hier soir ?

— Je vous le demande.

Philippe se tenait à côté d'elle, il jouait machinalement avec un cendrier qu'il avait pris sur le comptoir, qu'il faisait tourner autour d'un socle de stylo à bille. Ce mouvement dut la gêner, car sans tourner les yeux, elle posa la main droite sur son bras et l'y laissa. Le poids en était d'une douceur presque fraternelle. Ses doigts étaient très fins, très allongés, ses ongles coupés court et sans vernis. Machine à écrire, pensa Philippe. Elle disait que si elle était réellement venue dormir là, il devait bien rester une fiche, un nom sur un registre.

— Nous avons votre fiche, nous l'avons déjà dit au gendarme quand il a téléphoné. Justement, vous êtes arrivée très tard, elle court sur aujourd'hui.

La patronne, qui commençait à s'énerver, fouillait des papiers sur la tablette au-dessous du comptoir. Elle posa un petit carton blanc devant la jeune femme qui ne lui accorda qu'un regard, sans le ramasser :

— Ce n'est pas mon écriture.

L'homme intervint aussitôt :

— Comment voulez-vous que ce soit votre écriture, puisque c'est le veilleur qui l'a remplie ? Vous lui avez dit, paraît-il, que vous étiez gauchère, et vous aviez un pansement à la main gauche. Vous l'avez toujours. Ce n'est pas vrai que vous êtes gauchère ?

— Si.

Il ramassait la fiche, lui, il la lisait d'une voix qui tremblait un peu :

— Longo. Danielle, Marie, Virginie. Vingt-six ans. Publicitaire. Venant d'Avignon. Habitant Paris. Nationalité française. Ce n'est pas vous ?

Elle semblait à son tour désorientée :

— Venant d'Avignon ?

— C'est ce que vous avez dit au veilleur.

— C'est idiot.

L'homme écartait les bras sans répondre. Ce n'était pas sa faute, à lui, si elle disait des choses idiotes. Philippe prit dans la sienne la main tiède qui griffait la manche de son pull. Il demanda doucement :

— Vous n'êtes jamais venue ici ?

— Bien sûr que non ! Il est au point leur numéro !

— On peut trouver le veilleur de nuit, si vous voulez.

Elle le regarda plusieurs secondes, puis elle haussa les épaules, dit que ce n'était pas la peine, et elle s'écarta. Elle rouvrit la porte vitrée, sans au revoir ni rien.

— Vous ne prenez pas la chambre ? demanda la patronne d'une voix aiguë.

— Si, dit-elle. Comme hier. Je couche ailleurs mais je suis ici. C'est pour me rendre intéressante.

Dans la voiture, elle alluma une cigarette, souffla la

fumée d'un air excédé, l'esprit en campagne. Philippe jugea préférable de ne rien dire. Après deux bonnes minutes, elle remit le moteur en marche, fit des détours à travers les rues, le ramena sur le quai où il l'avait rencontrée.

— Je n'ai pas l'intention de rouler cette nuit. Je ne peux pas t'emmener à Cannes. Je t'ai fait perdre ton temps et je suis désolée. Mais c'est comme ça.

Elle se pencha vivement et lui ouvrit sa portière. Il n'essaya pas de la prendre par les épaules, encore moins de l'embrasser, il n'aurait gagné qu'une paire de gifles et quand on n'est pas en position de la rendre, une paire de gifles ne se remonte pas. Il préféra dire qu'il n'allait pas à Cannes, qu'il avait menti.

— C'est vilain ça.

— Je dois prendre un bateau à Marseille, le 14. (Un autre mensonge :) Pour la Guinée.

— Tu m'enverras une carte postale. Je t'en prie, descends.

— J'ai un contrat de travail pour la Guinée. Les réacteurs d'avion. J'ai passé un diplôme pendant mon service. Je peux vous raconter un tas de choses sur les réacteurs. C'est instructif, vous savez.

— Tu t'appelles comment ?

— Georges.

— Et tu es quoi, gitan ou espagnol ?

— Moitié gitan, moitié rital, moitié breton. Je viens de Metz. Je peux vous raconter un tas de choses sur Metz.

— Je suis allergique à l'exotisme. C'est vrai, cette histoire de réacteurs ?

Il leva la main droite, fit la mimique de postillonner par terre et dit :

— Ils ont besoin de techniciens.

— Je croyais qu'ils n'engageaient que des Chinois.

Il étira ses yeux des deux index :

— Je suis un peu chinois aussi.

— Je t'assure que je vais m'arrêter pour dormir. Longtemps.

— Je pourrai vous attendre dans la voiture.

— Il n'en est pas question.

— Je pourrai dormir avec vous, évidemment.

— C'est impossible, je remue. je donne des coups de pied. Il n'en manque pourtant pas, des voitures qui descendent ! Tu veux un conseil ?

— Je suis majeur.

Elle balança la tête, soupira et remit la Thunderbird en marche. Philippe lui dit que le lendemain, si elle voulait, il pourrait conduire. Ce ne devait pas être pratique avec sa main blessée. Elle répondit mon bel astre, que d'ici le lendemain elle aurait bien trouvé le moyen de se débarrasser de lui.

A la sortie de la ville, elle stoppa dans le jardin d'un hôtel à Dieu savait combien d'étoiles, encombré d'autres voitures immatriculées de la Seine ou de l'étranger. Elle descendit, il resta là.

— Tu n'as pas d'argent pour te payer une chambre ?

— Non.

— Tu as mangé ?

— J'étais en train. Vous m'avez coupé l'appétit.

Elle fit quelques pas indécis vers le porche éclairé. Il y avait de grandes fenêtres ouvertes, et l'on voyait quelques dîneurs attardés à une table. Elle s'arrêta, se retourna vers la Thunderbird.

— Alors ? Tu viens, oui ?

Il la rejoignit, longue, lasse, blonde et ravissante. Elle demanda, et obtint, une chambre avec salle de bains pour elle, une chambre à l'étage au-dessus pour lui. Il dit, dans l'ascenseur :

— J'ai besoin d'une baignoire, moi aussi.

— Mais comment donc. Demain matin, je te prêterai la mienne. Si tu veux, je te laverai le dos. C'est bientôt fini, dis ?

Il entra avec elle dans une grande chambre aux rideaux tirés. Un bonhomme en tablier bleu était sur leurs talons, portant les bagages. En voyant la valise de Philippe, elle s'étonna :

— Ce n'est pas à moi, ça. Vous l'avez trouvée dans la voiture ?

— C'est la mienne, dit Philippe.

— Eh bien, dis donc, tu doutais de rien.

Elle donna la pièce au bonhomme — cela prit beaucoup de temps à cause de sa main — et elle lui demanda de faire servir quelque chose, même froid, dans la salle à manger. Pour deux. Elle descendrait dans un quart d'heure. Le type parti, elle donna un petit coup de pied dans la valise de Philippe et montra la porte ouverte.

Il la laissa tranquille. Il était minuit passé, mais on entendait, en bas, le gros rire d'un couche-tard. La chambre qu'on lui avait donnée, plus petite que l'autre et beaucoup moins avenante, donnait sur le jardin. Il regarda la Thunderbird, réfléchit, ouvrit sa valise, se lava la figure et les dents, pensa qu'il paraîtrait tarte s'il

129

se changeait. Il ferma la porte après s'être forcé, pour ne pas descendre tout de suite, à lire le règlement de l'hôtel affiché dessus.

Quand il entra chez elle, sans frapper, elle était pieds nus, en culotte et soutien-gorge blancs, elle étendait soigneusement son tailleur mouillé sur deux chaises, près d'une fenêtre. Elle portait des lunettes aux verres incolores, à tiges métalliques, qui livraient mieux son visage — qu'il préférait même — et son corps était comme il l'imaginait, souple et délicieux. Elle lui demanda s'il voyait un vase, en verre taillé, qui se trouvait près de la porte de la salle de bains. Il dit qu'il le voyait.

— Si tu ne sors pas tout de suite, je te le casse sur la tête.

Il descendit attendre Miss Quatre-Œil dans la salle à manger. Elle le rejoignit dans le pantalon turquoise qu'il avait vu dans la valise, qui la moulait effrontément, comme la moulait son pull blanc, et elle avait remis ses lunettes barbares.

Il n'avait pas faim. Il la regarda, bras nus, en face de lui, enfoncer sa cuillère dans un melon glacé, il lui coupa sa viande en petits bouts. Elle parlait d'une voix lente, un peu triste. Elle dirigeait une agence de publicité. Elle allait retrouver des amis à Monte-Carlo. Elle lui raconta une histoire embrouillée, pleine de gens qui la reconnaissaient partout pour l'avoir vue la veille, et il remarqua qu'elle ne le tutoyait plus.

Quand il eut compris à peu près son aventure, il éclata de rire. Il fit bien. Il se rendit compte aussitôt qu'elle lui en était reconnaissante :

— A vous aussi, ça vous paraît drôle, n'est-ce pas ?

130

— Ben, oui, quoi. On s'est payé votre tête. C'était où, votre camionneur aux violettes ?

— Avant l'autoroute d'Auxerre.

— Il doit faire la 6 très souvent et connaître des gens partout. Il leur a téléphoné. Ils vous ont fait jouer au Petit Poucet à l'envers.

— Mais le gendarme ? Vous croyez qu'un gendarme peut se prêter à de telles idioties ?

— C'est sans doute un ami, ou un parent du garagiste. De toute manière, pourquoi pas ? Vous trouvez ça intelligent, vous, d'être gendarme ?

Elle regardait son pansement. Elle avait le même visage que lorsqu'il l'avait observée, à Chalon, à travers la vitre d'un café. Les autres soupeurs étaient partis. Philippe dit que certaines plaisanteries tournaient mal, qu'elle s'était probablement débattue avec force, quand on avait voulu lui faire peur à la station-service, qu'elle avait pu se blesser elle-même. Ou avoir un malaise, et tomber sur sa main gauche.

— Je n'ai jamais eu de malaise.

— Ça ne veut pas dire que vous ne pouvez pas en avoir.

Elle acquiesçait de la tête. Il voyait qu'elle ne demandait qu'à être rassurée. Il était près d'une heure. S'ils continuaient à parler de cette histoire absurde, il n'arriverait jamais à entrer dans son lit. Il lui dit allez, que c'était fini, ceux qui s'étaient moqués d'elle seraient bien trop contents s'ils savaient qu'elle y pensait encore.

— Comment il est, votre sourire ?

Elle le lui montra, en s'efforçant visiblement d'oublier son après-midi, mais oubliait-elle sa main, qui sans doute lui faisait mal ? Cette douleur pouvait être un point terrible contre lui. Elle avait les dents petites, carrées, très blanches, les deux du milieu légèrement écartées. Il demanda précautionneusement :

— Et vos yeux, je pourrais les voir aussi ?

Elle fit oui de la tête mais perdit son sourire. Il tendit la main par-dessus la table et lui ôta ses lunettes. Elle se laissa faire sans bouger, sans essayer de le recadrer correctement dans son regard, qui était obscur et ne reflétait que les lampes. Il dit, parce qu'il avait besoin de rompre le silence, avec une gêne dans la gorge :

— Comment je suis, maintenant ?

Elle aurait pu répondre : flou, décomposé, picassien ou pique-assiette, n'importe quoi pour se défendre. Elle répondit :

— Je vous en prie, embrassez-moi.

Il lui fit signe d'approcher son visage. Elle l'approcha. Il l'embrassa très doucement, et ses lèvres étaient tièdes, immobiles. Il lui remit ses lunettes. Elle regardait la nappe. Il lui demanda, toujours avec cette gêne surprenante dans la gorge, combien il y avait de vases à casser dans sa chambre. Elle eut un sourire très bref, comme si elle se moquait d'elle-même, et elle lui jura d'une voix douce, altérée, qu'elle serait sage, c'est vrai, je vous le promets, puis brusquement elle leva les yeux, il vit qu'elle voulait dire quelque chose, qu'elle n'y arrivait pas. Elle dit seulement qu'il était le chinois-gitan-breton venant de Metz qu'elle préférait.

Dans la chambre, où une lampe basse projetait vers le plafond comme une grande étoile, elle se laissa déshabiller, en s'accrochant à son cou de la main droite tant qu'elle garda son pull, et il l'embrassa et la caressa

132

longtemps sur le lit avant d'avoir la patience de le lui retirer, et longtemps aussi avant d'ouvrir les draps, et longtemps aussi avant de se déshabiller lui-même, sans s'éloigner d'elle, la soulevant sur un bras et sur l'autre, ses cheveux blonds balayant sa joue, et ensuite elle prononçait des mots inaudibles contre son épaule, il sentait son souffle suppliant sur sa peau, et son cœur qui battait, et ses cils qui se refermaient sur le plaisir.

Plus tard, elle embrassait son dos nu, qui était long et beau, il dormait la tête dans son bras droit. Elle éteignit la lampe sans le déranger. Elle s'endormit aussi. Elle eut l'impression de se réveiller à chaque heure de la nuit, mais c'était peut-être simplement qu'elle gardait les lèvres sur l'épaule du garçon dans le sommeil, qu'elle savait qu'il était là. Plus tard, encore, il faisait jour, une clarté bleue se répandait dans la chambre à travers les rideaux, et c'est lui qui la regardait, elle le sut avant d'ouvrir les paupières. Bouche à bouche, chaud contre elle, il murmurait Dany, Dany, tu vas bien ? Elle rit, d'un vrai rire. Et puis, il se rendormit, avec un désir sensible de faire le brave, mais ses yeux se fermaient, la tête était déjà dans les nuages.

Elle employa des ruses délicates pour se glisser hors de ses bras, mit ses verres incolores, fit couler son bain au goutte à goutte, porte fermée. Son visage la surprit comme celui d'une autre, dans un miroir. Sauf une ombre sous les yeux, il ne portait pas de signe de la déroute, et le soleil de la veille lui avait même donné des couleurs. En traversant la chambre, elle avait ramassé les vêtements qui traînaient sur la moquette. Elle suspendit à un cintre le pantalon, la chemise, le pull gris de quel était son nom déjà, Georges Machin. Elle sentit la présence d'un portefeuille dans une poche, et l'idée répugnante lui vint de voir ce qu'il contenait, mais elle l'écarta sans trop de mal. Ce n'est pas parce qu'on s'est conduite en cocotte-minute qu'on doit se ravaler au rang de l'épouse regrettable. En fait, elle ne voulait savoir qu'une chose.

Elle s'entoura d'une serviette-éponge, revint dans la chambre, se pencha sur lui, le réveilla plus qu'à moitié pour lui demander si c'était bien vrai qu'il partait au diable le 14. Il dit mais non, que c'était une blague pour l'attendrir, bonne nuit. Elle lui fit jurer qu'il n'avait pas de bateau à prendre. Il leva la main droite à quelques centimètres de son oreiller, dit je le jure, tu commences sérieusement à me vouloir du mal, et il se rendormit.

Elle prit son bain. Elle commanda du café à voix basse au téléphone. Elle alla prendre à la porte le plateau qu'apportait une femme de chambre, lui donna son tailleur sec pour un coup de fer. Elle but deux tasses d'un jus sans saveur en contemplant l'étranger familier allongé dans son lit. Ensuite, elle n'y tint plus, elle s'enferma dans la salle de bains et fit l'inventaire du portefeuille. Il ne s'appelait pas Georges, mais Philippe Filanteris, il était né à Paris, il était plus jeune qu'elle de six jours exactement. Elle fut heureuse de savoir qu'ils étaient du même signe du zodiaque, au moins leurs horoscopes ne se contrediraient pas, mais elle ne put empêcher une sorte de panique de l'envahir

134

quand elle vit qu'il avait effectivement un passage retenu sur un bateau. Il partait bien le 14 (à onze heures, quai de la Joliette), pas pour la Guinée mais pour Le Caire. C'était bien fait, elle n'avait qu'à ne pas regarder.

Elle lui prépara un bain, fit monter un petit déjeuner complet, qu'il avala de bon appétit dans la baignoire. Elle était assise sur le rebord, près de lui, entourée de sa serviette, et de temps en temps il posait un baiser sur sa cuisse, les cheveux ruisselants, tranquille, avec de grands yeux noirs gambergeurs, des cils incroyables, des muscles longs qui saillaient sous la peau. Elle se raisonna comme elle pouvait. Il n'avait pas un sou, et s'il ne l'avait pas rencontrée, elle, c'eût été une autre. Alors que préférait-elle ? Elle se raconta aussi — Dieu, on était déjà dimanche, le 12 — qu'il pourrait changer d'avis avant le départ de son bateau, que les garçons pas plus que les filles ne font l'amour sans aimer un peu, des histoires.

Il demanda, par téléphone, la valise qu'il avait laissée dans l'autre chambre. Il en sortit un costume d'été clair, un peu froissé, il mit une cravate noire. Il dit qu'il ne voulait pas en porter d'une autre couleur, à cause de sa mère qui était morte. Il l'aida ensuite à s'habiller. Il lui demanda de garder ses lunettes incolores, et elle inventa que c'était impossible, qu'elles n'accommodaient qu'à faible distance. Il répondit qu'il conduirait la voiture lui-même. Elle les garda. Quand elle fut prête, il la serra longtemps contre lui, debout près de la porte, relevant la jupe de son tailleur pour caresser ses jambes, l'embrassant avec des lèvres

135

au goût de café, disant que le temps lui serait long jusqu'à leur prochaine chambre.

Il avait plu, durant la nuit, et la capote, la carrosserie d'Oiseau de Tonnerre étaient constellées de grosses perles brillantes. Ils traversèrent Tournus où le soleil les attendait, puis Mâcon où les cloches sonnaient la grand-messe. Elle lui dit que s'il le voulait bien, elle n'irait pas rejoindre ses amis à Monte-Carlo, elle resterait avec lui jusqu'au départ de son bateau. Il répéta qu'il n'avait pas de bateau à prendre.

Après Villefranche, voiture découverte, il obliqua sur une route qui évitait Lyon. Elle serpentait entre des massifs de rochers, ils croisaient presque uniquement des poids lourds. Il n'hésitait pas sur le chemin à suivre. Il avait dû le faire plusieurs fois. En arrivant à Tassin-la-Demi-Lune, elle pensa au couple rencontré au restauroute, avant Fontainebleau, et cela lui remit brusquement en mémoire l'aventure de la veille. Rien n'était aussi peu réel, mais elle sentit pourtant renaître son angoisse. Elle se rapprocha de lui, laissa un moment sa tête sur son épaule et cela passa.

Il parlait peu, interrogeait beaucoup. Elle écartait comme elle pouvait les questions embarrassantes — à qui était la voiture, qui l'attendait à Monte-Carlo ? Elle fit un tableau évasif de son « affaire de publicité » : c'était l'agence sans Caravaille. Elle se rabattit sur des souvenirs de l'orphelinat, et il riait chaque fois qu'elle évoquait Maman-Sup. Il la trouvait drôle, cette vieille femme-là, il l'aurait aimée. La réciproque évidemment n'était guère envisageable. Si ? Dany dit qu'on ne pouvait pas savoir, mais au plus profond d'elle-même, Maman-Sup répétait : « Si j'étais vivante, il ne serait plus si joli à regarder, crois-moi, et ce ne serait pas pour le punir, lui, de tes envies de tomber à la renverse, mais pour le mal qu'il va te faire. Et d'abord, dis-lui d'aller moins vite, vous allez vous tuer tous les deux avec l'âme noire et une voiture qui ne vous appartient pas. »

Après Givors, ils franchirent le Rhône, trouvèrent la Nationale 7 qui suivait le fleuve à travers de petites villes endimanchées : Saint-Rambert-d'Albon, Saint-Vallier, Tain-L'Hermitage. Ils s'arrêtèrent pour déjeuner à quelques kilomètres de Valence.

Le soleil était plus chaud, les voix plus méridionales, Dany retenait de toutes ses forces, au bord des gestes et sur son visage, quelque chose d'irrépressible qui devait bien être le bonheur. Ils eurent leur table dans un jardin, comme elle l'avait souhaité pour elle la veille, elle trouva même des spaghetti sur la carte. Il lui raconta des endroits qu'elle avoua ne pas connaître, où ils pourraient s'aimer le soir, se baigner et s'aimer encore le lendemain, et tant qu'elle voudrait. Elle choisit les Saintes-Maries-de-la-Mer, avec des framboises, parce que cela devait convenir à un gitan, même faux et pas très catholique.

Il la laissa quelques minutes seule pour téléphoner à « un ami ». Quand il revint, elle devina qu'il était préoccupé. Son sourire ne fut plus le même par la suite. Elle vit, en réglant l'addition, qu'il n'avait pas téléphoné à Metz ou à Paris, c'eût été beaucoup plus cher. Elle ne put lui dissimuler, tant elle était empotée de sa main droite, qu'elle sortait son argent d'une enveloppe de salaire, mais il ne posa pas de question, il ne le remarqua peut-être même pas. Elle s'en voulut de ne pas avoir prévu cela, au lieu d'utiliser le petit pois qui lui tenait lieu de cervelle à fouiller un portefeuille.

Ils traversèrent Valence, qui était une ville claire, aux grands platanes, ils entrèrent dans un autre pays, plus lumineux, et bientôt plus familier que ceux qu'elle avait connus. Le Rhône, en contrebas de la route, s'asséchait entre des langues de sable, et après Montélimar, la terre, la roche et les arbres semblaient l'œuvre brutale du soleil.

Sa main gauche n'était plus douloureuse mais la gênait pour garder son bras sur l'épaule du garçon. Il conduisait vite, avec un profil attentif qu'elle se rappellerait toujours. Elle lui allumait ses cigarettes, les reprenait parfois quelques secondes pour fumer la même que lui. Elle aimait les endroits où il était obligé de ralentir, parce qu'il tournait la tête et l'embrassait, ou il posait entre ses genoux une main rassurante.

Orange. La route longue et droite sous les platanes après qu'ils eurent évité Avignon. Un pont à plusieurs voies sur la Durance. Il avait ouvert sa chemise sur sa poitrine, il parlait de voitures (Ferrari), de chevaux (Gelinotte, Sea-Bird), de films (*Lola Montès, Jules et Jim*), jamais de lui-même. Elle continuait de l'appeler Georges. Ils s'arrêtèrent dans une brasserie, à Salon, pour boire un verre au comptoir, pendant qu'on faisait le plein d'essence. Comme dans l'amour, il avait les cheveux collés sur le front, et elle aussi. Ils rirent en même temps, sans rien se dire, parce qu'ils pensaient la même chose.

Ils roulèrent encore dix ou vingt kilomètres, mais il allait beaucoup moins vite, l'embrassait plus souvent, et sa main devenait plus pressante sous sa jupe. Elle se dit qu'elle n'y couperait pas. Il ne lui était encore rien arrivé de tel dans une voiture et son cœur s'affolait un peu.

Ce n'était pas exactement ce qu'il avait en tête. Il prit bien une route de traverse, qui menait à Miramas, mais en arrêtant la Thunderbird sur un bas-côté, il lui demanda de descendre. Il connaissait les lieux, cela allait sans dire, mais il le lui dit cependant. Ils marchèrent à travers une forêt de pins, dans un concert de cigales assourdissant, et arrivés au sommet d'une colline, ils virent au loin l'étang de Berre, immobile comme une grande tache de soleil.

Les idées de Dany s'embrouillaient. Elle avait chaud. Elle avait honte. Elle avait peur. Elle ne savait plus de quoi elle avait peur, mais en quittant Oiseau de Tonnerre, une image, comme dans un film surexposé, s'était présentée à son esprit, une image qu'elle n'arrivait pas à reconnaître. C'était sa chambre, ou peut-être celle qu'on lui avait donnée chez Caravaille. En tout cas, Anita était dedans, pas l'Anita d'aujourd'hui, mais celle qu'elle avait abandonnée un soir, longtemps auparavant, si longtemps qu'elle aurait dû avoir le droit de ne plus se souvenir, l'Anita qui avait perdu son âme au petit jour, qu'elle voyait pleurer pour la première fois et qu'elle avait battue et jetée dehors — pourquoi les cigales n'arrêtent-elles jamais ?

Il la fit asseoir près de lui, sur une grande roche mangée de mousse sèche. Il ouvrit la veste de son tailleur, comme elle s'y attendait, comme elle s'y préparait même pour ne pas avoir l'air d'une idiote outragée, mais il la laissa tranquille après l'avoir caressée à travers son soutien-gorge. Il lui demanda

quelque chose, mais d'une voix si basse qu'elle entendit à peine. En fait, elle avait très bien compris, il ne
répéta pas sa question. Ce qu'elle ne comprenait pas,
c'est pourquoi il la posait, car cela ne correspondait
guère à son personnage, et aussi pourquoi, brusquement, elle ne reconnaissait plus tout à fait son visage
fermé, ses yeux qui se détournaient. Il voulait savoir à
combien d'hommes avant lui elle avait appartenu —
c'était le terme qu'il avait employé.

Elle répondit : un seul. Il haussa les épaules. Elle dit
que les autres ne comptaient pas. Il haussa les épaules.
Elle dit qu'il y en avait eu deux autres, mais que c'était
vrai, ils ne comptaient pas.

— Alors, parle-moi du premier.

— Je n'ai pas envie d'en parler.

Elle essayait de boutonner la veste de son tailleur
avec sa main droite, mais il l'en empêcha.

— C'était quand ?

— Il y a longtemps.

— Tu l'aimais, lui ?

Elle savait, au tour que prenait la discussion, que
c'était une maladresse, mais elle ne put s'empêcher de
le dire, elle ne pouvait pas tout renier :

— Je l'aime toujours.

— C'est lui qui t'a plaquée ?

— Personne n'a « plaqué » personne.

— Eh bien, alors ? Pourquoi ne pas vous marier et
avoir beaucoup d'enfants ?

— La bigamie est interdite.

— Ça existe, le divorce.

— Non, précisément, ça n'existe pas.

Elle vit son regard, qui était un regard presque

méchant. Elle saisit son bras, et instinctivement, elle le fit de sa main bandée. Elle dit doucement :

— Et puis, il y avait autre chose. Pour les enfants, il avait déjà commencé.

— Combien ça a duré ?

— Deux ans.

— Quel est son nom ?

— Je t'en prie.

— Comment elle est, sa femme ?

— Très bien. Très gentille. Je ne l'ai jamais rencontrée.

— Comment sais-tu qu'elle est gentille ?

— Je le sais.

— Lui, tu l'as revu, depuis ?

— Oui, oui, oui ! Deux fois ! (Elle s'énervait elle aussi, c'était trop bête, et elle n'arrivait pas à boutonner sa veste.) Tu veux les dates ? Le 11 septembre il y a deux ans, le 17 août l'an dernier ! Vu ?

— Mais il n'a pas plaqué sa femme pour autant ! Ce n'est pas un en-cas, elle ! Ce n'est pas une excitée qu'on rencontre à Chalon et qu'on culbute deux heures après ! Vu ?

C'était trop épouvantable pour lui faire aussi mal qu'il devait le croire. Ce qui lui faisait mal, c'était de ne pas comprendre pourquoi il saccageait tout de la sorte, pourquoi il avait déclenché volontairement cette querelle insensée.

— Eh bien, dis-le !

— Dire quoi ?

— Que je suis un salaud !

Elle renonça. Elle ôta ses lunettes, parce que la chaleur les embuait, elle prit un mouchoir dans son sac pour en essuyer les verres. Elle resta ensuite immobile, les lunettes dans sa main droite, s'efforçant de ne penser à rien. Elle devinait son regard sur elle, et puis il dit d'une voix méconnaissable :

— Je te demande pardon, Dany. Je vais chercher les cigarettes dans la voiture. Ça nous laissera le temps de nous calmer.

Il se pencha vers elle, lui boutonna sa veste de tailleur, et elle sentit un baiser sur sa bouche, un baiser doux comme la veille, dans la salle à manger de l'hôtel.

Elle avait les mêmes lèvres qu'alors, tièdes et immobiles, les mêmes yeux obscurs. Il partit sans se retourner. Il attendit d'être dans les arbres pour courir. A partir de là, l'essentiel était d'aller vite. Elle ne s'étonnerait pas tout de suite de ne pas le voir revenir. Elle mettrait d'abord son retard sur le compte de la dispute. Il s'accordait un quart d'heure avant qu'elle s'aperçoive que la voiture avait disparu. Ensuite, il connaissait les environs, elle mettrait bien trente à quarante minutes pour atteindre un endroit où téléphoner.

S'il s'était trompé, si la voiture était vraiment la sienne, elle s'adresserait directement à la police. Il aurait perdu. Il faudrait encore dix minutes pour alerter les premiers gendarmes, mais les tout premiers prévenus seraient ceux de l'autoroute du Nord et des sorties de Marseille. Ils auraient vu passer la Thunderbird, on ne pouvait pas ne pas la remarquer. On le ferait marron sur la route de Cassis.

Une heure au mieux pour courir sa chance, ce n'était pas suffisant. Il jouait uniquement sur la certitude que Dany Longo ne s'adresserait pas, ou pas tout de suite, à la police. L'histoire qu'elle lui avait racontée à table, dans la nuit, était incompréhensible si elle ne dissimulait pas elle-même quelque chose. Quand on se fait écraser une main, on va au cri. Quand un motard vous dit qu'il vous a vue le matin et que ce n'est pas vrai, on ne lui donne pas raison.

Il y avait bien d'autres bizarreries chez Miss Quatre-Œil. L'enveloppe de salaire dans son sac. Et d'abord ce sentiment qu'elle n'avait cessé de lui donner d'être deux personnes à la fois : l'une plutôt futée, vive, assurée, l'autre angoissée, masochiste. Elle parlait dans son sommeil. Elle ne disait rien d'autre qu'un nom — Maman-Sup — et un bout de phrase qui l'avait inquiété réellement. C'était : « Tu es mort », ou « Tuer-Mort » ou « Tuez-moi », elle n'avait prononcé cela que deux fois, tout près de sa bouche, et il n'était pas sûr du sens qu'il fallait donner à ces trois syllabes. Ce pouvait être aussi : « Tu es moi », dans un demi-réveil, en s'adressant à lui, mais il ne le croyait pas. Il y avait comme une cassure chez cette fille.

Il monta dans la Thunderbird, un peu essoufflé, mit la clef au contact, et presque dans la même seconde lança le moteur d'un léger coup d'accélérateur. Elle n'avait certainement pas pu entendre, à travers le rideau d'arbres et le vacarme des cigales. Il fit silencieusement demi-tour, en descendant dans le fossé de chaque côté de la route à cause de la longueur du cabriolet. Il pensa que la valise de Dany ne contenait rien d'intéressant pour lui, mais que ce pourrait être pour elle un fardeau encombrant, une perte de temps supplémentaire. Il la prit, l'ouvrit et la jeta loin de la voiture. Les vêtements se dispersèrent dans les herbes au bord de la route. La tache turquoise, grotesque, du pantalon qu'elle portait la veille lui fut désagréable à voir. Il se dit qu'il était cinglé, même pire, mais il descendit, le ramassa, le roula en boule pour le remettre dans la valise, et il s'arrêta net : elle était là, immobile, il ne l'avait pas entendue venir. Puis il vit que ce n'était que sa robe de mousseline blanche accrochée à des ronces. Il envoya le pantalon au diable, se mit au volant et démarra.

Il était quatre heures et demie au tableau de bord. A peu près l'heure à laquelle il avait volé une DS neuve, l'été précédent, de la même façon, au même endroit. Il lui avait fallu une heure et quart pour être à l'abri, à Cassis, dans le garage de Gros Paul, son ami de Metz. La Thunderbird était plus puissante qu'une DS, et il ne commettrait pas certaines erreurs de parcours de la première fois. Il pouvait gagner cinq à dix minutes. Il se dit un quart d'heure, pour s'encourager, mais il savait que c'était du domaine des illusions.

En retrouvant la nationale, il se félicita de n'avoir pas croisé un seul véhicule sur la route de traverse où il avait laissé Dany. Il y avait une départementale vers Miramas moins de deux kilomètres au sud, mieux entretenue, plus large et qu'on utilisait plus volontiers. Miss Quatre-Œil mettrait peut-être plus de temps qu'il ne l'avait prévu à se faire prendre en stop.

Il n'avait jamais entendu parler, après coup, de la femme à la DS. Il ne savait pas comment elle avait réagi. C'était tant mieux, évidemment, mais il le regrettait un peu, car il aurait sans doute amélioré son plan, cette fois. Surtout qu'il prenait plus de risques. La femme à la DS était mariée à un médecin d'Arles : sans doute avait-elle fait son deuil de la voiture pour éviter un scandale. Philippe l'avait rencontrée à Roanne, où elle était venue voir il avait oublié qui à l'hospice des vieillards. Elle était timide, potelée, laissée à demi vierge par son mari, étourdie par son premier adultère au point d'acheter en route — à Tarare exactement — une édition de luxe de *Madame Bovary* : la poire de qualité sous cellophane. En outre, il n'avait pas fait de quartier. Sous les arbres de la colline, il l'avait dénudée entièrement et fatiguée de telle manière que son médecin d'époux, à moins d'être un sot, ne puisse douter des marques de son infortune, puis il l'avait étendue d'un coup de poing à l'estomac, il l'avait couverte de sa robe et il était parti. Il avait jeté ses sous-vêtements, ses chaussures et son sac à main (où il n'avait pris que de l'argent) au fond d'une poubelle, à Marseille.

Il ne retrouvait pas, en ce moment, l'angoisse d'alors, bien qu'il eût négligé de prendre les mêmes précautions. Il n'avait pas eu le cœur de déshabiller Miss Quatre-Œil, encore moins de la frapper. Il s'était persuadé tout l'après-midi, après avoir téléphoné à Gros Paul, qu'il devrait le faire, mais en définitive, il n'avait pas pu. Il méprisait les femmes, toutes, comme des êtres avides, égocentriques et mesquins. Il ne faisait pas de distinction, sauf une : celles qui étaient douées de quelque simplicité le dégoûtaient moins. Dany Longo lui avait même été proprement sympathique trois fois. En lui disant, au seuil d'un hôtel : « Je ne pèserai pas lourd, va. » Puis en laissant devant le comptoir de cet hôtel une main sur son bras, comme s'il était son frère dans un monde hostile. Surtout quand il lui avait retiré ses lunettes, à table. Elle avait le visage aussi désarmé que le cœur de sa propre mère, morte à quarante ans, célibataire, avec pour tout réconfort, au pied de son lit d'hôpital, son ordure de bâtard, qui n'aurait pas réussi à réconforter un chien galeux dans la rue.

Il fallait oublier très vite Dany Longo (Marie-Virginie), il lui avait fait assez de cadeaux. Il lui laissait son sac à main pour qu'elle puisse se débrouiller, une dispute pour l'aider à ne pas croire tout ce qu'on raconte, une heure pour se venger. Elle avait sa chance.

Il dévala très vite l'autoroute du Nord, qui descend en pente continue sur Marseille, prit les boulevards périphériques, fonça sur l'autoroute d'Aubagne. En semaine, un autre itinéraire vers Cassis, par le col de la Gineste, était plus court. Mais un dimanche après-midi, trop de Marseillais l'empruntent. Il ne voulait pas risquer d'être ralenti par une colonne d'escargots ou un accident en travers de la route.

Les virages de la Bédoule, sans fin au long des pinèdes. Il pensait à l'homme qu'il ne connaissait pas et que Dany Longo aimait toujours. Il pensait à elle, dans la lumière d'une lampe qui projetait comme une étoile au plafond, allongée dans ses bras sur un lit, les jambes et le ventre dénudés, portant encore le pull blanc qu'il avait jeté dans les ronces. Ça veut dire quoi, aimer toujours ?

Change de disque.

Gros Paul, l'été précédent, lui avait donné cent billets de la DS neuve. A midi, au téléphone, il lui en avait proposé trois cents pour la Thunderbird, mais il lui avait fait jurer, à mots couverts, que ce n'était pas une voiture ramassée au bord d'un trottoir, n'importe où, et que la fille, comme la première, serait retenue de se plaindre. Il voulait bien agrandir le parc automobile des États d'Afrique noire, mais sans risques, en dilettante. Philippe trouvait que c'était le bon sens qui parlait dans son écouteur. Au Pas-de-Belle-Fille, quand il tourna vers Cassis, des gendarmes le regardèrent passer sans rien dire. Il était cinq heures vingt. Il commença d'espérer raisonnablement prendre son bateau le 14 avec de l'argent de poche, un casier judiciaire vierge et la cabine de première classe d'une enflée quelconque.

Moins d'un quart d'heure plus tard, il n'espérait plus rien. La Thunderbird était rangée devant la mer, à côté du port, sous l'énorme silhouette du Cap Canaille. Il s'appuyait des deux mains à la carrosserie, il devait lutter de toutes ses forces contre l'envie de vomir. Sa vie venait de basculer d'un coup dans le cauchemar, et il était seul sous le soleil, décomposé par la rage et la peur. Quant à son casier judiciaire vierge, il allait être servi. Dépucelage plantureux, modèle tout en un, le carnage.

Elle ramassa ses vêtements épars. Elle les rangea soigneusement dans sa valise noire. Elle ne prit pas la route déserte par où ils étaient venus. Elle gravit à nouveau la colline et, sur la roche plate où ils s'étaient assis, elle étala, ouvert en deux, le sac en papier qui avait enveloppé ses nu-pieds neufs. Elle écrivit dessus, en grosses capitales tremblées, de la main droite, avec son rouge à lèvres : CE SOIR DIX HEURES DEVANT 10 CANEBIÈRE. Le nom de cette avenue, c'était tout ce qu'elle connaissait de Marseille, avec le fait que les gens y sont menteurs comme partout. Elle plaça une grosse pierre sur son message. Elle le savait parfaitement inutile, mais il ne fallait rien négliger, même pas la possibilité d'un retour du garçon quand elle ne serait plus là.

Sur l'autre versant de la colline, cinq ou six minutes plus tard, elle trouva une route qu'elle avait vue d'en haut, à travers les arbres. Il y passait de nombreuses voitures. La première à se présenter fut une Renault ou une Simca, de couleur sang, qui s'arrêta. Il y avait un homme, une femme et un bébé à l'intérieur. Elle s'assit sur le siège arrière, sa valise sur les genoux, à côté du bébé qui dormait dans un berceau de toile.

Ils la déposèrent devant un relais routier, sur la nationale vers Marseille. Elle s'efforçait de sourire en les remerciant. Elle but un verre d'eau minérale au comptoir. Elle montra au serveur l'addition du restaurant où elle avait déjeuné près de Valence. Elle le pria d'appeler ce restaurant au téléphone.

Il n'y avait pas de cabine. Elle dut s'expliquer devant des clients qui baissaient la voix et l'écoutaient. Au bout du fil, ce devait être la patronne qui répondait. Elle se rappelait la cliente en tailleur blanc et le jeune homme qui l'accompagnait, oui. Elle se rappelait aussi qu'il avait téléphoné à la fin du repas, oui. Il avait téléphoné à Cassis, dans les Bouches-du-Rhône, mais elle ne savait pas ce qu'était devenu le papier où elle avait noté le numéro. Elle regrettait.

En raccrochant, Dany demanda un annuaire des Bouches-du-Rhône. Il n'y avait pas d'abonnés du nom de Filanteris à Cassis. Elle était certaine pourtant d'avoir lu « *Cassis-sur-Mer* », le matin, en fouillant avec mauvaise conscience un portefeuille. Elle ne se souvenait de rien d'autre, sauf que c'était imprimé, pas écrit à la main. Elle eut l'idée de lire en entier la liste des abonnés de l'agglomération puis elle se dit qu'elle perdrait son temps.

Elle demanda au serveur si un de ses clients allait à Marseille. Un homme en bras de chemise, à moustache blonde, l'emmena dans sa 404, en lui énumérant en route tous les bistrots qu'il connaissait à Paris : il y avait passé trois mois durant son service militaire. Il la déposa sur une grande place ensoleillée, ouverte sur un parc et de longues avenues, qu'il appelait le Rond-Point du Prado, dans une ville qui devait être chaleureuse et agréable à vivre, mais dont elle n'avait vu que des morceaux de banlieue sale. Il lui dit qu'elle pourrait prendre là un autocar pour Cassis. Quand il fut parti, elle lut l'horaire des passages, sur le poteau d'arrêt, vit qu'elle devait attendre une demi-heure. Elle traversa la place, sa valise et son sac dans la main droite, et monta dans un taxi. Le chauffeur était un énorme rougeaud à casquette. Il disait oh pauvre, que ce serait cher. Il comprit qu'elle n'avait pas envie de parler, il mit sa DS en marche.

Ce fut dans les lacets de la Gineste — elle lut le nom en haut du col — qu'elle vit la Méditerranée pour la première fois. Bleue comme sur les cartes postales, miroitante, largement étalée jusqu'à un horizon à peine plus pâle, plus belle encore qu'elle l'avait imaginée. Elle s'efforça de regarder ailleurs.

Ils arrivèrent à Cassis, qui était un village, à six heures et demie, un peu plus de deux heures après le baiser de Judas qu'on lui avait donné sur la colline face à l'étang de Berre. La foule, sur les deux trottoirs d'une longue rue, était plus serrée que devant les Galeries Lafayette, pieds nus, en short ou en maillot de bain. Le chauffeur dit oh pauvre, qu'en semaine c'était déjà pas possible mais que le dimanche c'était la catastrophe.

Elle se fit arrêter sur le port, devant des barques et des mâts aux drapeaux multicolores. Quand elle eut réglé la course, debout sur la chaussée, sa valise à ses pieds, étourdie par le soleil et les voix autour d'elle, le rougeaud à casquette fit un geste large et déclara d'une voix traînante :

— Eh, vous en faites pas, petite, ça s'arrangera, c'est « obligé » !

Avant qu'il eût fini sa phrase, elle avait promené sur ce qui devait être le cœur de Cassis un regard circulaire, elle avait déjà vu la tache blanche, familière, bouleversante de la Thunderbird. Le cabriolet était à plus de deux cents mètres d'elle, parmi d'autres voitures rangées devant la plage, mais elle l'aurait reconnu entre mille de ses semblables, rien qu'au battement précipité de son cœur. Elle avait la gorge serrée, à ne plus pouvoir respirer, mais ce qu'elle ressentait, c'était délicieux, c'était une sorte de gratitude envers tout : Cassis, la mer, le soleil, le gros chauffeur de taxi et elle-même, qui n'avait pas versé une larme, qui était venue tout droit où il fallait.

Elle fit les pas qui la séparaient d'Oiseau de Tonnerre sans rien voir autour d'elle. Toute fatigue s'était évanouie, elle franchissait au ralenti une épaisseur de vide. Philippe Filanteris avait laissé le cabriolet découvert. Il ne semblait pas qu'il l'eût abandonné à cause d'un accident. Elle mit sa valise sur le siège arrière, prit conscience de l'endroit où elle se trouvait. Devant une large esplanade qui longeait la plage, à côté du port. Elle regarda des baigneurs dans l'écume des vagues. Elle entendit des cris et des rires. Une énorme masse rocheuse, à pic sur la mer, dominait Cassis.

Les clefs n'étaient pas au contact. Elle ouvrit la boîte à gants et les trouva, trousseau complet, avec les papiers de la voiture. Elle s'installa au volant, et pendant plusieurs minutes, elle essaya de comprendre ce qui s'était passé dans la tête d'un garçon venu de Metz, qui avait besoin d'argent mais n'avait pas touché à son sac à main, qui avait emmené la voiture pour s'en séparer cinquante ou soixante kilomètres après. Elle renonça. Il devait y avoir une raison à tout cela, mais cela ne l'intéressait plus. Peut-être était-il quelque part dans le village, avec son complet de toile et sa cravate noire, peut-être allait-il revenir, mais cela ne l'intéressait pas davantage. Et puis, brusquement, quelque chose en elle se détendit, elle sentit comme un décrochement douceureux dans sa poitrine, et elle se vit telle qu'elle était, là, loin de chez elle, entôlée, bête, seule, avec une main dans une armature rigide. Elle se mit à pleurer.

— Tu veux faire une partie de cartes ? dit une voix.

Elle avait ses lunettes sombres. Le petit garçon qui se tenait à côté d'elle de l'autre côté de la portière lui sembla d'autant plus bronzé. Il avait quatre ou cinq ans. Il était blond, avec de grands yeux noirs, très joli, pieds nus, vêtu d'une culotte en tissu élastique bleu marine, à grosses raies blanches, et d'un polo éponge rouge. Il tenait une tartine beurrée dans une main, un paquet de cartes à jouer miniatures dans l'autre. Elle s'essuya les joues.

— Comment tu t'appelles ? dit-il.

— Dany.

— Tu veux faire une partie de cartes ?

— Toi, comment tu t'appelles ?

— Titou, dit-il.

— Où est ta maman ?

Il fit un geste vague, avec sa tartine.

— Là, sur la plage. Laisse-moi monter dans ta voiture.

Elle ouvrit la portière, s'écarta pour le faire asseoir au volant. C'était un bonhomme très posé, très sérieux, qui n'aimait pas beaucoup répondre aux questions. Elle apprit néanmoins que son père avait une voiture bleue — avec un toit, lui — qu'il avait trouvé un oursin dans l'eau et l'avait enfermé dans un bocal. Il lui enseigna son jeu de cartes, qui était d'une complication extrême : il donnait trois cartes à chacun et celui des deux qui avait le plus « d'habillés » avait gagné. Ils firent un tour pour rien et c'est lui qui gagna.

— Tu as compris ? dit-il.

— Je crois, oui.

— Qu'est-ce qu'on mise ?

— Il faut miser quelque chose ?

— Sinon c'est pas intéressant.

— Qu'est-ce que tu mises, toi ?

— Moi ? dit-il. Rien. C'est toi qui mises. Tes lunettes, tu veux ?

Il donna trois cartes à Dany, en les choisissant soigneusement : deux sept et un huit. Il prit trois rois pour lui. Elle dit tiens, que c'était trop facile, c'est elle qui allait donner. Elle le fit. Il gagna quand même. Elle ôta ses lunettes et les lui mit, en les tenant de chaque côté parce qu'elles glissaient sur son nez. Il dit qu'on voyait tout cassé, c'était pas intéressant. Elle lui donna une pièce de cinquante centimes à la place.

— Maintenant, mange ta tartine.

Il mangea deux bouchées, en la regardant attentivement. Puis il dit :

— Qui c'est le monsieur dans ta voiture ?

Elle regarda, malgré elle, le siège arrière.

— Il n'y a pas de monsieur.

— Mais si, dit-il. Où on met les bagages. Tu sais bien.

Elle rit, son cœur dérailla.

— Quel monsieur ?

— Celui qui dort.

— Qu'est-ce que tu racontes ?

Il ne répondit pas tout de suite. Il mangeait sa tartine, regardant mélancoliquement droit devant lui, à travers le pare-brise, la tête en arrière sur le dossier du siège. Puis il eut un petit soupir.

— Je crois qu'il dort, dit-il.

Les lunettes

Maman-Sup.

Un soir, à Roubaix, j'ai regardé son visage ridé à travers une flûte de vin d'Alsace. C'était devant la gare. On entendait le cri des trains.

Tuez-moi.

Zurich, c'était le 8 octobre. Il y aura quatre ans le 8 octobre. Encore des trains. Encore des chambres. Tout si clair.

Comment disait-on quand j'étais petite ? Clairs mes cheveux, sombres mes yeux, noire mon âme, froid le canon de mon fusil. Je ne sais plus ce que j'invente.

J'ai vu tant de cyprès, depuis hier. La Provence est un cimetière. J'y dormirai délivrée, loin des flonflons des bals.

L'hôtel Bella Vista, près de Cassis. Une goutte d'eau sur mon front dans une ruelle. La gare routière à Marseille. Les hauteurs de Villeneuve, tous ces créneaux. Dieu, comme j'ai cherché pour ne trouver que moi.

Mes verres étaient embués quand j'ai ouvert le coffre à bagages, et trop sombres pour y voir. Le soleil de sept heures, tendu au ras de l'esplanade, frappait la voiture de face, découpait un grand trou d'ombre. Une odeur démentielle est montée vers moi de cette horreur en contre-jour.

Je suis revenue vers le petit garçon nommé Titou, je lui ai demandé de me donner mon sac à main, j'ai changé de lunettes. Je tenais debout, mes doigts tremblaient à peine. Je ne pensais à rien. Mon esprit était comme paralysé.

J'ai ouvert le coffre une seconde fois. L'homme était enveloppé dans un tapis, pieds nus, les jambes repliées. Sa tête émergeait d'une haute laine rouge, coincée de profil contre une paroi. J'ai vu son œil ouvert, ses cheveux lisses, blanchis aux tempes, sa peau presque translucide, étirée sur des os saillants. Il avait quarante ans et il était sans âge. Je m'efforçais en vain de ne pas respirer, je suffoquais. J'ai tendu vers lui ma main bandée, j'ai tiré un pan du tapis pour le découvrir. Il portait un vêtement qui devait être une robe de chambre, en soie claire, bleue ou verte, avec un col kimono plus foncé, défait sur une poitrine blême. Il y avait deux trous à hurler, nets comme des coups de pioche, entre ses seins nus, et le sang qui avait coulé des deux blessures ne formait qu'une croûte noire, étalée vers le haut du corps, jusqu'à la gorge.

J'ai refermé le battant du coffre, en perdant l'équilibre, en m'affalant dessus. J'avais conscience de vouloir me relever, de me débattre dans le soleil, je sentais même sous ma main droite, sous ma joue, la carrosserie brûlante de la voiture. Et puis, j'ai compris que le petit garçon nommé Titou était près de moi et s'effrayait, j'ai essayé de lui dire attends, attends, que ce n'était rien, 'e n'ai pas pu.

Il pleurait. J'entendais ses pleurs et de grands rires sur la plage, très loin. Des jeunes filles en bikini se poursuivaient sur l'esplanade. Personne ne s'occupait de nous.

— Ne pleure pas. C'est passé, regarde.

Ses cartes à jouer s'étaient dispersées sur le sol. Il ravalait ses sanglots, les bras autour de mes jambes, la tête dans ma jupe. Je me suis penchée vers lui, je l'ai embrassé dans les cheveux, plusieurs fois, en le rassurant :

— Tu vois, je vais tout à fait bien. J'ai perdu l'équilibre à cause de ma chaussure.

Il ne pouvait sans doute pas sentir, coffre refermé, l'odeur qui, moi, me révulsait encore. Je l'ai néanmoins éloigné vers l'avant de la Thunderbird. Il m'a réclamé ses cartes et la pièce de cinquante centimes que je lui avais donnée. Je les ai ramassées. Quand je suis revenue près de lui, il dessinait des ronds, de l'index, sur une aile de la voiture. Il m'a dit que c'était des oursins.

Je l'ai attiré vers moi, en m'asseyant sur le trottoir de l'esplanade pour avoir son visage à la hauteur du mien, et je lui ai demandé comment il avait pu voir l'intérieur du coffre. Je parlais très bas, très doucement, d'une voix éteinte. Il entendait sans doute mieux les battements de mon cœur.

— Tu n'as pas pu l'ouvrir toi-même, n'est-ce pas ? Qui l'a ouvert ?

— L'autre monsieur, a dit Titou.

— Quel autre monsieur ?

— L'autre.

— Celui qui conduisait ma voiture ?

— Je ne sais pas.

— Tu as regardé dedans avec lui ?

— Non, j'étais là derrière.

Il me montrait une Dauphine jaune rangée à côté de la Thunderbird.

— Il y a longtemps ?

— Je ne sais pas.

— Tu es retourné près de ta maman, depuis ?

Il a réfléchi. J'essuyais sur sa joue. avec mes doigts, la trace de ses larmes.

— Oui. Deux fois.

— Le monsieur qui a ouvert le coffre, il n'a pas vu que tu regardais ?

— Oui. Il m'a dit va-t'en.

J'étais un peu surprise, parce que je m'attendais à une réponse contraire, puis brusquement tout a viré au froid dans le soleil. J'ai eu la certitude que Philippe n'avait pas quitté Cassis, qu'il nous épiait.

— Il t'a vu ? Tu es sûr ?

— Il m'a dit va-t'en.

— Écoute-moi. Il était comment ce monsieur ? Il avait une cravate ? Il avait des cheveux noirs ?

— Il avait une cravate noire. Et une valise.

— Où est-il parti ?

Il a réfléchi encore. Il a haussé les épaules, à la manière d'un adulte, et m'a montré d'un geste vague la direction du port, du village, de n'importe où.

— Viens, il faut que tu retournes près de ta maman.

— Tu seras là, toi, demain ?

— D'accord.

J'ai épousseté le devant de ma jupe, je l'ai conduit par la main sur l'esplanade. Il m'a désigné sa mère, la plus jeune d'un groupe de femmes allongées en maillot sur la plage. Elle était blonde, très bronzée, elle échangeait des rires avec ses amies par-dessus des magazines et des flacons de crème pour brunir. Elle a vu son petit garçon et s'est soulevée sur un coude pour l'appeler. J'ai embrassé Titou, je l'ai aidé à descendre quelques marches d'escalier. Quand il a rejoint sa mère, je me suis éloignée. J'avais la sensation de traîner des jambes rigides comme celles des mannequins de vitrine.

Je ne voulais pas revenir à la voiture, près de cet homme à la poitrine défoncée. Je ne voyais qu'une chose raisonnable à faire : me rendre dans un poste de police. De toute manière, il fallait que je m'écarte de la plage. Je me disais : « Si Philippe sait que Petit Titou a vu l'intérieur du coffre, il doit être inquiet, il est resté dans les parages pour l'observer. Il y est peut-être encore et c'est moi qu'il observe. Je l'obligerai à se découvrir. »

En même temps, je trouvais ce raisonnement absurde. S'il s'était déchargé d'un cadavre dans une voiture qu'il croyait la mienne, c'est qu'il n'accordait pas d'importance à ce que je pourrais raconter ensuite. Pourquoi en aurait-il accordé davantage au témoignage d'un enfant de cinq ans ?

J'ai marché sur le port, au milieu d'une foule indifférente, mon cœur cessant de battre quand on me bousculait, puis dans des ruelles désertes que le soleil

161

avait abandonnées depuis plusieurs heures, où j'avais froid. Du linge séchait aux fenêtres. Une goutte d'eau tombant sur mon front, alors que je m'arrêtais pour regarder derrière moi, m'a arraché un sursaut de tout le corps, presque un cri. Il fallait cependant me rendre à l'évidence : personne ne me suivait.

Plus tard, j'ai demandé mon chemin, j'ai trouvé le poste de police sur une petite place bordée de platanes. J'ai regardé l'entrée, de loin, et deux hommes en uniforme qui fumaient sur le seuil. Je croyais sentir encore sur moi l'odeur fade, effroyable de l'inconnu mort dans la Thunderbird. Je n'ai pas eu le courage de m'approcher. Que pouvais-je leur dire ? « J'ai pris la voiture de mon patron, un garçon dont j'ignore tout me l'a volée, je l'ai retrouvée ici avec un cadavre dans le coffre, je ne peux rien vous expliquer mais je suis innocente. » Qui me croirait ?

J'ai attendu la nuit dans une pizzeria, en face de la gendarmerie, assise près d'une fenêtre du premier étage. J'espérais retrouver un peu de calme, comprendre ce qui avait pu se passer durant les deux heures où Philippe avait gardé seul la voiture. Ce devait être quelque chose d'imprévu, de soudain, car rien d'un tel événement n'était dans son regard lorsqu'il m'avait quittée. J'en étais sûre. Enfin, presque sûre. Et puis, plus du tout.

J'ai commandé un cognac, qui m'a soulevé le cœur quand je l'ai porté à mes lèvres, que je n'ai pas bu.

Si je traversais la place de l'autre côté de la vitre, on ne me relâcherait pas avant d'avoir fait une enquête, et cela pourrait prendre des jours, des semaines. Il me revenait à l'esprit toute une imagerie de faits divers :

on me conduirait dans une prison de Marseille, on me ferait ôter mes vêtements, on me donnerait le tablier gris des préventives, on salirait d'encre les doigts de ma main droite, on me plongerait dans le noir. On fouillerait aussi mon passé, d'où l'on ne déterrerait qu'une mauvaise action, particulière sans doute à beaucoup de femmes, mais cela suffirait pour éclabousser ceux qui me connaissent et celui que j'aime.

Je n'irais pas.

Ce dont j'essayais de me persuader avec le plus de force, je crois, c'est que rien de ce qui m'arrivait n'était vrai. Ou du moins, il allait se produire quelque chose et soudain, cela ne le serait plus.

Je me rappelais la première partie de mon baccalauréat, le soir de l'oral, à Roubaix. Les résultats ont été affichés très tard. J'ai regardé les listes plusieurs fois, mon nom n'y était pas. J'ai marché longtemps dans les rues avec une figure de catastrophe, mais le cœur gonflé d'un espoir insensé : on avait commis une erreur, on allait me rendre justice. Il était dix heures passées quand j'ai rejoint Maman-Sup, dans la pharmacie de son frère. Elle m'a laissée pleurer tout mon saoul et ensuite, elle a dit : « On va retourner voir ces listes toutes les deux, moi j'y vois mieux que toi. » Ensemble, en pleine nuit, dans la cour d'un lycée désert, nous avons craqué allumette sur allumette pour lire à nouveau les résultats, cherchant mon nom, sachant qu'il devait y être, qu'il finirait par y être. J'avais même une mention.

C'est ce soir-là, dans un restaurant devant la gare de Roubaix, à la fin d'un souper où nous avons bu du vin d'Alsace, « pour fêter ça », que j'ai promis à Maman-

Sup de lui parler comme à un être vivant quand elle serait morte. Je l'ai toujours fait, sauf à l'époque de mon voyage à Zurich, il y a quatre ans, parce que j'avais honte et que je me serais répugnée plus encore de me dorloter avec son souvenir.

Derrière la fenêtre de la pizzeria, j'ai pensé à elle, j'ai pensé à Zurich, et aussi au fils de celui que j'aime, et bien sûr à Petit Titou, qui n'avait guère plus de quatre ans, et tout s'emmêlait, je revoyais la petite fille d'Anita et même la gamine de la station-service à Deux-Soirs-lès-Avallon, comment son père m'avait-il dit qu'elle s'appelait ? L'idée me venait que ces enfants, sur ma route, leurs regards, leurs jouets — la poupée chauve, la partie de cartes — étaient autant de signes d'une monstrueuse punition.

Une femme, celle qui m'avait servi un cognac, s'est approchée de ma table. Il m'a fallu sans doute plusieurs secondes pour m'apercevoir de sa présence. Elle a dit, comme si elle le répétait, d'une voix patiente qui venait non pas de loin mais d'un autre univers :

— Mademoiselle, c'est vous mademoiselle Longo ?

— Oui.

— On vous demande au téléphone.

— Moi ?

— Vous êtes bien mademoiselle Longo ?

Puisque rien n'avait de sens, je ne sais pas pourquoi je m'étonnais encore. Je me suis levée, je l'ai suivie. En traversant la salle, j'ai pris conscience de ce qui m'entourait depuis plus d'une heure : les clients, très nombreux, les nappes à carreaux rouges, l'odeur de pâte chaude et de marjolaine. La cabine téléphonique se trouvait au rez-de-chaussée, tout près du four à pizza, et l'air y était raréfié, d'une sécheresse oppressante.

Je ne reconnaissais pas bien sa voix, mais c'était lui, c'était Philippe.

— Tu vas attendre encore longtemps comme ça, Dany ? Moi, j'en ai marre, j'abandonne. Dany ? Tu m'entends ?

— Oui.

— On peut s'arranger, Dany.

— Où es-tu ?

— Pas loin.

— Tu m'as vue entrer ici ?

— Oui.

— Je t'en prie, où es-tu, Philippe ?

Il n'a pas répondu. J'entendais sa respiration au bout du fil. J'ai compris qu'il avait peur, lui aussi. Il a dit enfin, d'une voix sifflante qui faisait vibrer l'appareil :

— Comment sais-tu mon nom ?

— J'ai regardé dans ton portefeuille, ce matin.

— Pourquoi ?

— Pour savoir.

— Et tu sais quoi ?

C'était à mon tour de ne pas répondre.

— Écoute, Dany. Si tu fais exactement ce que je te dis, on peut se retrouver quelque part.

— Sinon ?

— Sinon, j'y vais tout de suite, moi, au poste que tu vois en face ! Tu m'entends ?

— Je t'entends. Je ne comprends pas.

A nouveau, un silence.

— Philippe ?

— Arrête de dire mon nom.

— Où veux-tu que je te retrouve ?

— Au bout du port, il y a une route qui mène à la calanque de Port-Miou. Demande, si tu ne connais pas. Deux ou trois kilomètres après la sortie du village, tu trouveras un hôtel, l'hôtel Bella Vista. Ils ont une chambre pour toi.

— Pour moi ?

— J'ai téléphoné. J'aurais préféré une chambre par ici, mais il n'y a rien de libre. Prends la voiture pour y aller.

— Je ne veux pas remonter dans cette voiture.

— Et moi, je veux que tu l'enlèves de là et qu'on te voie dedans. A l'hôtel Bella Vista, ôte ton tailleur, change-toi. Je téléphonerai dans vingt minutes pour m'assurer que tu es là. Ensuite, on se verra.

— Où ?

— Va d'abord là-bas. Fais attention, Dany, n'essaie pas de me jouer un tour, tu risques beaucoup plus que moi.

— Tu crois ?

— Oh oui. Et n'oublie pas : débarrasse-toi de ce tailleur, change-toi.

— Je ne ferai rien de tout ça.

— Comme tu veux. Je téléphone dans vingt minutes. Après, tant pis pour toi.

— Mais pourquoi ne pas nous retrouver ici, tout de suite ?

— Tu tiens à ce que nous nous retrouvions ? Alors, c'est à mes conditions, pas aux tiennes.

— Je ne comprends toujours pas.

— Tant mieux.

Il a raccroché. Moi aussi, d'une main qui tremblait.

Il faisait nuit quand je suis montée dans la Thunderbird. Derrière moi, au bord d'une immense place, des baraques foraines étaient éclairées. On tirait des coups de fusil à travers une valse viennoise. Plus loin, l'estrade d'un orchestre, des guirlandes de lampions étaient prêtes pour le lendemain soir.

J'ai roulé sur le port, au pas. Des terrasses de café débordaient sur la chaussée. Une foule nonchalante, dans une odeur de mer et d'anis, marchait devant la voiture, ne s'écartait sur mon passage qu'à contrecœur. J'ai demandé ma route. Elle montait raide, à la sortie du village, puis longeait des immeubles neufs où l'on dînait sur les balcons et, plus loin, elle surplombait une plage aux galets blancs, déserte sous la lune.

L'hôtel Bella Vista élevait des tours vaguement mauresques au bord d'un promontoire, au milieu des pins et des palmiers. Il y avait beaucoup de monde, beaucoup de lumière. J'ai laissé la Thunderbird à l'entrée du jardin. J'ai donné ma valise à un portier galonné d'or, abaissé la capote, fermé à clef les deux portières et le coffre à bagages.

A la réception, une jeune femme m'a prêté sa main pour remplir ma fiche. En énonçant qui j'étais, d'où je venais, j'ai pensé à l'hôtel de Chalon, j'ai revu brusquement le Philippe que j'avais rencontré, qui était beau et désarmant, j'ai vaguement repris courage. Je suis une paumée.

La chambre était petite, avec un cabinet de toilette carrelé de porcelaine fleurie, des meubles neufs, un ventilateur qui brassait la chaleur, une fenêtre ouverte sur la mer. J'ai regardé un instant, au-dessous de moi, des garçons et des filles s'ébattre à grands cris dans une piscine illuminée, puis je me suis déshabillée, j'ai pris une douche en gardant hors du jet mes cheveux et mon pansement.

Le téléphone a sonné pendant que je me séchais. On m'a passé la communication dans la chambre.

— Tu es prête ? m'a dit Philippe.

— Dans quelques minutes. Qu'est-ce que je mets ? Je n'ai pas grand-chose.

— Ce que tu veux, sauf ton tailleur.

— Pourquoi ?

— On m'a assez vu en sa compagnie. On se retrouve à Marseille dans une heure.

— A Marseille ? Mais c'est absurde ! Pourquoi pas ici ?

— On m'a assez vu aussi dans les parages. De toute manière, moi, je suis à Marseille maintenant.

— Je ne te crois pas.

— Que tu me croies ou non, c'est comme ça. Tu connais Marseille ?

— Non.

— Merde. Laisse-moi réfléchir.

Je l'ai laissé réfléchir. Je voyais, sur ma peau, une marque qu'il m'avait faite, durant la nuit, alors qu'il sombrait avec moi en me serrant très fort et n'était plus qu'un enfant éperdu dans mes bras. J'ai dit doucement :

— Philippe, je t'ai laissé un rendez-vous à l'endroit où tu m'as quittée, sur la colline.

— Un rendez-vous ?

— Au cas où tu reviendrais. A dix heures, devant le numéro 10 de la Canebière.

— Tu connais la Canebière ?

— Non, mais on doit trouver facilement.

— Bien. Mettons à dix heures et demie. Laisse la voiture dans une autre rue, viens à pied. Je t'attendrai.

— Ne raccroche pas.

Il l'avait fait. J'ai demandé à la réception d'où venait l'appel. De Marseille. Je me suis habillée, après avoir hésité quelques secondes entre le pantalon que j'avais mis la veille au soir et la robe de mousseline blanche. J'ai choisi la robe parce que, de toute évidence, il ne voulait pas être vu avec moi dans un vêtement que j'avais déjà porté au cours du voyage. N'était le désordre d'esprit dans lequel je me trouvais, ces précautions de petit dur m'eussent semblé comiques. Je me suis donné un coup de peigne. Dans le miroir, j'étais si terriblement moi, tout était si réel que j'ai fermé les yeux.

Marseille est la ville la plus étendue, la plus incompréhensible que j'aie jamais traversée. Les rues, plus étroites qu'à Paris, partent dans tous les sens, et de quelque côté qu'on les prenne, elles ne mènent nulle part. Je me suis arrêtée plusieurs fois au bord des trottoirs pour demander mon chemin. Je n'entendais rien à ce qu'on m'expliquait, sinon que j'étais une pauvre fille. On me disait : ma pauvre petite, pauvre mademoiselle, pauvre de vous. La Canebière, immanquablement, je lui tournais le dos.

J'ai fini par trouver un immense parc à voitures, près d'un endroit appelé la Bourse. J'ai laissé la Thunderbird fermée à clef, j'ai marché droit devant moi et la première rue que j'ai prise débouchait sur la grande avenue que je cherchais, presque en face du lieu de mon rendez-vous. Le numéro 10 était une agence de voyages tout en bas de la Canebière, devant le Vieux-Port. Il y avait un grand restaurant à côté, le Cintra, beaucoup de monde sur le trottoir, des autobus bleus sur la chaussée, des taches de néon partout.

Philippe n'était pas là, mais je devinais qu'il m'observait posté quelque part. J'ai attendu quelques minutes en faisant les cent pas, en regardant sans les voir des instruments d'optique dans une vitrine, puis il a touché mon bras. Il portait toujours son costume de toile beige, sa cravate noire. Nous nous sommes regardés de longues secondes sans dire un mot, face à face dans le va-et-vient des passants. Je crois que j'ai compris tout de suite, en voyant son visage tiré, qu'il n'avait jamais tué personne, que cette histoire le stupéfiait autant que moi. Il m'a demandé :

— Où est la voiture ?

— Là-bas, derrière.

— Il est toujours dedans ?

— Où veux-tu qu'il soit ?

— Qui est-ce, Dany ?

— C'est à toi qu'il faut le demander !

— Ne crie pas. Viens.

Il m'a saisie par un coude, il m'a entraînée vers le port. Nous avons traversé une place illuminée, allant d'un refuge à l'autre, profitant des trous dans le manège affolant des voitures. Il avait pris ma main droite dans la sienne, il l'a gardée. Nous avons marché très longtemps, au long d'un quai qui s'appelle le quai de Rive-Neuve. Il m'a expliqué, d'une voix sourde, sans jamais tourner la tête vers moi, qu'il avait pris la Thunderbird pour la vendre, qu'il ne s'était pas arrêté une seule fois jusqu'à Cassis, que là, en faisant une dernière inspection avant de livrer le cabriolet à un garagiste, il avait ouvert le coffre et trouvé l'homme mort. Ensuite, il avait peur, il épiait Petit Titou, il ne savait que faire. Il imaginait que j'avais tué cet homme et que je profiterais de la situation pour lui laisser endosser mes ennuis. Il était certain de ne jamais me revoir. Mon arrivée avait achevé de le dérouter.

Nous nous sommes assis, au bout du quai, dans la nuit, sur une pile de planches rongées par la mer. Il m'a demandé comment j'avais retrouvé sa trace, après qu'il m'eut abandonnée devant l'étang de Berre.

— J'ai téléphoné au restaurant d'à midi.

— Tu t'affoles pas, toi.

— A Cassis, tu m'as suivie ? Pourquoi ne m'as-tu pas parlé tout de suite ?

— Je ne savais pas ce que tu avais dans la tête. A qui est cette voiture ?

— A mon patron.

— Il te l'a prêtée ?

— Il ne me l'a pas prêtée. Il ne sait pas que je l'ai prise.

— Eh bien, dis donc.

Je voyais une foule de questions dans ses yeux. Il devait voir les mêmes dans les miens. Il tenait toujours ma main droite, mais la méfiance nous paralysait tous les deux. En définitive, c'est lui qui a demandé :

171

— Tu ne connais vraiment pas cet homme ?

— Non.

— Tu ne savais pas qu'il était dans ton coffre ?

— Tu m'as vue l'ouvrir, à Cassis. J'avais l'air de savoir ce qu'il y avait dedans ?

— Tu pouvais jouer la comédie.

— Tu peux la jouer, toi aussi ! Tu es un spécialiste, non ? Tu n'as pas arrêté depuis hier soir.

— Il faut bien que quelqu'un l'ait enfermé là, et ce n'est pas moi. Réfléchis un peu, Dany. Il était mort avant que je te rencontre, ce type !

— Comment le sais-tu ?

— J'ai des yeux, moi ! Il est mort depuis au moins quarante-huit heures.

— Tu as pu le mettre dans le coffre bien après l'avoir tué.

— Quand, par exemple ?

— A Chalon, hier soir.

— Non, mais tu m'imagines en train de me balader tout un jour avec un cadavre sur les bras ? Même à Chalon ? Sors du ciné, reviens sur terre ! D'ailleurs, pardon : ça me brise le cœur d'avoir à te menacer, mais j'ai un tas de témoins pour ma journée d'hier et d'avant-hier. Je trimbalais une valise, d'accord, mais va-t'en faire admettre que j'aie pu le cacher dedans, je te souhaite du plaisir !

Il s'est levé, il s'est écarté de moi. Je lui ai dit très vite :

— Je t'en supplie, Philippe, ne me quitte pas.

— Je ne te quitte pas.

Il est resté le dos tourné un long moment, près d'une barque déchiquetée, regardant l'eau noire du Vieux-

Port, striée de lumières immobiles. Les bruits de la cité semblaient très loin de nous. Il m'a demandé enfin :

— Comment il est, ton patron ? Assassin sur les bords ?

J'ai haussé les épaules, je n'ai pas répondu. Il s'est retourné, nerveux, raidi par l'agacement, et il m'a lancé :

— Bon sang, je n'en sais rien, moi ! Ce que je veux dire, c'est que ce macchabée était peut-être déjà dans la voiture, quand tu l'as prise !

— Non. Le coffre était vide quand je l'ai prise. Je le sais, j'ai regardé.

— Ah, bon. Et en route, tu l'as ouvert ?

— Oui, je crois.

— Où, la dernière fois ?

J'ai réfléchi. Cela remontait, le long de la 7 et de la 6, jusqu'à Fontainebleau. Je me rappelais avoir ouvert le coffre pour y placer la valise que je venais d'acheter. Ensuite, j'avais changé d'avis.

— A Fontainebleau, il était vide.

— C'est loin, ça. Tu t'es arrêtée où, après ?

— A Joigny, dans un café. C'est là que j'ai rencontré ce camionneur, celui qui m'a pris un bouquet de violettes. Mais il faisait jour, la voiture était devant la porte, on n'a pas pu mettre cet homme dedans à ce moment-là.

— Et tu es sûre de ne plus avoir ouvert le coffre jusqu'à Cassis ?

— Je m'en souviendrais.

— Après Joigny, tu t'es arrêtée où ?

— A la station-service près d'Avallon. Là, j'ai laissé

173

la voiture très longtemps. On l'a même changée de place, pendant que j'étais chez le docteur.

Il a regardé mon pansement. J'ai lu dans ses yeux qu'il se rappelait ce que je lui avais raconté, ma main écrasée, ces gens qui me reconnaissaient sur la route pour m'avoir vue passer en sens inverse, alors que je prétendais me trouver à Paris. Il m'a dit seulement :

— Tu sais, elle est dure à avaler, ton histoire.

Je ne trouvais rien à répondre pour me justifier encore. Je n'en avais même pas envie. Il a remarqué que j'avais froid dans ma robe blanche, il a ôté sa veste et m'a couvert les épaules. Son visage tout près du mien, il a murmuré :

— Tu ne mens pas, dis, Dany ?

— Je te le jure.

— Même si c'était toi, ces coups de fusil, je t'aiderai, tu comprends ?

— Ces coups de fusil ? Il a été tué à coups de fusil ?

Je haussai la voix, malgré moi, et elle déraillait, haut perchée, ridicule. Je ne savais pas pourquoi, les larmes me venaient aux yeux.

— Je présume, oui, puisqu'il est dedans avec lui.

— Qui est dedans ?

— Le fusil, bon sang ! Bien net, bien propre ! Dans ton coffre ! Le fusil ! Dis, tu me reconnais, au moins ?

Il avait pris mon visage dans ses mains, il le balançait de droite à gauche, comme pour me réveiller.

— Arrête ! Je n'ai pas vu de fusil !

— Je me demande ce que tu vois ! Tu as vu un tapis ? Tu as vu un type ? Eh bien, il y a un fusil avec !

Il m'a lâchée, il a tourné les talons et il est parti mains dans les poches, épaules hautes dans sa chemise blanche. Je me suis levée, je l'ai suivi. Il m'a fait traverser la chaussée, disant qu'il n'avait plus de cigarettes, qu'il avait faim et pas un sou. Nous sommes entrés dans un bar-tabacs empli de monde, où les murs étaient couverts de filets de pêche et de coquillages. J'ai acheté un paquet de Gitanes, des allumettes. Il a bu un demi au comptoir, en mangeant un sandwich. Il ne parlait pas, il ne me regardait pas. Je lui ai demandé :

— Comment es-tu venu à Marseille, toi ?

— T'occupe pas, va.

— Où est ta valise ?

— T'occupe pas.

Quand nous sommes sortis, il a passé son bras autour de mes épaules et m'a attirée vers lui. Je n'ai pas eu envie de me dégager. Nous avons marché l'un contre l'autre au long d'un trottoir encombré de cageots vides qui répandaient partout une odeur d'algues. Nous avons traversé la grande place devant le Vieux-Port. Dans un miroir, à la devanture d'un restaurant, j'ai vu un instant nos visages qui passaient, ma robe blanche, sa veste sur mes épaules, enfin lui et moi, enlacés, dans des éclats de néon, à mille kilomètres de ma vie. Je ne crois pas que je mens : cela m'a semblé plus irréel que tout le reste.

Sur la Canebière, des passants nous regardaient. Je lui ai demandé où nous allions.

— A la voiture. Il faut qu'on sache qui c'est, ce type. Il faut qu'on regarde encore.

— Je n'aurai pas le courage, je t'en prie.

— Moi si.

Sur l'aire de stationnement où ie l'avais laissée,

parmi des centaines d'autres voitures, nous sommes restés plusieurs minutes immobiles devant la Thunderbird. J'avais sorti les clefs de mon sac mais il ne les prenait pas. Une bande d'adolescents est passée près de nous, gesticulante et bavarde, puis une femme seule, en robe froissée, qui remuait les lèvres, tête inclinée sur des soucis. Philippe m'a dit de prendre le volant, qu'il fallait trouver un endroit plus tranquille pour ouvrir le coffre.

Nous avons roulé sur le quai de Rive-Neuve, refaisant le chemin que nous avions suivi à pied. Comme je m'engageais dans une rue qui grimpait à travers la ville, il a déclaré brusquement :

— On a peut-être une chance de s'en tirer, Dany. Si on t'a collé ce type pendant le voyage, personne ne le sait, sauf l'enfant de salaud qui l'a mis. Il n'y a pas de lien entre lui et toi. Alors, on fait pareil. On se débarrasse de ça, n'importe où, et on l'oublie. Ça ne nous regarde pas.

J'ai tourné dans une rue, puis dans une autre, qui montait toujours. Il m'a fait prendre ensuite une route bordée d'un garde-fou de pierre : le chemin du Roucas-Blanc. Là, plus de voitures, plus de passants, mais c'était si raide, si étroit que j'ai dû stopper pour manœuvrer dans un virage. Ma main bandée me gênait, douloureuse, il m'a aidée à tirer le volant. Plus loin, par une trouée entre deux murs décrépis, j'ai vu la ville, tout en bas, scintillante au long de la mer.

Il a posé une main sur mon genou pour que je m'arrête. Devant le 78. Je m'en souviens parce que c'était mon chiffre de trousseau à l'orphelinat. Une cour obscure s'ouvrait sur un immeuble neuf. Nous avons attendu quelques secondes, écoutant, puis nous sommes entrés dans la cour, moteur silencieux. Il y avait une rangée de garages aux portes vernies dans la lumière de mes phares, du feuillage, un escalier. Une voiture stationnait dehors. Je me suis placée derrière, j'ai coupé le contact, j'ai tout éteint. La cour était paisible, mais exiguë, et j'ai pensé avec appréhension au temps qu'il faudrait pour faire demi-tour, si pour une raison ou une autre nous étions pressés de sortir.

J'ai rendu sa veste à Philippe et nous sommes descendus. Au-dessus de nous, quelques fenêtres étaient éclairées, on devinait sur un rideau tiré l'éclat bleu de la télévision. J'ai ouvert le coffre et je me suis écartée vivement, sans regarder. L'odeur pourtant m'a sauté au visage, épouvantable, et c'est dans une sorte de vertige que j'ai entendu Philippe me demander un mouchoir. Il haletait, révulsé au point de m'apparaître osseux, vieilli, inconnu. Nos regards se sont croisés : je n'oublierai jamais l'horreur qu'il y avait dans le sien.

Je l'ai entendu, près de moi, remuer l'homme mort. Je fixais désespérément des yeux l'entrée de la cour, mais ce n'était pas par crainte de voir quelqu'un surgir. Je n'y pensais même plus. Un murmure :

— Regarde, Dany.

Il me montrait le fusil, une arme longue au canon noir.

— Il y a des initiales sur la crosse.
— Des initiales ?
— M. K.

Il m'a fait voir et toucher du doigt les deux lettres gravées dans le bois. Je ne connaissais personne portant ces initiales. Lui non plus. Il m'a dit :

— C'est une Winchester à répétition. Il manque trois balles dans le chargeur.

— Tu t'y connais ?

— Comme ça.

Il a essuyé le fusil avec mon mouchoir, il l'a remis en place dans le tapis qui entourait l'homme mort. J'ai aperçu le visage de celui-ci, mâchoire ouverte dans la lumière blanche du coffre. Philippe fouillait les poches de la robe de chambre. A un silence, j'ai deviné qu'il venait de découvrir quelque chose, qu'il retenait sa respiration. Il s'est redressé brusquement. Il voulait parler, il n'y arrivait pas. L'incrédulité le pétrifiait. J'ai eu le temps de voir un papier dans sa main gauche. Puis il a crié. Je ne sais pas ce qu'il a crié. Sans doute que j'étais démente, qu'il s'était laissé engluer dans le rêve d'une démente, parce que c'était cela, je le comprends maintenant, que disait son regard. Je crois avoir vu aussi, dans ce regard, qu'il allait me frapper. Je crois que j'ai levé un bras pour me protéger.

Une douleur au creux de l'estomac, dans le même instant, m'a coupé le souffle et pliée en deux. Il m'a attrapée à bras-le-corps avant que je touche le sol, il m'a traînée vers une portière, et j'ai eu conscience d'étouffer sur les sièges avant de la voiture, de l'entendre refermer le coffre et s'éloigner. Et puis, plus rien.

Longtemps après, tout était tranquille, j'étais seule, j'avais réussi à m'asseoir à côté du volant, j'aspirais l'air de la nuit par la bouche, j'étais bien, je pleurais. Mes lunettes étaient tombées sur le tapis de sol. Il était une heure du matin au tableau de bord quand je les ai remises. Dans le désordre de ma robe, en voulant la rabattre sur mes jambes, j'ai trouvé le papier que Philippe avait sorti d'une poche du mort.

J'ai fait de la lumière.

C'était un message téléphoné, à en-tête de l'aéroport d'Orly. Il était destiné à un certain Maurice Kaub, passager, vol Air-France 405. Il avait été reçu par une hôtesse à l'écriture pointue, le 10 juillet, à 18 h 55. J'ai mis du temps à calculer que c'était le vendredi, deux jours et demi avant, et à ce moment, tout ce que j'avais fait durant ces deux jours a basculé dans une sorte de vertige froid, traversé de cris.

Texte : *Ne pars pas. Si tu n'as pas pitié de moi, je te suivrai à Villeneuve. Au point où j'en suis, tout m'est égal.*

Signature : *Dany.*

Le numéro de téléphone, à Paris, inscrit dans la case « origine du message », c'était le mien.

La route qui tournait et tournait au-dessus de la mer, sous la lune. C'est mon seul souvenir. Je ne sais pas comment je suis revenue à l'hôtel Bella Vista. Je ne sais même pas si j'avais dans l'esprit d'y revenir. Il faisait froid. J'avais froid. Je crois que je ne me rendais plus très bien compte d'être dans le Midi. J'étais plutôt sur la route de Chalon, je venais de quitter un docteur qui avait soigné ma main, un garagiste, un motard de la police. Maintenant, j'allais rencontrer Philippe sur un quai de la Saône, mais cette fois je ne m'arrêterais pas, non, je ne m'arrêterais pas, et tout serait autrement.

Il y avait aussi mon tailleur blanc. Je crois que l'idée de reprendre mon tailleur blanc était importante à ce moment-là. Je roulais, je pensais à ce tailleur dans une chambre étrangère, j'y pensais comme à un réconfort : c'était quelque chose à moi, quelque chose qui m'appartenait avant ce vendredi 10 juillet, je me retrouverais en le retrouvant.

A Cassis, il y avait encore des lumières sur le port, un bar ouvert d'où s'échappait un air de guitare électrique, des garçons qui faisaient les fous devant la voiture et qui m'ont obligée à m'arrêter. L'un d'eux s'est penché vers moi, par la portière, et il m'a embrassée sur la bouche, avec une haleine où se mêlaient l'alcool et le tabac. Et puis, c'était la plage aux galets blancs, les tours mauresques de l'hôtel. Une grosse lune ronde tremblait à travers le feuillage des palmiers.

Un veilleur de nuit en uniforme blanc et or m'a donné ma clef. Il me semble qu'il m'a parlé de chevaux, de tiercé gagnant, et que j'ai répondu d'une voix naturelle. Après avoir verrouillé la porte de ma chambre, je me suis remise à pleurer. Les larmes coulaient sans que je puisse les retenir, j'avais l'impression que ce n'était pas les miennes. J'ai ramassé la veste de mon tailleur, sur le lit, je l'ai gardée contre moi un long moment. Je reconnaissais le parfum que je porte depuis des années, l'odeur de ma peau, mais cela ne me réconfortait pas, bien au contraire.

Je me suis déshabillée, je me suis couchée, mon tailleur étendu à mes pieds, le message d'Orly dans ma main droite. Je l'ai relu plusieurs fois avant d'éteindre et, plus tard, j'ai rallumé la lampe de chevet pour le lire encore.

Je ne connaissais pas ce Maurice Kaub. Je n'avais

180

jamais envoyé ce message. Le vendredi 10 juillet, à dix-huit heures cinquante-cinq, je me trouvais villa Mont-morency, je commençais à taper à la machine, j'étais avec les Caravaille et leur petite fille. Quelqu'un, pendant ce temps, s'était introduit chez moi, rue de Grenelle, et avait utilisé mon nom et mon numéro de téléphone. C'était évident.

Le fusil trouvé dans la Thunderbird portait les initiales M. K. sur la crosse, précisément les initiales de Maurice Kaub. Ce lien, entre le fusil et le message, montrait que le cadavre n'avait pas été déposé au hasard dans la voiture, comme j'avais pu le croire, mais qu'on m'avait volontairement choisie, moi, Dany Longo, depuis le vendredi, pour endosser ce cauche-mar. Cela aussi, c'était évident.

Je ne sais pas si j'ai dormi. A certains moments, des détails de mon voyage, depuis Orly, traversaient mon sommeil, avec une netteté, une brusquerie qui me faisaient ouvrir les yeux. Un petit carton blanc, sur le comptoir de l'hôtel La Renaissance. La voix énervée du directeur : « Longo, Danielle, Marie, Virginie, vingt-six ans, publicitaire, ce n'est pas vous ? » Une présence soudaine derrière moi, dans les lavabos d'une station-service. Le faisceau de la lampe torche du motard, tournant à l'intérieur de la voiture. Il veut que j'ouvre mon sac. La petite fille s'appelle Maureen. Ils disent qu'ils m'ont vue, qu'ils m'ont parlé, que je roulais en sens inverse, vers Paris, ce samedi à l'aube.

Et puis, justement, c'était l'aube, j'avais les yeux ouverts, je voyais le jour s'installer peu à peu dans la chambre, je pensais : « Non, ce n'était pas une plaisan-terie imbécile, inventée par un routier de rencontre, tout doit se tenir dans cette machination montée contre moi. Pour Dieu sait quelle abominable raison, quelqu'un avait besoin de faire croire que j'étais déjà entre Mâcon et Avallon ce samedi à la fin de la nuit. De même qu'on a utilisé mon téléphone, on a utilisé mon aspect, mes lunettes noires, mon identité. Ces gens qui me reconnaissaient n'ont pas menti. Ils m'avaient " vue ", mais c'était une autre femme, dans une autre voiture, qui... »

Je fonçais tête la première contre un mur aveuglant.

Je me suis dressée dans mon lit, j'ai failli crier. C'était fou. *Il n'y avait pas de machination possible — pour personne.* J'avais beau me raconter n'importe quoi mais personne, à moins d'avoir un don surnaturel, n'avait pu décider à l'avance de me lier, par un télégramme, à un inconnu mort qu'on déposerait dans la voiture *un jour et demi plus tard,* au diable, à plusieurs centaines de kilomètres de chez moi. Moins encore, personne ne pouvait prévoir de faire tenir mon rôle à une autre femme, en un certain endroit de la Nationale 6, *douze ou quinze heures avant que je l'emprunte.* Personne au monde, personne ne pouvait savoir ce vendredi à dix-huit heures cinquante-cinq, ni ce samedi à l'aube, que j'allais justement avoir le coup de tête de ma vie, que je garderais comme une idiote la voiture de mon patron et que je me trouverais en effet, le soir, sur la Nationale 6 en route pour la mer. Personne. *Je ne le savais pas moi-même.*

Je me disais : « Attends, attends, réfléchis encore, il y a sûrement une explication, il faut qu'il y en ait une. » Et il ne pouvait pas y en avoir. Le plus effrayant — oui, mon esprit chavirait d'effroi — c'était cela : *je ne savais pas moi-même que je partirais.* Tout avait donc commencé en dehors de moi et en dehors des autres, rien d'humain n'avait pu envoyer ce télégramme ni prendre mon indentité sur la route. Il fallait croire que pendant toute une nuit et tout un jour, avant que je décide brusquement de garder la Thunderbird, j'étais déjà choisie et dirigée par je ne sais quelle volonté hors de l'univers — et l'univers entier n'avait plus de sens.

Choisie. Dirigée. Une présence derrière moi. Ma main qui me fait mal. Mon ventre qui me fait mal à l'endroit où Philippe m'a frappée. Une punition. Mon petit enfant tué dans mon ventre, quatre ans avant à Zurich. Je ne sais quoi, hors de l'univers, d'implacable et d'attentif, qui me suit, qui est toujours là. A nouveau, ce sentiment de vivre éveillée dans le rêve de quelqu'un d'autre. Et je ne souhaite plus, moi, de toutes mes forces, que de dormir aussi — ou bien alors que celui qui rêve s'éveille, et que tout soit silencieux et paisible, que je meure, que j'oublie.

Lundi 13 juillet. Ce matin.

Les fleurs sur le papier peint de la chambre. Bleues, avec des cœurs rouges. Mon pansement sale. Ma montre-bracelet à mon poignet droit, son tic-tac près de mon oreille. Mes jambes nues hors des draps. La moquette brûlante sous mes pieds, à l'endroit de la pièce que frappait le soleil. Deux jeunes filles blondes qui nageaient dans la piscine, sous ma fenêtre, à longues brasses silencieuses, côte à côte. Le feu du ciel à travers les palmes immobiles, la mer que j'avais voulu voir. Tout si clair, oui.

J'ai lavé mon linge de la veille, avec une petite savonnette publicitaire que j'ai trouvée sur le lavabo. Elle sentait quoi, déjà ? Je ne sais plus. Je ne sais plus ce que j'ai réellement vécu. Il y a des choses qui soudain me reviennent, avec une grande précision, et puis d'autres, adieu. Ou peut-être, les choses précises, je les invente aussi. La folie, je le sais maintenant, c'est ça, des choses très précises — des fleurs bleues à cœurs rouges, un pansement sale, le soleil dans les palmes — des détails durs qui ne s'assemblent pas, qui ne mènent à rien d'autre qu'à vous.

J'aurais pu aussi bien rester dans cette chambre toute la journée, et puis un autre jour, et encore un autre jour, sans bouger, ou bien j'aurais continué de laver la même culotte, le même soutien-gorge, jusqu'à ce qu'il n'y ait plus de savonnette, jusqu'à ce qu'il n'y ait plus de tissu, jusqu'à ce qu'il n'y ait plus rien, plus d'enfant, plus de sang, plus de mensonge à se raconter.

Maman-Sup me parlait, de temps en temps. C'est elle qui a fait monter du café — enfin elle en moi, veillant sur moi, parlant par ma bouche au téléphone, ce qui est la même chose. C'est elle qui m'a dit : « Dany, Dany, réagis, regarde ce que tu es devenue. » J'ai regardé mon visage dans le miroir au-dessus du lavabo. Je me suis demandé ce qu'il y avait derrière mes propres yeux, quel secret, comme un oiseau perdu qui se déchire les ailes, tournoyait et tournoyait au fond de cette tête, au fond de ce cœur.

Et puis, j'ai bu deux tasses de café noir, j'ai pris une douche froide, tout allait mieux. Tout va toujours mieux. Il me suffit d'attendre, de faire sous-marin, ensuite j'entends à nouveau la voix de Maman-Sup, quelque chose en moi glisse dans un lourd sommeil, je suis tranquille pour un temps, tout va mieux.

Je me suis habillée — tailleur blanc, pansement mouillé, lunettes noires —, après m'être aperçue, en cherchant un peigne dans mon sac à main, que Philippe ne m'avait pas abandonnée une seconde fois sans me prendre mon argent. Mon enveloppe de salaire était vide, mon portefeuille aussi.

Je ne crois pas avoir ressenti d'amertume. C'était enfin quelque chose de naturel, que je pouvais m'expliquer facilement. En outre, si Philippe était resté avec moi, je lui aurais donné cet argent de toute façon. Puisqu'il était sans le sou, j'étais contente pour lui. Pour le reste, qu'il aille au diable.

Comme je n'avais pas la moindre idée de ce que j'allais faire, sinon me rendre à la police et tout accepter, ou me jeter à la mer, ce vol m'a aidée — véritablement. J'ai pensé qu'avant toute chose, je devais aller dans une B. N. C. I. toucher de l'argent sur mon chéquier. Maman-Sup m'a dit : « Cela vaut mieux que de rester là à te ronger les sangs. Andiamo. »

Je suis descendue, j'ai demandé à la direction où trouver une B. N. C. I., j'ai averti que je gardais la chambre. Dans le jardin, à l'endroit où je l'avais laissée, la Thunderbird était brûlante. Je m'en suis voulue de ne pas l'avoir rangée à l'abri du soleil, mais quand je me suis assise au volant, je n'ai pas senti l'odeur que j'appréhendais. Je m'efforçais de mon mieux de ne pas penser à ce que devait devenir peu à peu, dans cette chaleur, un homme mort depuis plus de soixante heures. J'ai l'habitude de ce genre d'effort. Du plus loin que je me souvienne, j'ai toujours essayé d'effacer de mon esprit quelque image horrible. Les pleurs de ma mère tandis qu'on lui rasait la tête, quelques minutes avant qu'elle gise deux étages plus bas, écrasée sur un trottoir. Ou mon père hurlant, coincé sous un wagon de marchandises qui soudain se remettait en marche. Je me dis arrête, arrête donc, espèce d'imbécile, mais en définitive, qu'est-ce qu'on oublie ?

Soleil. J'ai rangé la voiture du côté de l'ombre, dans la rue principale de Cassis, qui débouchait sur le port. J'avais abaissé la capote pour que l'air emporte au loin une sale odeur et de mauvais rêves. Je suis entrée dans une banque où tout était lisse et rassurant. On m'a dit que je pouvais toucher 750 francs sur mon compte à Paris, mais comme il ne devait pas m'en rester beaucoup plus après mes achats de Fontainebleau, je n'en ai pris que 500. Maman-Sup m'a dit : « Prends donc tout ce que tu peux, cet argent ne servira plus à personne, fuis à l'étranger, disparais. » Je ne l'ai pas écoutée.

Pendant que j'attendais, j'ai vu une grande carte routière affichée sur un mur. J'ai pensé à une phrase du message : « Je te suivrai à Villeneuve. » J'ai regardé s'il y avait un Villeneuve à proximité des Nationales 6 et 7, entre Paris et Marseille. J'en ai compté tant que tout d'abord cela m'a découragée : Villeneuve-Saint-Georges, Villeneuve-la-Guyard, Villeneuve-sur-Yonne, Villeneuve-l'Archevêque, Villeneuve-lès-Avignon, d'autres encore, et il fallait sans doute ajouter des Villeneuve de moindre importance qui n'étaient pas sur la carte.

J'ai remarqué cependant que Villeneuve-la-Guyard se trouvait juste après Fontainebleau, où j'avais vu le coffre vide pour la dernière fois, et Villeneuve-sur-Yonne près de Joigny, où j'avais rencontré le camionneur aux violettes. Mais sans doute cela ne signifiait pas grand-chose. Maman-Sup m'a dit : « Cela ne signifie même rien du tout, si l'on s'en tient à ce télégramme. Il était adressé à un passager d'avion. On ne prend pas l'avion pour aller à Villeneuve-la-Guyard, c'est à peine à quatre doigts de Paris, tu peux mesurer. »

J'ai rangé l'argent qu'on m'a donné dans mon sac. J'ai demandé s'il y avait à Cassis une agence de voyages. Il y en avait une dans l'immeuble voisin, je n'ai eu qu'à sortir par une porte et rentrer par une autre. J'ai vu là un signe que la chance me revenait, d'autant que des pancartes, presque les mêmes sur les deux portes, annonçaient que ce lundi 13 juillet tout fermait à midi. Le ciel m'avait laissé toucher mon argent et j'avais encore plus d'une heure devant moi. Maman-Sup m'a dit : « Pour quoi faire ? » Je ne savais pas bien. Peut-être seulement pour bouger, pour faire encore quelques gestes d'être vivant, d'être libre, avant qu'on me prenne avec ce cadavre dans la voiture et qu'on m'enferme et que je reste enfin dans le noir, la tête dans mes bras, recroquevillée sur moi-même comme j'ai forcément dû l'être une fois, bien au chaud, loin de tout, dans le ventre de Renata Castellani, épouse Longo, née à San Appolinare, province de Frosinone.

Je me suis fait remettre un indicateur Air-France, que j'ai consulté dehors, sur le trottoir dévoré de soleil, au milieu d'une foule d'estivants qui allaient à la plage. Le vol Air-France 405, mentionné dans le message, était un vol direct Paris-Marseille, en Caravelle, les vendredis non fériés, départ d'Orly : 19 h 45, arrivée à Marseille-Marignane : 20 h 55. J'ai pensé aussitôt : « Le Villeneuve que tu cherches doit être Villeneuve-lès-Avignon, tu n'en as pas vu d'autre aussi bas, sur la carte. » En même temps, il y avait quelque chose de désagréable, je ne pouvais pas définir quoi, qui s'agitait dans mon souvenir, que je n'arrivais pas à ramener à la surface, qui m'angoissait.

J'ai cherché la Thunderbird des yeux, rangée le long du trottoir en face. J'ai revu brusquement cette fiche d'identité sur le comptoir de l'hôtel La Renaissance, à Chalon. J'ai pensé que c'était cela qui m'angoissait. Oui, on m'avait bien dit en effet, à La Renaissance, que lorsque j'étais prétendument passée là une première fois, je venais d'Avignon. J'avais répondu que c'était idiot. « Tu vois bien, m'a dit Maman-Sup, tout est organisé pour te perdre, tout est calculé d'avance. Si maintenant on découvre ce cadavre dans ton coffre, à qui feras-tu croire que tu n'y es pour rien ? Je t'en supplie, fuis, fuis n'importe où, ne reviens jamais. » A nouveau, je ne l'ai pas écoutée.

J'ai marché sur le port. La veille, en demandant mon chemin pour l'hôtel Bella Vista, j'avais remarqué un bureau de poste au bout du quai. Je me suis rappelé aussi qu'au même endroit, quelques heures plus tard, un garçon un peu parti m'avait embrassée sur la bouche et je me suis instinctivement essuyé les lèvres de ma main bandée. J'ai dit à Maman-Sup : « Ne t'inquiète pas, va, je n'ai pas encore commencé à me défendre, attends un peu. Je suis toute seule, mais j'ai toujours été toute seule, alors le monde entier peut s'y mettre, il n'aura pas raison de moi. » Enfin, je me rassemblais de mon mieux.

A l'intérieur du bureau de poste, il faisait sombre, surtout en arrivant du grand soleil, et j'ai dû changer de lunettes. J'ai trouvé une rangée d'annuaires des départements, fixés à un comptoir incliné. J'ai ouvert celui du Vaucluse. Il y avait bien un Maurice Kaub à Villeneuve-lès-Avignon.

Au fond, je ne devais pas y croire vraiment, les coups de mon cœur se sont faits plus lourds. Je ne peux pas expliquer. C'était imprimé, froid, réel, c'était plus réel encore que le message téléphoné de chez moi, que le cadavre enfermé dans la voiture. N'importe qui — et pas seulement depuis deux jours mais depuis des mois — pouvait ouvrir ce gros livre et lire ce nom, cette adresse. Je ne peux pas expliquer.

C'était : *Maurice Kaub, constructeur-promoteur, domaine Saint-Jean, route de l'Abbaye.*

A nouveau, je sentais qu'un souvenir, ou le diable savait quoi, remuait soudain, essayait de se frayer un chemin vers ma conscience. Domaine Saint-Jean. Route de l'Abbaye. Constructeur-promoteur. Villeneuve-lès-Avignon. Je ne voyais pas ce que je devais me rappeler, l'impression disparaissait, je n'étais même plus certaine de l'avoir eue.

J'ai ouvert un autre annuaire. Celui de l'Yonne. J'ai lu qu'il y avait plusieurs bar-tabacs à Joigny, mais un seul sur la Nationale 6 : *A l'ancien de la Route, Pozzon*

T. propriétaire. Ce devait être celui où je m'étais arrêtée, où j'avais rencontré mon camionneur aux violettes. J'ai noté mentalement le numéro de téléphone, le 2-20, « comme le devin qui devine », et je suis sortie.

Quand je suis revenue à la voiture, le soleil était haut, l'ombre ne la couvrait plus qu'à moitié, mais je n'ai guère eu le temps de m'en soucier. Deux gendarmes en uniforme kaki étaient arrêtés devant.

Je ne les ai vus qu'au dernier moment, presque en arrivant sur eux. Je regarde toujours le sol en marchant, par crainte de buter sur un éléphant quelconque, qui échapperait à ma vue. Jusqu'à l'âge de dix-huit ans, j'ai porté des verres qui étaient loin d'être aussi bons que ceux que j'ai à présent, j'étais plus souvent jambes en l'air que debout, on m'appelait : « l'avion-suicide ». L'un de mes cauchemars préférés, aujourd'hui encore, ç'est une bonne grosse poussette de bébé abandonnée dans une entrée d'immeuble. Une fois, il a fallu trois personnes pour nous séparer.

En levant les yeux et en voyant — un choc à m'évanouir — les deux policiers devant la Thunderbird, j'ai voulu tourner les talons et partir en courant. Maman-Sup m'a dit : « Mais bon sang, continue ton chemin, regarde ailleurs, passe, passe. » En définitive, je me suis arrêtée.

— Elle est à vous, cette voiture ?

J'ai dit oui. Enfin, j'ai essayé de le dire, aucun son ne sortait de ma bouche. Ils étaient grands tous les deux, et le plus jeune portait comme moi des lunettes noires. C'est lui qui parlait. Il m'a demandé mes papiers. J'ai fait le tour de la Thunderbird pour prendre ceux qui se trouvaient dans la boîte à gants. Pendant ce temps, sans un mot, ils se sont approchés du coffre arrière. Maman-Sup m'a dit : « Mais ne reste pas là comme une bûche, c'est maintenant qu'il faut courir, fonce, va-t'en, fais quelque chose. » Je suis allée vers eux, j'ai tendu au plus jeune la pochette en plastique qui contenait les papiers de la voiture. Il les a sortis, il a jeté un coup d'œil sur la carte grise.

— Permis de conduire, s'il vous plaît.

Je l'ai sorti de mon sac, je le lui ai donné. Il l'a regardé, puis à nouveau la carte grise :

— C'est quoi I. C. P. ?

— I. C. P. ?

Il m'a mis la carte sous les yeux, d'un geste las, un peu agacé. Sur la ligne « nom et prénoms », j'ai lu comme je l'avais fait à Orly : Société I. C. P. Je ne savais pas ce que signifiaient ces initiales. J'ai avalé ma salive, j'ai dit :

— C'est une agence de publicité.

— Mais encore ?

J'ai répondu n'importe quoi :

— International Caravaille Publicité.

— C'est qui, Caravaille ?

— Celui qui a fondé l'agence. Mais elle est à moi maintenant. Enfin, je suis la gérante, vous voyez ?

Il a haussé les épaules. Il a dit :

— Je vois surtout qu'il y a un panneau de stationnement interdit en plein devant votre voiture. Il y a longtemps que vous êtes à Cassis ?

— Je suis arrivée hier soir.

— La prochaine fois, faites attention. Déjà qu'elle

est trop étroite, cette rue, si tout le monde fait comme vous...

Etc. Etc. Le souffle me revenait. Il me rendait les papiers, il ôtait son képi pour s'éponger le front avec un mouchoir, il me disait, après avoir glissé un coup d'œil à son compagnon :

— C'est pas parce qu'on est jolie fille et qu'on a une voiture « longue comme ça » qu'on peut tout se permettre. C'est vrai, quoi.

En même temps se préparait sous mes yeux ce qui pouvait m'arriver de plus effroyable : son compagnon, le plus âgé, qui écoutait avec un demi-sourire attentif, qui n'avait pas prononcé un mot, jouait machinalement, du pouce, avec la serrure du coffre, appuyait sur le gros pulseur métallique. *Et la serrure fonctionnait.* La nuit précédente, en revenant de Marseille comme une somnambule, je n'avais pas pensé à la verrouiller. Je l'avais débloquée pour Philippe. Elle l'était toujours.

J'ai vu le pouce de cet homme en kaki appuyer, revenir, appuyer plus fort. Jai entendu le déclic d'ouverture, j'ai plaqué ma main droite, précipitamment, sur le battant du coffre. Trop précipitamment, car celui qui portait des lunettes noires s'est arrêté de parler, intrigué. Il a regardé le coffre, puis moi, et lunettes noires ou pas, il a bien vu que j'avais perdu toute couleur. Il m'a dit :

— Ça ne va pas ?

J'ai fait oui de la tête. Je cherchais désespérément quelque chose à dire pour détourner son attention de la voiture, qu'il regardait à nouveau, je ne trouvais rien. L'autre aussi regardait ma main droite plaquée sur le

192

battant. Je l'ai retirée. Après un silence interminable, le plus jeune a dit enfin, en s'écartant :

— Soyez « brave ». A l'avenir, mettez-vous dans un parking.

Il a touché son képi de l'index, et ils se sont éloignés tous les deux sur le trottoir, vers le port, sans se retourner. J'ai cherché les clefs de la voiture, dans mon sac, avec des doigts fébriles. J'ai bloqué la serrure du coffre. Ensuite, j'ai dû attendre plusieurs minutes, assise au volant, les yeux fixes, avant de pouvoir démarrer. Je tremblais des pieds à la tête. Je suis une paumée très sensible.

Dans ma chambre, à l'hôtel Bella Vista, le ventilateur bourdonnait dans une poussière de soleil, sans me donner un souffle d'air. J'ai fermé les volets, ôté mes vêtements, je me suis allongée sur le lit refait, le téléphone à côté de moi.

J'ai demandé au standard deux communications : le 2-20 à Joigny et le domicile d'un maquettiste de l'agence, Bernard Thorr, qui m'aime bien et qui a plusieurs fois accompagné le patron à Genève, pour le budget Milkaby. Il devait savoir à quel hôtel Caravaille a l'habitude de descendre. Je téléphonerais à Anita, je lui avouerais que j'avais gardé sa voiture, je lui dirais que j'avais besoin de son témoignage pour me tirer d'un mauvais pas. Anita m'aiderait.

J'ai eu le bar-tabacs de Joigny en premier, par chance presque aussitôt. J'ai demandé à parler au propriétaire. D'abord, il ne se souvenait pas de moi.

193

Un tailleur blanc, des cheveux blonds, des lunettes noires, une voiture américaine, rien n'accrochait. Il s'est rappelé le routier quand j'ai parlé de la consommation qu'il avait tenu à payer, de son sourire. Je lui ai dit :

— Vous le connaissez ?

— Un brun, grand, avec un Somua ? Pardi, si je le connais. C'est Jean, Jean au Somua. Il passe toutes les semaines.

— Jean qui ? Je n'entends pas.

— Le Somua, c'est son camion. Je sais pas son nom C'est un Marseillais. On l'appelle Sourire-Gibbs.

Je l'appelais comme ça, moi aussi, c'était drôle. J'ai ri. J'étais contente. Enfin, j'avais une filière, il me semblait que tous mes ennuis allaient, par magie, s'évanouir.

— Vous dites qu'il est marseillais ? Vous savez s'il est à Marseille ? Vous savez où je peux le joindre ?

— Ça, vous m'en demandez trop. Je sais que samedi il descendait. Mais où le joindre, j'en sais rien. Si vous voulez, je peux lui faire la commission quand il repassera ?

J'ai dit que ce serait trop tard, qu'il me fallait le trouver tout de suite. Il a répondu ah, bon, et il y a eu un silence assez long, j'ai même cru qu'il avait raccroché. Mais non. Il m'a dit soudain :

— Attendez, j'ai une idée. Attendez une seconde, mademoiselle.

Je percevais maintenant au bout du fil un bruit de bavardages, des chocs de vaisselle. J'essayais de me rappeler la salle que j'avais vue deux jours avant. Le long comptoir de bois, les photos de camions accidentés, l'affiche tricolore pour les bals du 14 juillet. J'imaginais des routiers en train de déjeuner, le rond laissé par les verres de vin sur la toile cirée des tables. J'avais très faim et très soif, brusquement. Je n'avais rien avalé depuis la veille que deux tasses de café. Une autre voix :

— Allô ? Qui c'est à l'appareil ?

— Je m'appelle Longo, Danielle Longo. Je disais au monsieur qui m'a parlé...

— Qu'est-ce que vous lui voulez, a Beau-Sourire ?

C'était une voix méridionale, elle aussi, avec une respiration sifflante, une voix de mauvais coucheur qu'on dérange dans son repas. J'ai tout recommencé par le début, en disant pardon-monsieur, vous comprenez-monsieur. Il m'a dit :

— C'est un « collègue », Beau-Sourire. Alors je voudrais savoir à qui je m'adresse. Si c'est parce que vous avez le béguin, ça va, mais si c'est pour autre chose, enfin, je sais pas, une histoire que ça me retombe sur le nez, je voudrais pas faire d'impair. Vous comprenez mon point de vue ? Mettez-vous à ma place.

Et parle. J'ai cru que j'allais prendre une crise de nerfs. J'ai gardé pourtant ma voix la plus humble, quand j'ai pu placer un mot. Je lui ai dit qu'en effet, il avait vu juste, je voulais revoir son ami parce qu'il m'avait donné rendez-vous, je n'y étais pas allée, et maintenant, *bien sûr,* je regrettais — enfin, voilà, il avait vu juste. Il a été d'une délicatesse à attendrir les pierres, au prix de l'unité téléphonique c'était proprement du domaine de l'art :

— Bon, je n'insiste pas. Si c'est une histoire de cul, j'ai plus rien à dire. C'est pas moi qui vais priver un

« collègue » d'une partie de tagada. Mais dites-lui bien, à Beau-Sourire, que je vous ai rancardée parce que ça vous démange, des fois qu'il croirait que je suis bavard.

Tuant. Il a fini par m'apprendre que son ami s'appelait Jean Le Gueven, qu'il habitait un quartier de Marseille appelé Sainte-Marthe, il ne savait pas exactement son adresse, mais je le retrouverais en téléphonant chez son affréteur, la maison Garbaggio, boulevard des Dames, Colbert 09.10. J'aurais mis trop de temps à noter tout cela de ma main droite, je le lui ai fait répéter pour m'en souvenir. Avant de me laisser raccrocher, il m'a retenue encore un demi-siècle :

— Dites-lui qu'il y a quatre tonnes à prendre rue du Louvre, s'il monte. Dites-lui que c'est moi qui vous l'ai dit. La Sardine. Il comprendra. Quatre tonnes de messageries. Rue du Louvre. Allez vaï, bon courage.

Au standard de l'hôtel, on n'avait pas encore eu Paris. J'ai demandé Colbert 09.10 et un repas dans ma chambre. J'ai eu la maison Garbaggio tout de suite.

— Le Gueven ? m'a dit une voix de femme. Oh pauvre, mais il est reparti ! Attendez voir, il devait charger sur les quais. Téléphonez à Colbert 22.18, des fois qu'il y « soye » encore. Mais vous savez, il prend des primeurs à Pont-Saint-Esprit, ce soir. Alors, ça m'étonnerait.

— Vous voulez dire qu'il repart pour Paris ? Avec son camion ?

— Qu'est-ce que vous voudriez ? Qu'il prenne le train ?

— Il n'arrête pas pour le 14 Juillet ?

— Dites, madame, j'ai pas de leçon à donner à

quelqu'un qui a l'accent pointu, mais ils mangent, les Parisiens. Même le 14 Juillet !

J'ai demandé Colbert 22.18. Au moment où le standard me le donnait, on frappait à ma porte. Avant d'aller ouvrir, j'ai pris le temps de savoir si je pouvais avoir Jean Le Gueven à l'appareil. On m'a répondu simplement : « Je vous le passe », et on me l'a passé. Je m'attendais à ce qu'on aille le chercher à des kilomètres, je suis restée d'abord sans voix.

— Oui ? Allô ? disait-il. Allô !

— Jean Le Gueven ?

— C'est moi.

— Je suis — nous nous sommes rencontrés, samedi après-midi, à Joigny — vous savez, la voiture blanche, le bouquet de violettes ?

— Non, sans blague ?

— Si. Vous vous rappelez ?

Il a ri. Je reconnaissais bien son rire, je retrouvais même, bien net, le souvenir de son visage. On frappait à nouveau à ma porte. Il a dit :

— Vous savez, il est fané, le bouquet, il faudra que je vous en paie un autre. Où vous êtes, là ?

— A Cassis. Ce n'est pas pour le bouquet que — ou plutôt si. Je — attendez une seconde, je vous en prie. Vous pouvez attendre une seconde ? Vous ne quittez pas, n'est-ce pas ?

Il a ri encore, il a dit mais non. J'ai sauté du lit, je suis allée à la porte. A travers le battant, on m'a dit que c'était mon déjeuner. Une voix d'homme. J'étais en culotte. J'ai dû courir au cabinet de toilette, m'envelopper dans une serviette, revenir. Je n'ai ouvert la porte qu'à demi, j'ai pris le plateau qu'on apportait, merci, merci beaucoup, et j'ai refermé. Quand j'ai repris le téléphone, Sourire-Gibbs était toujours là. Je lui ai dit :

— Excusez-moi. Je suis dans une chambre d'hôtel. On frappait à ma porte. On m'apportait mon déjeuner.

— Qu'est-ce que vous avez de bon ?

— Qu'est-ce que j'ai ? Oh ! (J'ai regardé :) Un poisson frit. Je crois que c'est un rouget.

— C'est tout ?

— Non. Une sorte de ratatouille, de la salade, des crevettes, je — j'ai téléphoné à Joigny pour vous retrouver.

— J'en ai de la chance. Pourquoi ? A cause des violettes ?

— Non. Pas exactement.

Je ne savais pas comment le dire. Le silence s'éternisait. J'ai demandé :

— Après m'avoir quittée l'autre après-midi, vous n'avez rien fait contre moi, n'est-ce pas ?

— Contre vous ?

— Oui. J'ai eu des ennuis sur la route. J'ai cru que c'était une farce — enfin, que c'était vous. J'ai cru que vous me faisiez une farce.

— Non, ce n'était pas moi. (Il disait cela calmement, le ton de sa voix était à peine moins amical, moins gai.) Quel genre d'ennuis ?

— Je ne peux pas en parler par téléphone. Je voudrais vous voir.

— Pour me raconter vos ennuis ?

Je n'ai pas su que répondre. Après quelques secondes, je l'ai entendu soupirer, puis il a dit :

— Il va être froid, votre rouget.

— Ça m'est égal.

— Écoutez, j'ai fini de charger, j'étais en train de faire signer mes bordereaux, j'allais partir. Ça peut pas attendre deux ou trois jours ce que vous avez à me dire ? Je dois être ce soir à Pont-Saint-Esprit, je suis obligé.

— Je vous en prie.

— Vous pouvez me retrouver à Marseille dans combien de temps ?

— Je ne sais pas, une demi-heure, trois quarts d'heure ?

— Bon. Essayons. D'ici, je vais à la Gare Routière, à Saint-Lazare. Demandez à un flic, tout le monde sait où c'est. Je vous attendrai jusqu'à une heure et quart. Après, je peux plus.

— J'y serai.

— La Gare Routière, à Saint-Lazare. Je vous ai dit que vous êtes jolie, l'autre jour ?

— Non. Enfin, oui. Pas comme ça.

— J'espère que vos ennuis ne sont pas trop graves. Vous vous appelez comment ?

— Longo. Dany Longo.

— Votre nom aussi, il est joli.

J'ai fait ensuite tout à la fois. J'ai passé mon tailleur en mangeant des feuilles de salade, en entrant dans mes escarpins, en buvant un verre d'eau minérale. Au moment où j'allais partir, le téléphone a sonné. C'était mon maquettiste, à Paris. J'avais complètement oublié.

— C'est toi, Bernard ? C'est Dany.

— Dis donc, tu m'en as fait faire un souci ! Où tu es, bon Dieu ?

— Dans le Midi. Je t'expliquerai.

— Pourquoi tu as raccroché comme ça, l'autre nuit ?

— L'autre nuit ?

— Évidemment, l'autre nuit. D'abord, tu me réveilles pour...

— Quelle autre nuit ?

— Vendredi, bon Dieu ! Enfin, samedi ! C'était bien trois heures du matin !

Il criait. Je lui ai dit que je n'avais pas téléphoné. Je m'étais à nouveau assise sur le lit, mon sac à main sur les genoux. Je retombais en enfer. Tout à l'heure pendant que je cherchais la trace de Sourire-Gibbs, pendant que je lui parlais, et même pendant que j'évoquais mes ennuis, c'était comme si rien de ce week-end n'avait vraiment existé. J'avais oublié le cadavre dans la voiture, le fusil, le message d'Orly, tout. Il y avait une voix calme, gentille à mon oreille, quelqu'un qui s'occupait de savoir ce que j'avais pour déjeuner, j'étais dans un monde où le meurtre et la peur ne peuvent pas faire irruption.

Et pourtant, si. Même Bernard Thorr, que je connais depuis des années, qui est sans doute l'ami le plus quotidien, le plus au fait de ce que je suis, tout à coup il était un instrument du cauchemar. Je ne le comprenais plus. Il ne me comprenait plus. Il nous a fallu plusieurs minutes de cris pour nous entendre seulement sur ce que nous voulions dire l'un et l'autre. Lui, que je lui avais téléphoné dans la nuit du vendredi au samedi, que je parlais de loin ou dans un mauvais appareil parce qu'il ne comprenait déjà rien à mes histoires, que je semblais dans un état de nerfs alarmant et que soudain, j'avais raccroché. Moi, avec une sorte de rage, que je n'avais pas téléphoné, ni de nuit ni de jour, que je n'avais pas téléphoné du tout. J'ai demandé :

— Tu es sûr que c'était ma voix ?

— Comment ça ? Évidemment que c'était toi ! Je ne t'entendais pas bien, parce qu'il y avait un tas de merde sur la ligne, mais ça ne pouvait être que toi.

— Ce n'était pas moi.

— Mais bon Dieu, alors tu étais saoule ! Qu'est-ce qui se passe ? Où es-tu ?

— Je te dis que ce n'était pas moi !

— Le peu que tu m'as dit, il n'y a que toi qui puisses le savoir, ne me prends pas pour...

— J'ai parlé de quoi ?

— De Zurich ! Enfin, c'était toi.

Je me suis mise à pleurer. De la même manière que la veille au soir, quand j'étais revenue dans la chambre : les larmes coulaient de mes yeux comme si elles avaient une volonté propre, comme si elles n'étaient pas les miennes. C'est lui, c'est Bernard Thorr qui m'a aidée, il y a quatre ans, qui s'est renseigné, qui m'a prêté l'argent pour l'opération et la clinique. Il n'était pourtant, alors, qu'un camarade, quelqu'un à qui je ne pensais jamais lorsque je ne le voyais pas. Il est le seul à connaître mon voyage à Zurich. J'avais hésité, perdu près de quatre mois à me raconter des histoires et à en raconter à celui que j'aime, par fanfaronnade, par sottise, en sachant bien que je n'aurais pas le courage de garder cet enfant jusqu'au bout. En définitive, ç'a été aussi monstrueux que ça pouvait l'être. J'imagine que même le docteur qui s'est occupé de moi me méprisait.

— Dany ? Dany ! Tu m'entends ?

J'ai dit oui.

— Tu pleures ?

J'ai dit oui.

— Où es-tu, Dany ?

— Je t'expliquerai. Je voulais savoir à quel hôtel descend Caravaille quand il va à Genève.

— Tu m'as déjà demandé le numéro de chez lui, l'autre nuit. Tu ne l'as toujours pas eu ? Et d'abord, qu'est-ce que...

— Je te dis que ce n'était pas moi ! Tu es certain que c'était moi ?

— Mais bon Dieu, c'est terrible, tu dois bien le savoir, toi !

On me faisait toujours la même réponse. Toujours. Je devais bien le savoir, si j'avais un pansement à la main quand je ne l'avais pas. Je devais bien le savoir, si j'avais dormi dans un hôtel où je n'étais jamais entrée. Je devais bien le savoir, si j'avais téléphoné pour demander le numéro de quelqu'un chez qui, justement, je me trouvais. Tout le monde était sincère. Moi j'étais dingue.

Ces maudites larmes qui coulaient toujours.

— Bernard, à quel hôtel descend Caravaille ?

— Au Beau Rivage. Écoute Dany...

— Tu as le numéro de téléphone ?

Il a quitté l'appareil quelques secondes pour prendre un carnet. Il m'a donné le numéro. J'ai ouvert mon sac, je l'ai noté de la main droite sur un bout de papier.

— Je t'en prie, Dany, ne raccroche pas cette fois.

202

— Je dois voir quelqu'un qui risque de s'en aller. Il faut que je raccroche, Bernard.

— Mais bon Dieu, qu'est-ce qui se passait l'autre nuit ?

— Qu'est-ce qu'on t'a dit, au téléphone ?

— Qui ? Toi ? Oh, des trucs, des trucs insensés, j'en sais rien. Tu as parlé d'une main blessée, de Ville-neuve-lès-Avignon, et puis attends, tu disais : « Il est dans le tapis, tu sais, Bernard, il est dans le tapis, j'ai effacé Zurich ! » Et puis, plus rien, tu as raccroché. Ah oui, tu as dit aussi que c'était ma faute, Zurich, que je n'aurais pas dû — est-ce que je sais ! — des trucs comme ça. Insensé.

— Si j'ai tant parlé, tu as bien dû reconnaître ma voix, non ?

Je criais à nouveau. On devait m'entendre à l'autre bout du couloir. Dans l'ombre chaude de cette chambre, je sentais tout mon corps trempé de sueur, et pourtant j'avais froid.

— Bon Dieu, tu crois que je reconnais ta voix, en ce moment ? m'a dit Bernard, criant aussi. Tu as l'air complètement cinglée ! Raconte-moi au moins ce qui...

— Où seras-tu ce soir ?

Il m'a dit qu'il serait chez lui. Je lui ai promis de le rappeler. J'ai raccroché au milieu d'un nouveau : « Ne raccroche pas. » J'ai essuyé mon visage et mes yeux dans le cabinet de toilette. Je ne voulais pas réfléchir. Je voulais voir ce camionneur. Il m'était encore plus nécessaire que tout à l'heure de le rencontrer. Je venais de comprendre brusquement, au téléphone, que dans cette machination montée si parfaitement contre moi, il y avait au moins une faille, une erreur. Il n'était plus question de volonté hors de l'univers, de surnaturel, de diable. Le diable, depuis qu'il l'est, ne commet pas d'erreur.

La mer étale sous le soleil. Le col de la Gineste. Combien de fois déjà ai-je suivi cette bande de bitume à travers des collines arides ? Je la connais depuis toujours.

Je roulais vite. A chaque virage, je me déportais, je me rattrapais désespérément, et une douleur dans ma main gauche s'irradiait dans tout mon corps. A un moment, sur une ligne droite, j'ai croisé une route qui s'enfonçait dans un désert de rocs et d'herbes sèches, j'ai ralenti. Un panneau indiquait la direction d'un camp militaire, Carpianne. Maman-Sup m'a dit : « Oblique par là, tu trouveras un endroit où te débarrasser de cette horreur qui est dans ton coffre. » J'ai hésité. Je ne l'ai pas fait.

Je me disais : oui, tous ceux qui croyaient me reconnaître, sur la Nationale 6, ont vu à l'aube une femme en tailleur, portant des lunettes noires, sans doute blonde comme moi, sans doute d'à peu près ma taille, mais les sosies n'existent pas, il ne pouvait pas y avoir d'imitation parfaite. Ce qui a capté l'attention de ces gens, au point de les rendre aveugles au reste, c'est bien sûr une grande voiture, mais aussi que la fausse Dany Longo avait un pansement à la main gauche. Là est la faille. Le pansement était une bonne astuce pour créer l'illusion, mais qui n'était pas volontaire, qui n'était pas prévue, puisqu'il a fallu arranger cela tant bien que mal *après coup,* dans les toilettes d'une station-service. Il ne s'agissait plus alors que cette femme me ressemble, il fallait que *moi,* je lui ressemble. Voilà pourquoi on m'a écrasé la main.

J'allais pouvoir m'adresser à la police, et tout raconter, avec des chances qu'on me croie. Le témoignage des Caravaille seuls, que je connaissais bien, qu'on pouvait soupçonner de vouloir me protéger, aurait peut-être laissé les policiers sceptiques, mais j'en avais un autre pour le confirmer. La dernière personne qui m'avait regardée avec quelque attention, avant la station-service, c'était Jean Le Gueven, à Joigny. Il se rappellerait que ma main était intacte. On comprendrait que je disais la vérité.

Je pensais aussi : tu n'es peut-être pas la seule visée dans cette machination, tu n'es peut-être même pas la véritable victime. On a essayé de t'imiter toi, mais il y a un élément incompréhensible, qui n'est rattaché à toi que par hasard : la Thunderbird. La Thunderbird appartient aux Caravaille. Au fond, c'est ça le plus important : on a placé le cadavre dans la voiture des Caravaille.

Or, réfléchis. Il a fallu mettre sur la route, ce samedi à l'aube, une voiture identique. Si elle ne l'était pas, le garagiste à l'accent du Sud-Ouest n'aurait pas fait de confusion. Si elle ne portait pas le même numéro d'immatriculation, le motard de la route de Chalon l'aurait remarqué. Ou alors, il n'y avait qu'une seule Thunderbird. On l'a sortie du garage des Caravaille pendant la nuit et rentrée au matin. De toute manière, c'est les Caravaille qu'on voulait impliquer dans une sale affaire.

Mais pourquoi alors, plutôt qu'Anita, m'imiter moi, qui était la dernière personne à devoir partir pour le Midi avec cette voiture ?

Démentiel.

Je me disais : il y a une autre explication. Il faut que je me méfie de tout le monde. En premier lieu, des Caravaille eux-mêmes. Après tout, pour tenir mon rôle aussi bien, pour savoir comment je m'habille, et que je suis gauchère, et mon identité complète, et bien d'autres détails, il faut que la fausse Dany Longo me touche de près. Et à qui aurais-je parlé de Zurich ?

Anita sait tout cela. Elle est légèrement plus petite que moi, elle ne donne pas tout à fait la même impression, mais elle est blonde aussi et elle me connaît bien. Elle saurait imiter certains de mes gestes, j'en suis sûre, et même ma démarche, qui est très particulière parce que quinze ou vingt ans de rébellion contre la myopie l'ont complètement dénaturée. Elle saurait imiter également ma manière de parler, certains tics de langage que je dois avoir, et bien qu'il soit difficile de prendre la voix de quelqu'un d'autre elle a pu, au téléphone, sous le couvert des bruits de ligne, donner au moins l'illusion qu'elle était une Dany Longo

206

inhabituelle, à bout de nerfs. Enfin, elle connaît Bernard Thorr, qui était déjà avec nous dans la première agence où j'ai travaillé, elle sait les relations que j'ai avec lui.

Il n'était pour moi, jusqu'à l'année dernière, qu'un garçon gentil, qui m'avait rendu un grand service, avec qui je sortais de temps en temps pour dîner, voir un film et blagasser devant un verre. Et puis un soir j'en ai eu assez de jouer les Garbo quand il me raccompagnait à ma porte, comme si ce que je ne lui donnais pas de moi valait qu'il rentre chez lui humilié ou un peu triste. Je suis remontée dans sa voiture, c'est moi qui l'ai raccompagné. Je pense qu'il y a d'autres filles dans sa vie, mais il ne m'en parle pas, ni des garçons qu'il pourrait y avoir dans la mienne. Il est toujours aussi gentil, et tout ce qui est changé dans nos sorties, c'est qu'après avoir dîné, vu un film, et blagassé devant un verre, nous continuons quelquefois l'amitié en faisant l'amour ensemble, et c'est très agréable.

Un après-midi, à l'agence, alors que j'étais penchée devant sa table, à le regarder corriger une maquette d'annonce, j'ai posé machinalement ma main sur son épaule. Il a eu un geste qui lui ressemble. Tout en continuant de travailler, il a placé sa main gauche sur la mienne, et il l'a laissée, douce et amicale, comme si une partie de nous-mêmes était ailleurs, loin de là. J'ai eu tout à coup tellement envie de lui que j'ai cru que le passé était bien passé, que j'étais amoureuse pour de bon.

Je me rappelle avoir raconté cela et beaucoup d'autres bêtises à Anita, il y a quelques mois, un samedi d'avant Noël. Je l'avais rencontrée une heure avant au rayon des jouets des Galeries Lafayette. Nous étions attablées devant un café-crème, dans un bistrot près de l'Opéra. Elle a ri. Elle s'est moquée de moi : « Ma pauvre puce, j'y suis passée avant toi, dans le lit de Bernard. Et même, tu me donnes des idées. Il faudra que je lui téléphone un de ces jours. » J'étais mal à l'aise, mais j'ai ri moi aussi. Elle a ajouté : « On pourrait faire une partie à trois, puisqu'à quatre cela ne te dit rien. » Je voyais dans ses yeux, à travers son rire, qu'elle se faisait mal exprès, que pour elle en tout cas le passé ne passerait jamais, qu'elle garderait toujours pour moi la même rancune. Et puis, en levant un coude comme pour se protéger, sur ce ton minaudeur qui m'a toujours dégoûtée, elle a dit : « Tu me battras encore ? » J'ai pris mon sac, mes paquets des Galeries et je me suis levée. Elle m'a attrapée par un bras, elle m'a dit avec un visage décomposé, livide sous son maquillage : « Je t'en prie, Dany, ne me laisse pas comme ça, devant tout ce monde. Tu sais bien que je plaisantais, non ? » Je l'ai attendue. Dehors, sur le trottoir, sans perdre son sourire du XVIe, elle m'a dit d'une voix mauvaise, distinctement : « Sale petite avorteuse, tout ce que tu sais faire, c'est lâcher les gens, pas vrai ? Tout ce que tu sais faire, c'est te tirer des pattes ? » J'ai tourné les talons et je suis partie. C'est seulement dans le métro, quand il était trop tard, que j'ai pensé qu'une fois encore, je venais de lui donner raison.

Le soir, elle m'a téléphoné. Je crois qu'elle était ivre, et Dieu sait où. Elle m'a dit : « Dany, Dany, mon chéri, elle est loin, cette histoire, je sais que ce n'était pas de ta faute, ne nous disputons plus, ne crois pas que tu n'es plus mon amie », des choses comme ça. Bien sûr, ma chambre se remplissait de larmes, je m'écœurais moi-même comme un bonbon fondant. Elle m'a promis que nous nous reverrions très vite, que nous ferions une paix sans arrière-pensée, qu'elle m'achèterait pour Noël un énorme flacon de notre parfum — nous portons le même, car à vingt ans j'ai commencé par utiliser le sien — et puis encore qu'on irait entendre Bécaud à l'Olympia et souper au japonais de Montparnasse, une paix mémorable — le 8 Mai, à côté, ou le wagon de Rethondes, ça ferait pauvre.

Le plus pauvre de tout, c'est que pendant les deux semaines suivantes, sauf le soir de Noël où je savais qu'elle ne pourrait laisser sa petite fille, je suis rentrée chez moi en courant et j'ai refusé de sortir, de peur de manquer son coup de téléphone. Je ne devais pas la revoir avant ce vendredi 10 juillet quand son mari m'a emmenée travailler chez eux.

Et justement, pourquoi m'avait-il emmenée chez eux ? Pour me couper du monde, pendant toute une nuit, et pouvoir affirmer ensuite que je n'étais pas à Auteuil mais sur la Nationale 6, voilà. Tout aggravait mes soupçons. J'étais restée seule de neuf heures du soir à deux heures du matin, ils avaient eu tout le temps, l'un et l'autre, d'agir à leur guise. Anita n'avait rien pardonné, rien oublié, bien au contraire. Elle me faisait payer une certaine aube de mai, en me...

Démentiel.

En quoi faisant ? En assassinant un bonhomme pour me le coller sur le dos ? En avouant à son mari, pour qu'il l'aide à se venger, qu'autrefois quand nous avions vingt ans, elle était restée une nuit dans ma chambre, pour servir de misérable jouet à deux compagnons de sortie éméchés, pendant que moi, qui n'avais pas eu assez d'empire sur elle pour arrêter ça, je m'enfuyais aussi loin que mes pas pouvaient me porter ?

Et voilà que ça recommençait : les larmes me brouillaient les yeux, d'un coup, irrépressibles, je ne voyais plus la route. Je me disais : je peux pleurer et pleurer toujours, mais c'est ma faute, c'est vrai, je l'ai laissée avec eux, éperdue d'alcool et de bravade — oui, je sais que c'était, vis-à-vis de moi, de la bravade — j'aurais pu la sortir de là de force, raisonner ces deux excités, ameuter les voisins, n'importe quoi, mais tout ce que j'ai fait, c'est m'enfuir, avec en plus le sentiment de me conduire, moi, comme une honnête fille, d'être un ange pur et radieux dans un monde de pourceaux. Dany Longo, patronne des larmoiements et de la bonne conscience, Judas dévoré de trouille. Et pourtant, j'étais bien responsable d'elle, puisque je me disais son amie ? Oh, oui, je mérite d'être punie, et punie encore, et encore...

« Arrête, m'a dit Maman-Sup, arrête. »

J'ai stoppé sur un bas-côté, à l'entrée de Marseille. J'ai attendu que ça passe. Il était plus d'une heure et demie au tableau de bord. Jean Le Gueven ne m'attendait déjà plus, et il me faudrait peut-être encore, pour atteindre la Gare Routière, traverser toute la ville.

Comment imaginer qu'Anita ait pu assassiner quelqu'un ? Comment l'imaginer sur la route, en train de jouer cette comédie sinistre ? Je devais avoir perdu l'esprit pour de bon.

Même en raisonnant — autant qu'une attardée de ma sorte peut le faire —, cela ne tenait pas debout.

Comment admettre que les Caravaille, un cadav̶r̶e̶ dans les bras, l'aient placé, pour se disculper, dans le coffre de *leur propre voiture ?* En outre, la femme qui avait tenu ma place devait être réellement blessée à la main gauche, puisqu'il avait été nécessaire de me blesser aussi pour que je lui ressemble. Or, Anita ne l'était pas. Comment admettre surtout — je buterais toujours là-dessus — qu'elle ait pu choisir exactement, le vendredi soir, l'endroit où jouer mon rôle, alors que moi-même je ne savais pas que j'y serais le lendemain ?

Je pouvais tout aussi bien accuser Bernard Thorr, ou un autre amant que j'ai eu et qui est retourné vivre dans son pays — de l'autre côté de la planète — ou, pourquoi pas ? celui que j'aime. N'importe lequel des trois messieurs de Dany Longo. Ou Philippe, évidemment, qui faisait un méchant quatrième. Ou encore ma voisine de palier (« Elle veut s'agrandir, elle m'élimine »), ou une rédactrice de l'agence (« Elle est à peine moins miro que moi mais elle tient sans doute à l'exclusivité »), ou tous ceux-là ensemble (« Ils en avaient leur claque, de Dany Longo, alors ils ont fait un pool »).

Pourquoi pas, en effet ?

Restait une dernière solution, la seule qui se tenait parfaitement de bout en bout, mais celle-là, pas de danger, je ne voulais même pas l'envisager. Il m'a fallu encore tout un après-midi et tout un soir pour me trouver enfermée dedans.

J'avais quarante minutes de retard quand j'ai atteint la Gare Routière, après avoir demandé mon chemin à

quais d'écraser dans les
                        arseillais sont des gens très
                  vous insultent pas plus que les
            ssayez de leur passer dessus, mais en
          nent la peine de regarder votre numéro
       .iculation, et quand ils voient que vous êtes un
     us se disent qu'évidemment, il ne faut pas trop
vous en demander, ils se tapent la tempe de l'index,
comme ça, mais sans méchanceté ni rancœur, seulement pour faire ce qu'il faut, et si à ce moment vous
déclarez : « Je suis perdue, je n'y comprends rien à
votre ville pourrie, il y a plein de stops partout qui me
veulent du mal, et moi je cherche la Gare Routière à
Saint-Lazare, est-ce que seulement ça existe ? », ils
compatissent, ils s'en prennent à la Bonne Mère de
votre infortune, ils s'agglomèrent une douzaine pour
vous renseigner. Prenez à droite, et puis à gauche, et
quand vous arriverez sur la place où il y a l'arc de
triomphe, attention au trolley, c'est des assassineurs,
la sœur de la femme de mon cousin elle en a encadré
un et maintenant c'est elle qui est encadrée sur
le tombeau de famille, et comme elle est au cimetière du Canet, c'est trop loin pour lui porter des
fleurs.

Sourire-Gibbs, contre toute attente, m'avait attendue. Il était debout, à l'écart des pompes à gas-oil,
adossé à l'arrière d'un camion qui devait être le sien,
profitant d'une flaque d'ombre, parlant à quelqu'un
accroupi près d'une roue. Il portait une chemise d'un
bleu délavé ouverte sur la poitrine, un pantalon qui
avait dû être bleu aussi, et une casquette en écossais

rouge, à bonnet haut, à longue visière, « très mode »,
invraisemblable.

La Gare Routière avait l'air d'une station-service
comme les autres, peut-être un peu plus vaste, encom-
brée de poids lourds. J'ai tourné à angle droit, j'ai
stoppé net au soleil, à côté de Sourire-Gibbs. Il m'a dit
calmement, sans bonjour ni rien :

— Vous savez ce qu'on va faire ? Petit Paul, il va
partir devant avec le bahut, et nous deux on le
rattrapera sur la route. Comme ça, vous me la laisserez
conduire, votre dévoreuse. Et puis maintenant, sans
blague, on est à la bourre.

Petit Paul, c'était l'homme qui vérifiait la pression
des pneus, son compagnon de cabine. Quand il a levé
la tête pour me dire comment ça va la santé, je l'ai
reconnu. Ils étaient ensemble à Joigny.

Je suis descendue de la voiture. J'ai eu seulement
une hésitation, à cause du cadavre dans le coffre, dont
je ne voulais pas m'éloigner, dont je croyais, à l'arrêt,
sentir l'odeur, et cette hésitation a été très courte, mais
elle a suffi pour que Jean au Somua perde son sourire.
Je me suis approchée, je suis restée immobile devant
lui plusieurs secondes, alors il a avancé sa main droite,
il a touché ma joue. Il m'a dit :

— C'est vrai qu'ils doivent être de taille, vos pépins.
Vous avez eu le temps de manger un peu ?

J'ai dit non, non, en bougeant légèrement la tête. Sa
main s'est déplacée vers mes cheveux. Il était beaucoup
plus grand que moi, il avait le nez un peu bizarre,
comme celui des boxeurs, des yeux sombres et attentifs, je devinais qu'il était tout ce que je ne suis pas —
fort et tranquille, en accord acceptable avec la vie — et

213

puis aussi, rien qu'au toucher de sa main, rien qu'à son sourire revenu, qu'il était un homme bon — c'est un mot bête, je ne sais pas comment dire — un homme, quoi. Avec une incroyable casquette à carreaux rouges sur la tête.

Il a dit à Petit Paul — sa main est descendue sur mon épaule — bien, à tout à l'heure, que si au pont de je ne sais pas quoi nous ne l'avions pas rattrapé, il nous attende. Il m'a entouré les épaules de son bras, comme si j'étais son amie depuis toujours, et nous avons traversé la rue, nous sommes entrés dans un café où d'autres camionneurs finissaient de déjeuner.

La plupart d'entre eux connaissaient Sourire-Gibbs, il a serré des mains, il s'est arrêté pour répondre à l'un ou à l'autre, qui lui parfait de fret, de prix à la tonne, de surcharge, de choses que je ne comprenais pas. Il m'entourait toujours de son bras, et je voyais dans les yeux de ses interlocuteurs, quand ils me regardaient — je hochais la tête affirmativement, l'air de comprendre parfaitement leurs problèmes — qu'il allait de soi que j'étais à lui. Et je crois que, d'une certaine manière, ça me plaisait. Je suis une paumée pro-esclavagiste : ce que j'imagine de meilleur au monde, c'est d'être à quelqu'un.

Nous nous sommes assis près d'une vitre qui donnait sur la rue, l'un en face de l'autre, je pouvais voir un bout de la Thunderbird derrière son camion, et surveiller que personne ne s'approchait du coffre. Et puis, ça m'était égal. J'étais bien. J'avais une telle envie d'être bien, et que ça me soit égal, et que tout soit un rêve. J'ai fait une réflexion sur sa casquette — quelque chose à propos des skieuses françaises, que j'avais vues à la télé avec des coiffures semblables. Il a ri, il a ôté sa casquette, il me l'a mise sur la tête. J'ai regardé dans le reflet de la vitre comment elle m'allait. Je l'ai laissée comme il l'avait placée, un peu en arrière, parce qu'au moins, pour une fois, je me trouvais marrante.

Autour de nous, tout le monde semblait manger le même plat, des paupiettes, que Sourire-Gibbs appelait des « alouettes sans tête ». Il m'a demandé si j'aimais ça, il s'est tourné vers une grosse femme en noir, au comptoir, en levant l'index pour en commander une portion. Personne ne saura jamais comme je reprenais vie, à ce moment-là, comme tout s'éclairait. Et puis, c'est parti :

— Qu'est-ce que vous avez, à la main ?

J'ai voulu parler. J'ai voulu parler avant qu'il parle. J'ai voulu l'interrompre. Et c'était déjà trop tard. Il ajoutait, sincère :

— Vous l'aviez, l'autre jour ?

— Précisément, vous m'avez vue ? Est-ce que je l'avais ? Je vous le demande. C'est précisément ce que je voulais vous demander.

Le ton pleurard que j'ai pris, sans doute aussi la tension qu'il voyait sur mon visage, l'ont dérouté. Il a fait de son mieux, je pense, pour comprendre ce que je voulais dire, il a regardé longuement mon pansement sale sur la table, mais en définitive, ça ne pouvait pas manquer, il a répondu :

— Ma foi, vous devez bien le savoir, vous ?

Les autres clients s'en étaient allés les uns après les autres. Sourire-Gibbs avait fait apporter un quart de rosé pour moi, un café pour lui. De temps en temps, il me disait : « Mais mangez donc un peu, c'est froid. » Je lui ai tout raconté par le début. Je lui ai dit que j'étais employée dans une agence de publicité, que mon patron m'avait emmenée travailler chez lui, que le lendemain il m'avait confié sa voiture et que cette voiture, sur un coup de tête, je l'avais gardée pour quatre jours. Je lui ai dit mes rencontres : le couple au restauroute, les vendeuses de Fontainebleau, lui à Joigny, la vieille femme qui prétendait que j'avais oublié mon manteau chez elle, le garagiste et ses deux amis quand on m'avait écrasé la main, le motard sur la route, les patrons de l'hôtel La Renaissance. Je lui ai raconté tout cela en détail, exactement comme ça m'était arrivé. Je n'ai pas parlé du cadavre dans le coffre, ni — parce que ce n'était pas utile et que ça me gênait — de Philippe Filanteris. J'ai arrêté mon récit à Chalon-sur-Saône.

— Et ensuite ?

— Ensuite, rien. Je suis allée jusqu'à Cassis, j'ai pris une chambre d'hôtel.

— Mangez un peu.

— Je n'ai plus faim.

Il est resté un long moment à me regarder. Je remuais ma fourchette dans mon assiette sans rien porter à ma bouche. Il a allumé une cigarette — la troisième ou la quatrième, depuis que je parlais. Il était bientôt trois heures, mais pas une seule fois il n'a regardé sa montre. C'est quelqu'un de bien, Sourire-Gibbs.

Il m'avait dit un peu plus tôt, je ne sais à propos de

216

quoi, qu'il n'était pas doué pour penser, que s'il savait lire et écrire c'était déjà beau, il n'avait même pas son certificat d'études — des choses comme ça. Mais j'ai vu qu'il ne fallait rien exagérer : quand il a ouvert à nouveau la bouche, il avait très bien décelé ce qui était faussé dans mon histoire.

— Il y a une chose que je ne comprends pas. Maintenant, tout ça, c'est fini ? Vous êtes tranquille ? Alors pourquoi ça vous inquiète tant ?

— Je voudrais savoir, c'est tout.

— Mais pourquoi ? Peut-être qu'en effet, on s'est payé votre tête — et ce n'est pas moi — mais pourquoi vous donner tout ce mal, remuer ciel et...

— Je ne me donne pas de mal.

— Ah, pardon. Vous avez téléphoné à Joigny, et vous êtes venue jusqu'ici uniquement pour mes beaux yeux. Moi, je veux bien. (Après un temps :) Dites-moi plutôt ce qui ne va pas, allez.

J'ai haussé les épaules, je n'ai rien dit. Comme je ne mangeais plus, il m'a avertie que si je continuais comme ça, un jour je rayerais ma baignoire, et il m'a commandé un café. Nous n'avons plus parlé jusqu'à ce que la grosse femme en noir nous l'apporte. Il lui a dit :

— Écoute, Yvonne, tâche d'avoir en vitesse le 2.20 à Joigny. Et puis, tu me donnes l'addition parce qu'il va finir par prendre racine, Petit Paul, il est parti devant.

Elle a répondu oh misère, quelque chose d'incompréhensible à propos de balade au bon air, et elle est allée au téléphone. J'ai demandé à Sourire-Gibbs pourquoi il appelait Joigny.

— Une idée comme ça. Votre garagiste, votre motard, c'est des mots, c'est du vent. Même cette fiche d'hôtel, à Chalon, c'est du vent, puisqu'elle n'était pas de votre main. On a pu vous raconter n'importe quoi. Mais le manteau oublié chez la vieille, à Deux-Soirs-lès-Avallon, c'est du solide, ça existe. C'est par là qu'il fallait commencer. On va bien le savoir, si c'est le vôtre. Et si c'est le vôtre, c'est vous qui racontez n'importe quoi.

Soufflée. Il parlait vite, d'un ton net, je le sentais un peu agacé maintenant. Sans doute était-il déçu de sentir que je lui cachais quelque chose. Je lui ai demandé — la voix larmoyante que je prenais, il fallait l'entendre :

— Vous voulez dire que vous imaginez — non, ce n'est pas vrai ? — vous imaginez qu'il y a une possibilité que ce soit moi, vraiment moi, cette femme sur la route ? Vous croyez que je vous mens ?

— Je n'ai pas dit que vous mentez, je suis sûr que non.

— Alors, vous pensez que je suis folle.

— Je n'ai pas dit ça non plus. Mais j'ai des yeux, je vous observe. Quel âge vous avez ? Vingt-quatre, vingt-cinq ?

— Vingt-six.

— On ne sucre pas les fraises à vingt-six ans. Vous buvez beaucoup ? Non, votre rosé, vous n'y avez même pas touché. Alors, quoi ? L'autre jour quand je vous ai vue, c'était pas la peine d'avoir mon certificat pour comprendre que quelque chose ne tournait pas rond. Ça n'a fait qu'empirer, c'est tout.

Je ne voulais pas pleurer, je ne voulais pas. Je

fermais les yeux, je ne le voyais plus, je pressais mes paupières, fort, fort. Je pleurais quand même. Il m'a dit d'une voix inquiète, en se penchant par-dessus la table :

— Vous voyez, vous êtes à bout de nerfs. Qu'est-ce qui se passe ? Si je vous le demande, vous pensez bien que ce n'est pas pour vous laisser tomber. Je veux vous aider, moi. Dites-moi ce qui se passe.

— Je ne suis pas cette femme. J'étais à Paris. Ce n'était pas moi.

J'ai rouvert les yeux. A travers mes larmes, je l'ai vu qui me regardait, embêté, attentif, et puis en avant, il fallait qu'il le dise, je prenais ça comme je voulais ·

— Vous êtes très gentille, très jolie, je vous aime bien, mais il n'y a pas trois solutions. Ou bien c'était quelqu'un d'autre, ou bien c'était vous. Je ne sais pas comment c'est même possible, mais si vous vous donnez tant de peine pour être bien sûre que c'était quelqu'un d'autre, c'est que vous n'êtes pas si sûre, au fond, que ce n'était pas vous.

Avant toute réflexion, je lui ai lancé ma main gauche au visage. Heureusement, il a écarté la tête et je l'ai manqué. J'ai continué de pleurer alors à gros sanglots, la tête dans mes bras, sur la table. Je suis une paumée très violente.

Il a eu le patron du bar-tabacs de Joigny au téléphone. Il s'est fait reconnaître. Il a demandé si La Sardine était partie. La Sardine était partie. Il a demandé s'il y avait là d'autres routiers qui venaient vers Marseille. Il n'y avait personne. Il a dit :

— Écoute Théo, tu vas regarder dans ton annuaire le numéro d'un bistrot, à Deux-Soirs-lès-Avallon, et me le donner. (Et à moi, qui tenais l'écouteur contre mon oreille :) Comment ça s'appelle ?

— A la station-service, ils ont parlé de gens qui s'appellent Pacaud. Les Pacaud.

Le patron de Joigny nous a trouvé le numéro. Sourire-Gibbs lui a dit qu'il était brave, salut, et il a appelé aussitôt Deux-Soirs-lès-Avallon. Nous avons dû attendre la communication vingt minutes, en buvant un autre café, sans parler.

A l'appareil, c'était une jeune femme. Sourire-Gibbs lui a demandé si elle avait toujours un manteau qu'on avait oublié chez elle.

— Le manteau de la dame blonde avec un pansement à la main ? Bien sûr que je l'ai. Qui êtes-vous ?

— Un ami de cette dame. Elle est à côté de moi.

— Elle est repassée samedi soir, elle a dit à ma belle-mère que le manteau n'était pas à elle. Il faudrait s'entendre.

— Vous énervez pas, va. Dites-nous plutôt comment il est.

— Il est blanc. En tissu soyeux. C'est un manteau d'été. Attendez un instant.

Elle est allée le chercher. Sourire-Gibbs avait passé à nouveau son bras autour de mes épaules. Je voyais derrière lui, à travers les vitres du restaurant, la Thunderbird immobile sous le soleil. Tout à l'heure, j'étais allée aux toilettes me passer de l'eau sur le visage, me recoiffer, me maquiller un peu. J'avais rendu à Sourire-Gibbs sa casquette en écossais, elle était devant nous sur le comptoir. La grosse femme en noir allait et venait dans la salle vide, nettoyant les tables, écoutant sans en avoir l'air tout ce que nous disions.

— Allô ? Il est blanc et doublé d'un tissu à grosses fleurs, a dit la jeune femme au bout du fil. Il a un petit col officier. A l'intérieur, il y a la marque d'une boutique : Franck Fils, rue de Passy.

J'ai montré à Sourire-Gibbs, d'un signe de tête las, qu'en effet ce manteau pouvait être le mien. Il a pressé mon épaule pour me rendre courage. Il a demandé dans l'appareil :

— Il y a quelque chose dans les poches ?

— Dites, je ne me suis pas permise de regarder.

— Eh bien, regardez, maintenant.

Un silence. Cette femme que je ne voyais pas semblait toute proche, j'entendais sa respiration, un froissement de papier.

— Il y a un billet d'avion Air-France. Enfin, ce qu'il en reste. C'est comme une couverture de carnet, vous voyez, on a arraché les feuilles à l'intérieur. Le nom marqué dessus, c'est Longo, Mlle Longo.

— Un billet de Paris ?

— Paris-Orly pour Marseille-Marignane.

— Il y a la date ?

— 10 juillet à vingt heures trente.

— Vous êtes sûre ?

— Je sais lire.

— Et c'est tout ?

— Non, il y a d'autres papiers, de l'argent, et puis un truc de gosse, un jouet. C'est un petit éléphant rose.

On appuie dessous, et il bouge avec des ficelles. Un petit éléphant, oui.

Je me laissais aller de tout mon poids contre le comptoir. Sourire-Gibbs me soutenait de son mieux. Je lui faisais signe en même temps, avec ma main bandée, de continuer, qu'il fallait continuer, que j'allais bien. Il a demandé :

— Les autres papiers, qu'est-ce que c'est ?

— Dites, c'est pas suffisant pour qu'elle reconnaisse son manteau ? Qu'est-ce que vous cherchez, au juste ?

— Vous allez me répondre, oui ?

— Les autres papiers, il y a de tout, je sais pas. Il y a une facture de garage.

— Quel garage ?

— Vincent Cotti, boulevard Raspail, Avignon. 723 francs. C'est daté aussi du 10 juillet. La voiture qu'on a réparée, c'est une marque américaine que je peux pas lire, 3210 RX 75.

Sourire-Gibbs a tourné d'abord la tête vers les vitres, pour regarder le numéro de la Thunderbird, mais on ne pouvait pas le voir d'où nous étions, et il m'a interrogée du regard. J'ai fait signe que c'était bien celui-là, j'ai remis l'écouteur en place. Je ne voulais plus entendre. J'ai réussi à atteindre une chaise, à m'asseoir. Ce qui s'est passé ensuite est assez vague dans mon souvenir. J'étais comme vide à l'intérieur. Sourire-Gibbs a encore parlé au téléphone pendant plusieurs minutes. Ce n'était plus avec la jeune femme mais avec un automobiliste, un Allemand je crois, qui buvait un verre chez elle avec sa famille, au cours d'une halte. Sourire-Gibbs avait du mal à se faire comprendre.

Plus tard, il était devant moi, il tenait mon visage entre ses mains. Un coup d'absence. J'avais seulement un coup d'absence. J'ai essayé de lui sourire. J'ai vu qu'il en était rassuré. Il me semblait le connaître depuis très longtemps. La grosse femme en noir aussi, qui se tenait derrière lui, muette. Il m'a dit :

— Je pense à une chose. On a pu s'introduire chez vous pendant que vous n'étiez pas là et vous le voler, ce manteau. Il était chez vous ?

J'ai secoué la tête. Je ne savais plus. Sourire-Gibbs n'était pas doué pour penser, mais moi je devais au moins cesser de me raconter des histoires. Il y a deux verrous à ma porte, rue de Grenelle, et c'est une porte très lourde, très solide. On ne pourrait pas pénétrer chez moi sans la défoncer à coups de hache, alerter tous les voisins. Cela valait pour le manteau, mais aussi pour le télégramme à Maurice Kaub. Il fallait que je cesse de me raconter des histoires.

Quelle heure devait-il être ? Quelle heure est-il maintenant ? Je vais d'une pièce à l'autre, dans cette maison où tout réellement a commencé, je marche, je tourne en rond. Quelquefois, j'écarte le rideau d'une fenêtre, je vois des points lumineux dans la nuit. Même, à un moment, j'ai essayé de les compter. Quelquefois — le plus longtemps — je reste allongée sur un canapé de cuir, dans la clarté d'une lampe laissée allumée dans le vestibule, mon fusil dans mes bras, contre moi.

Maman-Sup ne me parle plus. Je ne me parle plus.

223

Je me répète seulement cette chanson de quand j'étais petite : clairs mes cheveux, sombres mes yeux, noire mon âme, froid le canon de mon fusil. Encore et encore.

Si quelqu'un vient me prendre, je l'ajusterai posément dans la demi-obscurité, je le viserai à la tête, peu importera qui il est. Juste une flamme, tout si clair.

J'essaierai de le tuer d'un coup, pour économiser mes balles. La dernière sera pour moi. On me trouvera délivrée, les yeux nus, ouverts sur ma vie réelle, dans mon tailleur blanc taché de rouge, douce, propre et belle comme j'ai toujours voulu l'être. Je me serai donné seulement un week-end de sursis pour être quelqu'un d'autre, et puis c'est tout, je n'aurai pas réussi parce qu'on ne réussit jamais. On ne réussit jamais.

Nous avons roulé très vite, tout au long d'une route qu'il connaissait par cœur. Il était inquiet, certes, et passablement désorienté par ce coup de téléphone à Deux-Soirs-lès-Avallon, mais je devinais aussi chez lui le plaisir de piloter une voiture nouvelle, une joie simple, enfantine, agaçante. Il avait remis sur sa tête la casquette en écossais rouge. Il conduisait presque constamment à plein régime, avec des réflexes, des décisions nettes de professionnel.

Dans une traversée de ville — Salon, je pense —, il a profité de ce qu'il devait aller au pas pour sortir une cigarette de la poche de sa chemise. Il m'a parlé un peu. Pas du manteau ni de mon aventure, mais de lui, de son enfance, de son travail. Sans doute pour m'aider à oublier un moment ce qui m'arrivait. J'ai su qu'il était né de parents inconnus, qu'il avait été recueilli par l'Assistance Publique, puis, vers dix ans, pris en charge par une paysanne des environs de Nice, qu'il appelait « ma mère à moi ». Il semblait avoir pour elle une réelle vénération.

— Elle avait une ferme au-dessus de Puget-Théniers. Vous connaissez par là ? Moi, j'étais drôlement bien. Merde, ce que j'étais bien. Quand son mari est mort, j'avais dix-huit ans, elle a tout vendu, et c'est comme ça que j'ai commencé. D'abord, j'ai eu un vieux Renault, je faisais les eaux minérales, à Vals. Pour que ça rapporte, il faut en faire, des voyages, et encore on s'en sort pas, mais vous savez, j'ai l'air d'un rigolo comme ça, mais on me trouve quand il faut se défoncer. Maintenant, j'ai le Somua et un Berliet qui fait l'Allemagne avec un copain de l'Assistance, un type qui est comme mon frère, il se ferait couper les mains une à une pour moi, et à la dernière on lui aurait pas sorti un mot qui puisse me faire du tort. Il s'appelle Baptistin Laventure. Lui aussi, c'est quelqu'un. Je vous ai pas dit ? On a décidé de devenir milliardaires, tous les deux. Il pense que c'est mieux.

A nouveau, cent soixante à l'heure. Il s'est tu. Plus tard, je lui ai demandé :

— Jean Le Gueven, c'est breton ?

— Pensez-vous, je suis né dans l'Aveyron. On m'a trouvé comme dans *Les Deux Orphelines*, sur les marches d'une église. C'est le nom qu'on m'a donné On l'a pris dans le journal, n'importe où.

225

— Votre vraie mère, vous ne l'avez jamais retrouvée ?

— Non. J'ai même pas cherché. Et puis, allez savoir qui vous fait, qui vous laisse. C'est des histoires, ça.

— Vous ne lui en voulez pas, maintenant ?

— A qui ? A elle ? Vous savez, pour abandonner son gosse, je présume qu'elle devait avoir ses problèmes, elle aussi. Et puis, je suis là, non ? Elle m'a quand même donné le principal. Je suis content, moi, d'être là.

Nous n'avons plus parlé jusqu'à ce pont à plusieurs voies, sur la Durance, où j'étais passée la veille avec Philippe. Le Somua nous attendait, en plein soleil, rangé sur un bas-côté. Sourire-Gibbs a stoppé la voiture derrière et nous sommes descendus. Petit Paul s'était endormi sur la couchette, dans la cabine. En se réveillant, au bruit de la portière qui s'ouvrait, il a dit à Sourire-Gibbs pauvre de toi, que jamais ils chargeraient à Pont-Saint-Esprit, ce soir-là, et que le lendemain tout serait fermé.

— On va y arriver, a dit Sourire-Gibbs. Quarante bornes avant six heures, on peut les faire, et je leur graisserai la patte pour qu'ils restent un peu plus tard. Allez, rendors-toi, va.

Il m'a quittée sur le bord de la route, près de la voiture, en me disant :

— J'ai eu un touriste au téléphone, tout à l'heure, à ce café de Deux-Soirs-lès-Avallon. Il descend avec votre manteau. Il pensait être du côté de Pont-Saint-Esprit vers neuf heures, neuf heures et demie, et je lui ai donné rendez-vous dans un relais. Si vous voulez, moi, j'aurai fini de charger, je pourrai vous retrouver ensuite par ici, à Avignon. Ça vous irait ?

— Vous n'allez plus à Paris ?

— Mais si. Je m'arrangerai avec Petit Paul. Je trouverai bien un copain pour le rattraper un peu plus haut. Ça vous ennuie peut-être de rester dans les parages jusqu'à ce soir ?

J'ai secoué la tête, j'ai dit non. Il m'a donné rendez-vous à Avignon, dans une brasserie en face de la gare, à dix heures et demie. Il m'a mis sa casquette entre les mains. Comme ça, je n'oublierais pas. J'allais voir, tout s'arrangerait.

Je l'ai regardé aller vers son camion. Il y avait une grosse tache de transpiration dans son dos, une grosse tache d'un bleu plus vif que le reste de sa chemise. Je l'ai rejoint et attrapé par un bras. Je ne savais pas bien ce que je voulais lui dire encore. Je suis restée devant lui comme une idiote. Alors, il a hoché la tête, il a posé sa main sur ma joue comme il l'avait fait à la Gare Routière. Il m'a dit, brun dans le soleil :

— A dix heures et demie, d'accord ? Vous savez ce que vous devriez faire jusque-là ? D'abord aller chez un médecin, à Avignon, pour avoir un pansement propre. Et puis, vous entrez dans un cinéma, n'importe où, et si vous en sortez trop tôt, vous entrez dans un autre. Essayez de ne plus penser à rien avant que je revienne.

— Pourquoi êtes-vous comme ça ? Je veux dire, vous ne me connaissez pas, je vous dérange dans votre travail, mais vous êtes gentil, vous me — pourquoi ?

— Vous êtes gentille, vous aussi, vous ne vous rendez pas compte. Et puis, vous avez une chouette casquette.

Je l'ai mise.

Quand le camion a disparu, loin devant moi, sur la route, j'ai relevé la visière d'un revers de ma main bandée, je me suis promis de régler toute cette histoire, d'une manière ou d'une autre, avant de le revoir, et après, que Dieu me fût témoin, je l'aiderais à devenir milliardaire, avec son Baptistin Laventure, même si je devais pour cela faire des heures supplémentaires pendant toute ma vie.

Avignon.

Le soleil toujours, qui me brûlait les yeux. J'ai vu des remparts crénelés, une ouverture sur une longue rue bordée de terrasses de café, où les drapeaux du 14 Juillet formaient un tunnel sans fin, multicolore. D'autres voitures me précédaient, roulant par à-coups, en double file. Je regardais sur les trottoirs des passants qui portaient leur nationalité sur le visage, des Allemands, des Anglais, des Américains, des bras et des jambes rouge brique, des robes de nylon si transparentes que toutes les femmes semblaient nues, et je traversais, d'immeuble en immeuble, des bandes alternées d'ombre amicale et de lumière dure — où étais-je donc, Maman-Sup, où étais-je donc ?

J'ai trouvé le boulevard Raspail dans cette rue, sur la gauche. J'ai déclenché un concert d'avertisseurs derrière moi pour pouvoir tourner. Je ne me rappelais pas le nom du garage dont la jeune femme de Deux-Soirs-lès-Avallon avait parlé au téléphone — seulement celui du boulevard. J'ai roulé sur trois cents mètres en scrutant alternativement les deux trottoirs. J'ai vu l'enseigne que je cherchais au-dessus d'un porche peint en jaune canari : *Vincent Cotti, concessionnaire Ford, toutes marques étrangères.* Il y avait un hôtel à côté, l'hôtel Angleterre, avec un couple, devant, qui extirpait à grand-peine des valises d'une voiture de sport, et un chien aux oreilles basses qui avait interrompu sa promenade pour les observer.

J'ai stoppé devant le garage. Un homme, sous le porche, démontait une roue. Il a tourné la tête, il a vu la Thunderbird, et comme je descendais, il m'a dit en se dressant sur ses jambes, avec un fort accent provençal :

— Oh ! Elle marche encore pas ? C'est pas possible !

Je suis allée jusqu'à lui, mon sac dans la main droite, ma casquette sur la tête, dans un tailleur que je sentais froissé, collé sur moi par la transpiration, luttant contre l'idée que j'étais décomposée, minable. C'était un homme de petite taille, vêtu d'une salopette à fermeture Éclair, bouclée jusqu'en haut, avec des yeux décolorés, presque jaunes, et de gros sourcils blonds tout broussailleux. Je lui ai demandé :

— Vous connaissez cette voiture ?

— Si je la connais ? On l'a gardée pendant deux semaines, on a déposé tout le moteur. J'en connais pas beaucoup aussi bien, faites-moi confiance. Qu'est-ce qui ne va pas encore ?

— Rien, tout va bien.

— Elle tire pas ?

— Mais si, elle tire. Je — vous le connaissez, le propriétaire de la voiture ?

229

— Le monsieur de Villeneuve ? Pas vraiment. Pourquoi ?

— Il voudrait un double de la facture que vous avez faite, c'est possible ?

— Ah bon. Il veut un double. Pourquoi ? Il l'a perdue, l'autre ? Vous voyez, c'est des choses comme ça qui tuent le commerce, on n'en finit plus.

Il m'a conduite à travers le garage, où plusieurs mécanos travaillaient, jusqu'à une cage vitrée occupée par deux femmes en blouse jaune. Nous avons regardé à quatre dans un registre. Ils étaient tous très aimables, très confiants. L'une des deux femmes, une brune d'une trentaine d'années, avec de gros seins blancs sous son vêtement plus qu'entrouvert, a compris « à mon accent » que j'étais parisienne, elle m'a raconté qu'elle avait vécu cinq ans à Paris, dans le quartier de la Nation, mais qu'elle « s'était pas plu », parce que les gens là-bas sont des sauvages, personne ne parle à personne. J'ai vu de mes yeux vu, qu'un nommé Maurice Kaub avait laissé la Thunderbird dans ce garage à la fin du mois de juin, pour Dieu sait quelle panne de culbuteurs et de boîte automatique. Il l'avait reprise le 10 juillet au soir, en payant 723 francs en espèces.

La femme qui m'avait parlé a été la première à se méfier, quand j'ai demandé à voir celui ou celle qui avait reçu le propriétaire de la voiture. Elle m'a dit, avec des yeux sombres, des lèvres épaisses :

— Qu'est-ce que vous lui voulez, à Roger ? C'est une facture que vous demandez, oui ? Vous l'avez ? Alors ? Et d'abord, qui vous êtes, vous ?

Néanmoins, ils sont allés le chercher. C'était un

jeune homme assez grand, assez fort, au visage taché de graisse. Il s'essuyait avec un chiffon sale. Il se rappelait bien le M. Kaub qui était venu reprendre sa Thunderbird le vendredi soir, oui. C'était vers neuf heures et demie, peut-être dix heures. Il avait téléphoné de Paris, le matin, pour être sûr que la voiture serait prête et qu'il y aurait quelqu'un au garage.

— Si j'ai bien compris, il venait passer le week-end ici. Il m'a dit qu'il avait une maison à Villeneuve. Qu'est-ce que vous voulez savoir exactement ?

Je n'ai rien trouvé à répondre. Ils étaient quatre autour de moi, dans cette cabine où tout à coup je manquais d'air. La femme brune me détaillait des pieds à la tête. J'ai dit : « Rien, merci, je vous remercie », je suis sortie précipitamment. Ils m'ont suivie des yeux tandis que je traversais le garage, et leurs regards me gênaient tant, je voulais leur échapper si vite que je n'ai pas vu le pneu abandonné sous le porche, je me suis payé le numéro de voltige « spécial Dany Longo », double looping et atterrissage à quatre pattes : le chien aux oreilles basses, devant l'hôtel Angleterre, a aboyé comme un perdu pour appeler au secours.

A Villeneuve, il y avait des arcades grises, des rues étroites à gros pavés, des cours où les gens font sécher leur linge, et puis, sur une grande place enguirlandée de lampions, prête pour le bal du soir, un cortège de mariage. Je rangeais la voiture lorsqu'il est passé. La mariée, longue, brune, tête nue, tenait une rose rouge dans sa main droite. Le bas de sa robe blanche était couvert de terre. Tout le monde semblait avoir beaucoup bu. J'ai traversé le cortège, pour entrer dans un tabac que je voyais devant moi, et deux hommes m'ont prise par les bras pour m'emmener danser avec la noce. J'ai dit merci, merci vraiment, je me suis dégagée comme j'ai pu. Les clients du tabac étaient sortis sur le seuil pour encourager le marié. Je me suis trouvée dans une salle vide, devant une dame blonde attendrie par ses propres souvenirs, qui tenait la caisse. C'est elle qui m'a indiqué le chemin du domaine Saint-Jean, route de l'Abbaye. J'ai bu un jus de fruit, j'ai acheté un paquet de Gitanes, j'en ai allumé une. Je n'avais pas fumé depuis mille ans. Elle m'a demandé :

— Vous êtes une amie de M. Maurice ?

— Non. Enfin, oui.

— Je vois qu'il vous a prêté sa voiture.

— Vous le connaissez, vous ?

— M. Maurice ? Comme ça, bonjour, bonsoir. Des fois, il chasse avec mon mari. Il est ici, en ce moment ?

Je n'ai pas su que répondre. Pour la première fois, je me suis demandée si l'inconnu dans le coffre de la Thunderbird était Maurice Kaub ou quelqu'un d'autre. J'ai fait un mouvement de tête qui pouvait signifier n'importe quoi. J'ai payé, j'ai dit merci bien et je suis sortie. Elle m'a rappelée pour me dire que j'oubliais sur le comptoir ma monnaie, ma casquette, mes Gitanes et les clefs de la voiture.

Le domaine Saint-Jean, c'était un portail de fer forgé, une longue allée de bitume rose, une grande maison basse, aux toits de tuile, que j'apercevais à travers des vignes et des cyprès. Il y avait d'autres propriétés sur la même route, plantées très au-dessus de Villeneuve comme les postes de garde d'une forteresse, mais je n'ai vu personne avant qu'une voix dans le soleil de six heures, alors que j'étais debout devant le portail, m'oblige à me retourner :

— Il n'y a personne, mademoiselle. Je suis allée voir trois fois.

C'était une fille blonde, d'environ vingt ans, qui se penchait de l'autre côté de la route, par-dessus un mur de pierre. Un visage assez joli, triangulaire, des yeux très clairs.

— C'est M. Maurice que vous cherchez ?

— Oui, Maurice Kaub.

— Il n'est pas là. (Passant son index sur l'arête d'un petit nez au bout arrondi :) Mais vous savez, vous pouvez entrer, tout est ouvert.

Au moment où je m'approchais d'elle, qui finissait sa phrase, elle s'est mise brusquement debout sur le mur, dans une robe rose à jupe vague, évasée autour de cuisses longues, dorées, elle m'a tendu les bras en disant :

— Vous m'aidez à descendre ?

Je l'ai aidée de mon mieux, en la prenant par une jambe et par la taille. Elle a atteint le sol sur ses pieds — qui étaient nus — et moi, je suis restée sur les miens. Elle était un peu plus petite que moi, avec de longs cheveux ensoleillés, comme dans les films suédois. Elle n'était ni suédoise ni avignonnaise, mais née à Cachan (Seine), étudiante à Aix-en-Provence, et elle s'appelait Catherine (Kiki) Aupieu (« Ne dites rien, toutes les plaisanteries qu'on peut faire sur mon nom, je les ai déjà entendues, ça me rend maboule. »). Elle m'a dit cela très vite, et beaucoup d'autres choses (que son père était dans la construction comme M. Maurice, qu'elle était « vierge encore mais drôlement nymphomane, alors évidemment, côté psychologie, c'était plutôt le micmac »), sans me laisser placer un mot, en allant vers la Thunderbird. Elle a soupiré plusieurs fois, elle m'a raconté qu'elle était montée dans cette voiture quelques semaines plus tôt, en juin, avec M. Maurice. Il l'avait laissée conduire jusqu'à Forcalquier, de nuit, et bien sûr, au retour, elle se sentait toute bizarre, enfin assez coquine, mais il avait été très sport, M. Maurice, il n'en avait pas profité pour remettre de l'ordre dans sa psychologie. Est-ce que je lui en voulais ?

— Pourquoi ?

— Vous êtes son amie, non ?

— Vous me connaissez ?

J'étais à nouveau tout près d'elle, j'ai vu ses joues s'empourprer légèrement. Elle m'a dit :

— Je vous ai vue en photo. Je vous trouve très, très belle. C'est vrai. Pour tout vous dire, j'étais certaine que vous viendriez. Si je vous dis une chose, vous ne rirez pas ? Vous êtes encore plus belle au naturel.

Elle était cinglée. J'avais affaire à une cinglée.

— Mais enfin, vous me connaissez ?

— Oh, j'ai dû vous voir arriver, quelquefois. Sûrement. Je l'aime bien, votre casquette.

Il m'a fallu quelques minutes pour avoir les idées claires, pour savoir par quel bout la prendre. Pendant

234

ce temps, je me suis installée au volant, je lui ai dit d'ouvrir le portail. Elle l'a ouvert. Quand elle est revenue vers moi, je lui ai demandé ce qu'elle faisait là. Elle habitait, pour les vacances, avec sa tante, une maison qu'on ne voyait pas de la route, derrière la colline. Je lui ai demandé pourquoi elle était si sûre qu'il n'y avait personne chez Maurice Kaub. Elle a hésité (ce mouvement de l'index sur l'arête de son nez court était un tic), puis elle m'a dit :

— Après tout, vous ne devez pas être jalouse ? Vous savez bien comment il est, M. Maurice ?

Elle avait conduit chez lui, le samedi après-midi, une autre femme qui venait de Paris, une rousse qu'on voyait à la télé, celle qui disait : *Mundenant, malame, de la gaidée, du curr,* Marité Machin. Tout était ouvert, chez Kaub, mais il n'y avait personne. La star était repartie, revenue un peu plus tard et n'avait pas trouvé plus de monde. Alors, elle s'en était allée pour de bon, les épaules basses, sur de méchants talons-échasses, sa valise en peau de téléspectateur à la main. J'ai demandé :

— Il n'y pas de domestique, personne ?

— Je n'en ai pas vu quand j'y suis retournée, ce matin.

— Vous y êtes retournée ?

— Oui, ça me tracassait. Il est venu vendredi soir, M. Maurice, j'en suis sûre, je l'ai entendu. Et puis, il y a autre chose qui me tracasse, mais c'est sûrement idiot.

— Quoi ?

— Eh bien, on a tiré des coups de carabine dans sa maison, vendredi soir. J'étais dans le champ d'oliviers, derrière. Trois coups. Je sais, il est toujours après ses fusils, mais c'était plus de dix heures, ça m'a tracassée.

— Vous n'êtes pas venue voir, tout simplement ?

— Ben, j'étais pas seule à ce moment-là. Pour tout vous dire, ma tante elle a été yéyé avant Mathusalem, quand je veux montrer ma culotte à quelqu'un, il faut que je le fasse en plein air. Vous n'avez pas l'air de piger. C'est une idée, ou vous jouez les impassibles-impénétrables ?

— Non, je comprends, je comprends très bien. Vous étiez avec qui ?

— Un gars. Dites, qu'est-ce que vous avez à la main ? Répondez pas comme Bécaud ou je me suicide.

— Je n'ai rien, je vous assure. Personne n'est venu, depuis samedi ?

— Vous savez, je ne suis pas tout le temps à jouer les tire-cordon. J'ai une vie personnelle très accaparante, moi aussi.

Un visage triangulaire, des yeux très bleus, une robe rose tendue sur de petits seins pointus — elle avait une vivacité qui me plaisait mais qui me rendait triste, je ne sais pas pourquoi. Je lui ai dit :

— Eh bien, merci, au revoir.

— Vous pouvez m'appeler Kiki, vous savez.

— Au revoir, Kiki.

Tandis que je remontais l'allée de bitume rose, je l'ai vue dans le rétroviseur, pieds nus, cheveux blonds, qui passait à nouveau un index sur son nez, puis qui grimpait le long du mur que je l'avais aidée à descendre.

Le reste, la fin du voyage vers moi-même, c'était il y a trois heures, quatre heures, je ne sais plus. Je suis entrée dans la maison de Maurice Kaub, qui était ouverte, vide, silencieuse et familière, oui, familière au point que j'ai compris dès la porte ce que je suis. Je ne l'ai pas quittée. J'attends dans le noir, mon fusil dans les bras, allongée sur un canapé de cuir, frais à mes jambes nues — et quand la tiédeur renaît sous ma peau, je me déplace, je cherche le froid.

Quand je suis entrée, l'intérieur de cette maison ressemblait étrangement à ce qui restait dans mon souvenir — ou dans mon imagination — de la maison des Caravaille. Les lampes, le tapis aux licornes dans l'entrée, cette pièce où je me trouve, je les connaissais. J'ai vu ensuite, sur un mur, un écran de verre dépoli, et quand j'ai appuyé sur un commutateur électrique, un port de pêche est apparu, puis un autre et encore un autre : des diapositives en couleurs. J'ai deviné que c'était de l'agfacolor, parce que je fais ce cirque depuis trop longtemps pour me tromper sur la qualité d'un rouge.

La porte d'une pièce voisine était ouverte. Là, comme je m'y attendais, il y avait un lit très large, couvert de fourrure blanche, et sur le mur en face, collée sur un châssis de bois, la photo en noir et blanc d'une fille entièrement nue, une photo très belle où l'on voyait le grain de la peau. Cette fille n'était pas assise en travers d'un fauteuil, mais debout, de dos, le haut du corps et le visage tournés vers l'objectif. Ce n'était pas Anita Caravaille, ni personne sur qui me décharger de ma propre vie. C'était moi.

J'ai attendu de ne plus trembler, j'ai pris le temps — un très long temps — de changer de lunettes, avec des doigts comme paralysés, avec un poids mou, nauséeux qui chavirait et chavirait dans ma poitrine. J'ai vérifié que c'était mon cou, mes épaules, mes jambes, qu'il ne pouvait s'agir d'un montage. De cela aussi j'ai trop l'habitude pour me tromper. Et puis, c'est un sentiment d'une netteté monstrueuse, on sait bien qu'on est soi.

Je crois que je suis restée plus d'une heure, assise sur ce lit, devant cette photo, sans pouvoir penser à rien, car ensuite, j'ai dû allumer une lampe, la nuit tombait.

J'ai fait alors une chose bête, dont j'ai honte, j'ai dégrafé ma jupe en allant vers une porte où je savais trouver une salle de bains — elle n'était pas carrelée de noir comme je le croyais, mais rouge, et orangée, très grande, avec un miroir —, pour m'assurer que mon corps était bien mon corps. Une chose bête, dans le silence de cette maison vide, moi, jupe à mes pieds, culotte baissée, rencontrant tout à coup mon propre regard, que toute vie avait déserté, un regard étranger à travers des lunettes, un regard plus vide que cette maison, et pourtant moi, vraiment moi.

Je me suis rajustée, je suis retournée dans la pièce aux fauteuils de cuir noir. En passant, j'ai regardé une nouvelle fois la photo. Autant que je pouvais encore me faire confiance pour quelque chose, elle avait été prise chez moi, rue de Grenelle. J'étais à mi-chemin de mon lit et du placard à vêtements, je tournais la tête avec un sourire où il était impossible de ne pas lire de la tendresse, ou de l'amour, je ne sais pas.

J'ai allumé d'autres lampes, ouvert des meubles,

visité l'étage. Là-haut, j'ai trouvé une sorte d'atelier de photographe, et, dans un tiroir, deux autres grandes photos de moi, moins lumineuses, parmi des dizaines qui montraient, nues également, des filles que je ne connaissais pas. Sur ces deux-là, j'étais non pas vêtue, mais seulement à demi dévêtue. Sur l'une, les seins nus, j'ôtais mes bas, assise sur le rebord de ma baignoire, le regard absent. Sur l'autre, de face, visage légèrement incliné, le haut du corps couvert d'un chemisier que j'ai jeté depuis au moins deux ans, j'étais dévoilée à partir de la taille. J'ai déchiré ces deux photos en morceaux, en les tenant contre moi parce que je ne pouvais me servir de ma main gauche. Je n'ai pas pu m'en empêcher. Je crois même que cela m'a fait du bien.

Ensuite, dans d'autres chambres, j'ai ouvert des armoires, je me suis rencontrée partout. J'ai trouvé des combinaisons, un vieux pull à col roulé, un pantalon noir, deux robes qui m'appartiennent. Et puis aussi, près d'un lit défait, dont les draps étaient encore imprégnés de mon parfum, une boucle d'oreille que j'ai reconnue, des notes de mon écriture et une ceinture d'homme, en cuir, très large qui, elle, ne me rappelait rien.

J'ai ramassé tout ce qui m'appartenait — je l'ai oublié Dieu sait où en descendant —, et je suis revenue dans la pièce où je me trouve. Sur le mur en face de l'écran lumineux, il y avait un râtelier à fusils, portant plusieurs armes. J'ai remarqué alors sur le sol, au milieu de la moquette bleu marine, un grand rectangle nettement moins décoloré que le reste, comme si un tapis s'était trouvé en cet endroit et qu'on l'eût enlevé.

Sur une chaise, un costume d'homme, bleu marine également, était soigneusement déposé, pantalon en travers du siège, veston sur le dossier. J'ai tiré d'une poche du veston le portefeuille de Maurice Kaub. La photo de son permis de conduire m'a montré qu'il s'agissait bien de l'homme aux pommettes saillantes, aux cheveux lisses, qui pourrissait dans le coffre de la Thunderbird. Je n'avais aucun autre souvenir de lui et le contenu du portefeuille, que j'ai épluché soigneusement, ne m'a rien rappelé non plus.

J'avais vu un poste téléphonique dans l'entrée. J'ai pris, dans mon sac à main, le papier où j'avais noté le numéro de l'hôtel des Caravaille, à Genève. Je l'ai demandé. On m'a dit : « Comptez une heure d'attente. » Je suis sortie, je suis montée dans la voiture, et je l'ai amenée derrière la maison, près d'une espèce de grange où il y avait un tracteur, des fourches, un gros pressoir. Il faisait sombre. J'avais très froid. Je n'arrêtais pas de trembler. Pourtant, le froid m'était agréable et quelque chose de rageur, de tenace, une sorte de nerf inconnu, me tenait debout, me donnait une grande assurance dans mes mouvements. J'avais aussi, je crois, à travers la confusion d'esprit où je me trouvais, le sentiment que je réfléchissais vite, que je réfléchissais bien, c'était très étrange.

J'ai ouvert le coffre, je ne me suis pas occupée de l'odeur qu'il pouvait y avoir dedans ni de la douleur qui éclatait dans tout mon bras gauche, j'ai attrapé l'homme enveloppé dans le tapis à deux mains, et je l'ai tiré de toutes mes forces, repris, tiré jusqu'à ce qu'il puisse basculer hors de la voiture. Ensuite, je l'ai traîné dans la grange. Je l'ai laissé au fond, contre un mur, et je l'ai recouvert d'abord du tapis, puis de tout ce qui se trouvait là, de planches, de paniers en osier, d'outils. En sortant, j'ai refermé la porte à double battant, qui grinçait. Je me rappelle ce grincement et aussi que j'avais le fusil à canon noir dans la main droite, que je ne voulais pas m'en séparer même le temps de refermer la porte, que je ne voulais plus m'en séparer pour rien au monde.

Plus tard, la Thunderbird rangée à nouveau devant la maison, tout silencieux et noir dehors depuis longtemps, le téléphone a sonné. J'étais debout contre un mur, tout près de l'appareil, les yeux clos, le fusil dans mon bras gauche, attendant ma dernière chance de ne pas m'abandonner à la folie. Je n'ai eu qu'à tendre la main pour décrocher. Une voix de femme m'a dit :

— Vous avez Genève. Parlez.

J'ai dit merci. Je pouvais encore parler. Une autre voix. L'hôtel Beau Rivage. J'ai demandé si Mme Caravaille était là. Elle était là. Encore une autre voix — étonnée, vive, amicale — celle d'Anita. A ce moment, mes larmes ont recommencé de couler, j'étais secouée par un espoir — ou un besoin d'espoir — plus forcené que je n'en ai jamais ressenti.

J'ai parlé à Anita comme je l'aurais fait avant d'entrer dans cette maison, et même comme je l'aurais fait des années plus tôt, quand nous avions vingt ans, avant cette nuit de mai où je n'ai même pas essayé de l'aider alors qu'elle glissait elle-même dans une sorte de folie, avant cette aube de mai où je l'ai retrouvée chez moi, sanglotant pour la première fois sous mes yeux, dégrisée, brisée de dégoût, cette aube où j'ai refusé la moindre responsabilité dans ce qu'elle avait accepté — « Mais pourquoi m'as-tu laissée, disait-elle sans fin, comme une litanie, pourquoi m'as-tu laissée ? » — où je n'ai même pas eu le courage de l'entendre, où je l'ai frappée à tour de bras pour qu'elle se taise, et jetée dehors.

J'ai dit à Anita, qui ne comprenait rien à ce que je racontais, qui me faisait répéter trois fois les mêmes phrases, que j'avais gardé sa Thunderbird depuis que j'étais venue travailler chez elle, villa Montmorency. Elle n'avait pas de Thunderbird. Elle ne savait même pas ce que c'était, elle n'arrivait même pas à entendre le mot dans l'appareil. Ce qu'elle entendait, c'était mes sanglots, elle disait : « Mon Dieu, Dany, mais où es-tu, Dany, qu'est-ce qui t'arrive ? » Elle ne m'avait pas vue depuis cette semaine avant Noël où nous nous étions disputées, dans un café de la place de l'Opéra. Elle n'avait jamais habité villa Montmorency — « Mon Dieu, Dany, mais c'est une farce ? Dis-moi que c'est une farce ! Tu le sais bien où j'habite ! » Elle habitait avenue Mozart, avenue M.O.Z.A.R.T, et d'ailleurs, si Michel Caravaille m'avait emmenée taper à la machine chez eux, elle m'aurait vue, elle le saurait — « Je t'en supplie, Dany, dis-moi ce qui se passe. »

Je crois qu'à travers mes larmes, à travers les hoquets qui m'empêchaient de répondre, j'ai ri. Oui, j'ai ri, c'était une sorte de rire. Elle était maintenant bouleversée, elle répétait : « Allô ! Allô ! », j'entendais sa respiration précipitée à l'autre bout du fil.

— Où es-tu Dany ? Mon Dieu, je t'en supplie, dis-moi au moins où tu es !

— A Villeneuve-lès-Avignon. Écoute, Anita, je

t'expliquerai, ne te fais pas de souci — je crois que ça va passer, je...

— Où dis-tu, où ?

— A Villeneuve-lès-Avignon, dans le Vaucluse. Dans une maison.

— Mon Dieu, mais comment — Dany, quelle maison ? Avec qui es-tu ? Comment sais-tu que je suis à Genève ?

— J'ai dû l'entendre au bureau. Je ne sais plus. J'ai dû l'entendre.

— Dis-moi s'il y a quelqu'un avec toi, passe-le-moi.

— Non, il n'y a personne.

— Mais mon Dieu, tu ne peux pas rester seule, pas comme ça ! Je ne comprends pas, je ne comprends pas, Dany.

Je percevais bien qu'elle aussi pleurait à présent. J'ai essayé de la rassurer, de lui dire que j'allais déjà mieux d'avoir entendu sa voix. Elle m'a dit que Michel Caravaille rentrait à l'hôtel d'une minute à l'autre, qu'il saurait ce qu'il fallait faire, qu'ils allaient me rappeler. Elle prendrait un avion, elle viendrait me rejoindre. J'ai dû lui promettre que je ne bougeais pas, que j'attendais qu'ils me rappellent. Je n'avais pas du tout l'intention d'attendre qui que ce fût, mais je l'ai promis, et, quand j'ai raccroché, j'ai pensé avec un réel soulagement que, dans son inquiétude, elle ne m'avait pas demandé le numéro de téléphone de la maison et qu'elle ne saurait pas où me retrouver.

La porte du vestibule, un rectangle lumineux. Moi dans le noir. Le temps s'est distendu comme un ressort usé. Je sais que le temps peut se distendre, je le sais bien. Quand j'ai eu cette perte de conscience, à la station-service de Deux-Soirs-lès-Avallon, combien cela a-t-il duré ? Dix secondes ? Une minute ? Cette minute a été assez grande pour que la réalité se perde dedans.

Oui, c'est là, quand j'ai repris mes esprits, à genoux sur le carrelage, que le mensonge a commencé. Je suis née pour le mensonge. Il fallait bien qu'un jour j'en arrive à me prendre moi-même au plus abominable.

La réalité ? Moi, Dany Longo, j'ai poursuivi un amant qui m'abandonnait. Je l'ai menacé dans un télégramme. J'ai pris un avion trois quarts d'heure après lui. Je l'ai rejoint ici, dans cette maison, alors qu'on venait de lui rendre sa voiture laissée en réparation dans un garage. Au cours de la dispute qui a suivi, j'ai décroché un des fusils pendu au râtelier qui se trouve dans cette pièce. J'ai tiré trois balles sur cet homme, dont deux l'ont atteint en pleine poitrine. Ensuite, épouvantée, je n'ai eu qu'une idée : emmener loin de là le cadavre, le cacher, le faire disparaître. Je l'ai traîné jusque dans le coffre de la voiture, enveloppé dans un tapis, j'ai roulé toute la nuit, dans une sorte d'état second, le long des nationales vers Paris. J'ai essayé de dormir quelques heures dans un hôtel de Chalon-sur-Saône. J'ai été arrêtée par un motard pour un défaut d'éclairage. J'ai oublié mon manteau, dans un café, près de l'autoroute d'Auxerre. C'est de ce café certainement que j'ai appelé Bernard Thorr. Puis, j'ai dû changer d'avis, parce que je ne savais comment me débarrasser du cadavre et que de toute manière, quand on le découvrirait, il ne serait pas difficile d'arriver jusqu'à moi. J'ai fait demi-tour, rendue à moitié démente par la fatigue et la frayeur. J'étais déjà blessée à la main gauche. C'est probablement au cours de la dispute avec ma victime que je me suis blessée. Je suis revenue à la station-service où j'étais passée le matin, peut-être sans raison, comme une sorte d'automate qui recommence sans fin le même chemin, qui n'en peut plus sortir. Là, devant un robinet de lavabo qui coulait, quelque chose, brusquement, a cédé en moi, je me suis évanouie. Alors, le mensonge a commencé.

Quand j'ai rouvert les yeux — dix secondes, une minute plus tard ? — je n'avais plus en tête que les alibis que je m'étais fabriqués durant la nuit. J'ai dû vouloir avec tant de force, avec tant de désespoir que la réalité ne soit pas vraie qu'elle ne l'a plus été pour moi. Je me suis raccrochée à une histoire insensée, inventée de toutes pièces. Je mélangeais des détails imaginaires avec ceux de la réalité : l'écran lumineux, le lit de fourrure blanche, cette photo de femme nue existaient bien. Je comblais avec une logique de cauchemar le vide où j'avais fait disparaître Maurice Kaub et tout ce qui se rattachait à lui. Une fois encore, devant un événement trop lourd pour moi, je choisissais la fuite, mais parce qu'il n'y en avait pas d'autre possible, c'était une fuite en dedans.

Oui, je le sais, tout cela me ressemble.

Qui était Maurice Kaub ? Pourquoi n'ai-je encore aucun souvenir de lui, si à présent j'accepte l'idée que tout cela est arrivé ? Sur l'une des photos de moi que j'ai déchirées là-haut, je portais un chemisier que je n'ai plus depuis deux ans. Maurice Kaub me connaissait donc depuis plus longtemps encore. Je suis sans doute venue plusieurs fois dans cette maison : les vêtements que j'y ai laissés, les paroles de la jeune fille blonde qui habite de l'autre côté de la route me le prouvent. Et si j'ai permis à cet homme de prendre de telles photos de moi, c'est bien que j'avais avec lui une intimité qu'on ne peut pas, purement et simplement, gommer de son esprit, de sa vie. Je ne comprends pas.

Mais comprendre quoi ? Je sais que la folie existe. Je sais que les fous ne savent pas qu'ils le sont. C'est tout. Mes connaissances se bornent à la lecture en diagonale de quelque hebdomadaire féminin, à un cours de mon programme de philo que j'ai depuis longtemps oublié. Je suis incapable de m'expliquer par quelle aberration mentale j'en suis venue là, mais ce que j'imagine des faits ne peut plus être très éloigné de la vérité.

Qui était Maurice Kaub ?

Il faut que je me lève, que j'allume les lampes, que je fouille soigneusement cette maison.

La fenêtre. J'écarte les rideaux de la fenêtre. Le sentiment d'être soudain plus vulnérable : j'ai laissé le fusil sur le canapé. C'est absurde, qui pourrait venir à cette heure ? Il fait nuit dehors, une nuit claire, trouée de lumières paisibles. D'ailleurs, qui me recherche ? Je suis la seule à me rechercher. Zurich. Tout ce blanc. Voilà. Je voulais mourir aussi. J'ai dit au docteur : « Tuez-moi, je vous en prie, tuez-moi. » Il ne l'a pas fait. On ne peut pas traîner avec soi, pendant des années, la certitude de sa culpabilité sans finir par s'y complaire, par devenir folle. C'est cela certainement.

Quand Maman-Sup est morte, j'ai été prévenue trop tard, je n'ai pu arriver à temps pour les obsèques, et une sœur m'a dit : « Il y avait d'autres anciennes à prévenir, vous n'êtes pas unique. » J'ai cessé ce jour-là d'être unique pour quelqu'un, je ne l'ai jamais plus été pour personne. Et pourtant j'aurais pu l'être pour un petit garçon. Je ne sais pas pourquoi — les docteurs ne m'ont rien dit — mais j'ai toujours été sûre que l'enfant que je devais avoir était un garçon. J'ai un portrait de lui dans le cœur, comme s'il continuait de grandir. Maintenant, il a trois ans et cinq mois. Il aurait dû naître en mars. Il a les yeux noirs de son père, sa bouche, son rire, et mes cheveux blonds, et mes deux dents écartées, au milieu de la rangée du haut. Je sais comment il marche, comment il parle, je n'arrête pas, je n'arrête pas de le tuer.

Je ne peux pas rester seule.

Il faut que je sorte, que je fuie cette maison. Mon tailleur est sale. Je reprendrai mon manteau, que Jean Le Gueven doit apporter. Le manteau cachera que je suis sale. Je garderai la voiture. J'irai droit vers la frontière italienne ou espagnole, je quitterai ce pays, j'emploierai ce qui me reste d'argent pour aller plus loin. Passe de l'eau sur ton visage. Maman-Sup avait raison, j'aurais dû prendre tout l'argent que je pouvais à la banque, j'aurais dû fuir tout de suite. Maman-Sup a toujours raison. Je serais déjà tirée d'affaire à cette heure-ci. Quelle heure est-il ? Ma montre est arrêtée. Coiffe-toi.

Dehors, quand j'allume les feux de la Thunderbird, il est dix heures et demie passées au tableau de bord. Sourire-Gibbs doit m'attendre. Je sais qu'il m'attendra. Je roule sur le bitume de l'allée. Le portail est resté ouvert. Les lumières d'Avignon en bas. Des échos de la fête dans le souffle qui m'enveloppe. Le cadavre n'est plus dans la voiture, n'est-ce pas ? Non, le cadavre n'est plus dans la voiture. Faut-il un passeport pour franchir la frontière d'Espagne ? Rouler jusqu'en Andalousie, prendre un bateau pour Gibraltar. De jolis noms, une vie nouvelle, loin. Cette fois, c'est moi-même que j'abandonne. Pour toujours.

Il est là. Il porte un blouson de cuir sur sa chemise. Il est assis à l'intérieur de la brasserie, devant une table de marbre. Il a posé un paquet entouré de papier brun sur la banquette. Son sourire, tandis qu'il me regarde approcher à travers la salle. Ne plus inquiéter personne. Tenir bon.

— Vous n'avez pas fait changer votre pansement ?

— Non. Je n'ai pas trouvé de médecin.

— Qu'est-ce que vous avez fait ? Racontez-moi. Vous êtes allée au ciné ? C'était bien ?

— Oui. Et puis j'ai fait un tour, je me suis promenée en ville.

Je tiens bon. Lui, il a chargé cinq tonnes de primeurs avec Petit Paul. Les touristes allemands qui rapportaient le manteau l'ont amené en voiture jusqu'ici, devant la gare. Il a pris leur adresse pour pouvoir leur faire « une bonne manière » un de ces jours. Ils allaient en Corse. C'est chouette, la Corse, un tas de plages. Il m'observe avec des yeux confiants, assis en face de moi. Il a un train à onze heures cinq, il rejoindra Petit Paul à Lyon. Ça ne lui laisse malheureusement qu'un quart d'heure.

— Vous vous êtes donné beaucoup de mal.

— Si je ne voulais pas, je n'avais qu'à ne pas le faire. Au contraire, je suis très content de vous revoir. A Pont-Saint-Esprit, vous savez, en coltinant mes caisses, j'ai pas beaucoup arrêté de penser à vous.

— Je vais mieux à présent. Tout est bien.

Il fait la grimace, boit une gorgée de bière. Il me demande de venir m'asseoir près de lui, sur la banquette. Là, il pose une main sur mon bras gauche, le presse doucement à travers la manche de ma veste.

— Vous avez bien des amis, quelqu'un que vous puissiez avertir ?

— Avertir de quoi ?

— Je ne sais pas. De tout ça.

— Je n'ai personne. Le seul que je voudrais appeler, je ne peux pas, ce n'est pas possible.

— Pourquoi ?

— Il a une femme, une vie. Je me suis juré il y a déjà longtemps de le laisser tranquille.

Il défait le paquet qu'il a apporté, il me donne mon manteau blanc, soigneusement plié. Il me dit :

— Ils se sont peut-être emmêlé les pattes, vos souvenirs de samedi, c'est des choses qui arrivent quand on est fatigué. Moi, une fois, après avoir dormi deux heures, au lieu d'aller vers Paris, je suis revenu en sens inverse. J'étais avec Baptistin, à ce moment-là. Quand il s'est réveillé, lui, dans la couchette, j'avais déjà roulé cent kilomètres. Et je lui soutenais mordicus que le voyage, on l'avait déjà fait. Encore un peu, il me casse le nez pour me remettre les idées en place. Vous voulez boire quelque chose ?

Je ne veux rien boire. Je retrouve dans les poches de

mon manteau le billet d'avion Air-France, mon petit éléphant articulé rose bonbon, cinq cent trente francs dans une enveloppe de paye, la facture du garage d'Avignon, divers papiers qui m'appartiennent. Sourire-Gibbs m'observe et quand je lève les yeux vers lui, pour le remercier, pour lui dire que tout cela est bien à moi, je lis dans les siens une amitié inquiète, attentive. C'est à ce moment qu'à travers le brouhaha de la brasserie, à travers le vacarme de mon cœur, s'élève à nouveau, terrible, merveilleuse, la voix de Maman-Sup.

Et Maman-Sup me dit que je n'ai pas tué Maurice Kaub, que je ne suis pas folle, oh non, Dany, que j'ai réellement vécu ce que je croyais, que c'est bien le premier soir de ma vie que je me trouve dans cette ville où tout, soudain, me semble s'illuminer, où éclatent les orchestres. La vérité de ce week-end m'apparaît si brusquement que j'en tremble. Mes idées s'enchaînent si vite que je dois en être transfigurée. Sourire-Gibbs s'étonne, heureux lui aussi :

— A quoi vous pensez, dites ? Qu'est-ce qui vous fait plaisir comme ça ?

Et je ne sais pas comment le lui dire. Alors, je l'embrasse vivement sur la joue, et je prends sa main avec ma main bandée, et je la serre à me faire mal. Mais je n'ai pas mal. Je suis bien. Je suis délivrée. Ou presque. Mon sourire se fige. Quelque chose surgit dans mon esprit, aussi aveuglant que le reste : on me suit, on m'épie en ce moment, il faut qu'on m'ait suivie depuis Paris pour que tout se tienne.

« Dany, mon petit, me dit Maman-Sup, il y a une

chance qu'on t'ait perdue, sinon tu serais déjà morte. C'est ta mort qu'on veut, tu ne comprends donc pas ? »

Il faut que j'éloigne Sourire-Gibbs.

— Allons-nous-en, voulez-vous. Je vous accompagne. Vous allez manquer votre train.

Mon manteau, qu'il m'aide à passer. Mon sac à main que j'ouvre pour bien m'assurer que je ne me trompe pas. Non, à présent, je ne me trompe pas. Une peur nouvelle. Dehors, Sourire-Gibbs m'entoure de son bras avec confiance et l'idée me suit que je lui fais courir le même risque qu'à moi. Je ne peux m'empêcher de me retourner. D'abord vers la Thunderbird rangée près de la brasserie, puis vers cette longue rue, au-delà des murs, que j'ai remontée cet après-midi et qui est maintenant toute constellée de lumières.

— Qu'est-ce qu'il y a ?

— Rien. Je regardais. Rien.

Il sent que je passe mon bras gauche autour de sa taille, il rit. Le hall de la gare. Un billet de quai. Un tunnel souterrain. Le quai. Je me retourne à chaque instant. Des voyageurs inconnus, des visages fermés sur leurs propres soucis. Le train de Sourire-Gibbs annoncé dans un haut-parleur. Au loin, la musique d'un bal. Il me tient devant lui, par les bras. Il me dit :

— Vous savez ce qu'on va faire ? Demain soir, je serai à Paris, dans un hôtel où je vais toujours, rue Jean-Lantier. Je veux que vous me promettiez de me téléphoner.

— Je vous le promets.

— Vous avez ma casquette ?

Elle est dans mon sac. Il écrit au stylo-bille, sur le rebord intérieur, un numéro de téléphone et il me la rend. Puis, alors que le train arrive en sifflant derrière moi, roule le long du quai dans un vacarme à crever les tympans, il dit quelque chose que je n'entends pas, il secoue la tête, me prend par les épaules, les serre fort dans ses grandes mains. Voilà. Tandis qu'il sort de ma vie, penché à une portière pour me faire un dernier signe du bras, brun, souriant comme je l'aime, déjà loin, déjà perdu, je me rappelle la promesse que je m'étais faite de les aider, lui et son copain Laventure, à devenir milliardaires. « Ne perds pas cette casquette, me dit Maman-Sup. Et puisque tu tiens à détruire ce qu'on a monté contre toi, fais-le vite. »

Sur le trottoir, devant la gare, je commence par le billet de cet avion que je n'ai jamais pris. Je le déchire en petits morceaux, tout en examinant la place alentour. Je me répète, pour me rassurer, qu'on a dû perdre ma trace depuis longtemps, mais je suis certaine du contraire. Je peux même sentir sur moi le poids d'un regard immobile, impitoyable.

La Thunderbird, une fois encore, une dernière fois.

« Ne retourne pas là-bas », supplie Maman-Sup. Je roule à travers des rues illuminées, autour des places en fête. Il faut que je demande à nouveau mon chemin pour Villeneuve. Dans le rétroviseur, j'observe les voitures derrière moi. La foule, la musique me tranquillisent. Tant que je suis parmi les autres, je ne cours aucun danger, j'en suis sûre.

Le bal aussi à Villeneuve. Je m'arrête au bar-tabacs de tout à l'heure. J'achète une grande enveloppe de papier bulle, un timbre-poste. Je reviens à la voiture pour écrire, dans le tintamarre de la fête, les quelques mots qui seront nécessaires si je meurs. Je cachette l'enveloppe et je l'adresse à moi-même, rue de Grenelle. Je la mets dans une boîte aux lettres, sur la place. J'ai peur, mais personne ne me suit à travers la foule.

La longue route de l'Abbaye. Maintenant, de virage en virage, je peux voir deux phares derrière moi. Le portail toujours ouvert. Je stoppe dans l'allée. J'éteins mes feux. Les phares passent, s'éloignent. J'attends que mon cœur se calme. Je repars. Je stoppe devant la maison obscure. Je vérifie que je ne laisse rien à moi dans le cabriolet. J'essuie soigneusement le volant et le tableau de bord avec mon foulard. Je quitte Oiseau de Tonnerre comme je l'ai pris à Orly, avec une appréhension qui me serre la gorge, qui ralentit tous mes mouvements. « Ne rentre pas, Dany, ne rentre pas », supplie Maman-Sup. Il faut que je le fasse, que je détruise au moins cette photo laissée au mur, que je reprenne au moins mes vêtements. La porte. J'allume une lampe dans le vestibule. C'est mieux déjà. La porte refermée. Je m'accorde cinq minutes pour tout remettre en ordre et ressortir. Je respire.

Je suis sur le seuil de la pièce au canapé de cuir quand j'entends bouger. Je ne hurle pas. Même si je le voulais, aucun son ne sortirait de ma bouche. La lumière est dans mon dos. Je suis devant un grand trou noir. « Le fusil ! dit Maman-Sup. Tu as laissé le fusil sur le canapé. S'il était dans l'obscurité, il ne l'a pas remarqué encore. » Je reste paralysée, muette, avec des jambes de plomb. Un autre bruit, plus près. « Dany, Dany, le fusil ! » crie en moi Maman-Sup. J'essaie désespérément de me rappeler la place du canapé dans la pièce. Je laisse tomber mon sac à terre pour libérer ma main valide. Il y a soudain un souffle tout à côté de moi, une sorte de halètement éperdu. Il faut que j'atteigne...

Le fusil

Je suis monté dans ma voiture. Je suis allé villa Montmorency. Je ne connaissais pas cette maison. Anita m'a ouvert. Elle pleurait. Elle m'a dit qu'elle avait tiré des coups de carabine sur un homme. Elle m'a dit qu'il vivait peut-être encore. Elle n'avait pas eu le courage de regarder. Je suis descendu au sous-sol. C'était une cave aménagée en salle d'armes. Il y avait des cibles en liège. Mes pas étaient lourds. Je suis un homme lourd. Je vais comme je parle, obstinément. Le monde prend cela pour de l'assurance. Ce n'est que le rythme de mon sang dans mes veines.

J'ai vu l'homme étendu et la carabine près de lui. Je connais bien les armes. Autrefois, j'étais bon chasseur. C'était une Winchester à répétition, de calibre 7.62, à canon rayé. La vitesse initiale des balles est de plus de 700 mètres-seconde. Il ne pouvait plus être vivant. Si l'un des deux coups qu'il a reçus l'avait touché à la tête, il n'aurait plus de tête.

Je me suis d'abord penché sur la carabine. J'ai perdu tout espoir de retrouver une vie normale. Je ne sais plus ce qui est normal. Si Anita s'était servie d'une arme

257

automatique, j'aurais appelé aussitôt la police. Nous aurions fait croire à un accident. Sur la Winchester, un levier de sous-garde actionne la culasse. Il faut le faire aller-venir entre chaque coup. Vous avez dû voir cela dans les westerns, Dany. Vous avez dû voir le beau type du film descendant sa brochette de Peaux-Rouges. C'est parce qu'elle l'a vu aussi qu'Anita, probablement, a pu manier ce levier. Elle avait tiré trois fois. Personne ne croirait à un accident.

J'ai examiné l'homme. Je le connaissais. Il s'appelait Maurice Kaub. Je l'avais rencontré plusieurs fois chez des gens. Il avait deux blessures en pleine poitrine. J'ai ouvert sa robe de chambre pour les voir. Elle avait tiré à bout portant. J'ai levé les yeux et j'ai trouvé le point d'impact de la troisième balle. C'était une simple rayure noire sur le mur de béton à côté de lui. Je suis allé ramasser un morceau de plomb écrasé dans un coin de la salle. Je l'ai mis dans ma poche.

Anita pleurait toujours, avec des hoquets bêtes. Je lui ai demandé pourquoi elle avait tué cet homme. Elle m'a dit qu'il ne voulait plus d'elle, qu'il était son amant depuis plusieurs années. Elle l'avait connu avant notre mariage. Je l'ai frappée à la face. Elle a été projetée contre un mur. Elle secouait la tête dans un bouillonnement de robe rouge et de jupon. J'ai vu ses cuisses ouvertes sur un bout de culotte. J'ai eu plus de rage encore. Je l'ai attrapée par les cheveux et par le haut de sa robe. Je l'ai remise debout et frappée. Elle m'a dit je t'en supplie. Je l'ai relevée à nouveau et frappée de ma main ouverte. Je suis resté longtemps à la regarder à mes pieds, son front contre le sol. Elle continuait de pleurer à travers son étourdissement. Je l'ai prise par les aisselles et forcée à monter l'escalier. Du sang coulait de son nez. Je l'ai soutenue jusque dans la pièce où vous avez tapé à la machine. Je l'ai poussée dans un fauteuil. J'ai ouvert la porte de la chambre voisine pour chercher de l'eau. J'ai vu sur un mur la photo d'Anita nue. J'ai pleuré debout contre ce mur. Je pensais à ma petite fille. Ma vie commence et finit à ma petite fille. Il faut que vous me compreniez, Dany. Depuis qu'elle est née, je connais enfin un attachement sans frontière, sans partage, totalement fanatique, je sais ce qu'est l'absolu. C'est d'abord pour protéger ma fille que j'ai décidé de vous tuer. Toute autre explication ne vaut rien sans celle-là.

Le reste tient à ce que je sais de vous. Je vous observe depuis plus longtemps que vous ne devez le penser. Je vous observe depuis le jour où je vous ai vue pour la première fois, à l'agence, quand vous avez signé votre engagement. J'ai le souvenir, peut-être faux, que vous portiez une robe d'un jaune très clair, qui était comme votre chevelure. Je vous trouvais belle, émouvante même. Je vous haïssais. Je suis un cocu très au courant, Dany. Je n'ignore rien des défoncements de ma femme, avant son mariage, dans ce petit appartement de la rue de Grenelle où je suis monté l'autre soir. Je n'ignore rien des garçons plus élancés, plus beaux que moi, pour qui elle a écarté les jambes, ni même qu'à l'occasion, ils ont été deux sur votre lit à s'amuser d'elle et à lui tirer des cris que je ne sais pas obtenir. Cette dernière ignominie, elle ne me l'a avouée que plus tard, sous les taloches, comme elle finit toujours par m'avouer tout. Mais je savais votre complaisance à lui prêter votre appartement et à la laisser se dégrader. Je n'en détestais que davantage votre allure de grande fille saine qui se tient droite. Pour moi, vous étiez le rappel constant de ce que je souhaitais oublier, vous faisiez partie des songes monstrueux de la jalousie. Vous étiez un monstre.

Je vous regardais toujours à la dérobée, Dany. Je vous regardais furtivement mais avidement. Je regardais bouger votre main gauche. J'ai toujours pensé que les gauchers sont fous et méchants et dissimulés, comme ceux qui se rongent les ongles. Vous deviez penser, devant moi, avec un prodigieux rire intérieur, à tous ces salauds qui sont entrés dans le ventre d'Anita, qui l'ont courbée devant eux pour d'autres souillures. C'est moi qui devenais fou. Elle me trompait sans doute encore et vous deviez le savoir. Elle avait dû vous dire les dégoûtations auxquelles le monde se livre et que je ne suis qu'un gros pataud à l'érotisme élémentaire. Je n'avais aucune prise sur vous mais j'aurais voulu que vous soyez souillée aussi, et détruire la splendide ordonnance de vos traits, de votre parole, de votre démarche.

L'an dernier, j'ai appris l'ignoble aventure qui balayait tout le reste. Nous avions rencontré, Anita et moi, très tard dans un restaurant, un jeune homme de son âge, aussi fragile, aussi imbu de lui-même qu'ils le sont tous. Je hais les jeunes gens depuis que je possède Anita. Je les écraserais dans mes deux mains, sans remords, si l'on me laissait l'impunité de mes actes. Tous. Ou je les forcerais à être traités en filles par d'autres hommes. Rien ne me réjouit comme d'apprendre d'un acteur, qu'Anita ou la plus stupide dactylo de l'agence trouve irrésistible, qu'il est une pauvre tante.

Je me persuade que pour faire ce métier, pour se donner en pâture avec tant de complaisance, tous doivent l'être. Anita est devenue livide en voyant ce garçon. La main qu'elle lui a tendue, les quelques mots qu'elle lui a dits tremblaient. Nous avons commencé de souper. Je le voyais dans un groupe, à une autre table, rire, s'agiter, lancer parfois un regard furtif vers nous, vers Anita. J'ai payé ce que nous n'avions pas encore mangé. J'ai entraîné Anita dans la voiture, garée rue Quentin-Bauchard, presque en face de ce cinéma où nous venions de voir un film gai pour gens tristes, et je l'ai battue. Elle m'a avoué cette soirée d'avant notre mariage où elle avait bu avec deux garçons — dont celui du restaurant — et vous. Elle m'a dit qu'après minuit, en sortant d'une boîte, vous êtes tous allés chez vous prendre un dernier verre. Elle m'a dit qu'à un certain moment, déjà troussée, elle embrassait l'un des deux salauds — l'autre — pendant que celui-là s'efforçait d'en avoir autant de vous. Elle m'a dit que vous l'avez insultée, elle, que vous vous êtes enfuie de votre propre appartement, en l'abandonnant là. Elle répétait, en pleurant, et je la savais sincère : « Je n'avais plus ma tête, je n'avais plus le sentiment de ce que je faisais. Dany, elle ne boit pas, elle ne fait pas l'amour, elle se rengorge de n'avoir pas de défaut, ni besoin de personne, elle te lâche à la première occasion. Elle n'a pas pensé une seconde à moi, tu comprends, elle est partie, et moi, j'étais saoule, j'étais saoule. » J'ai mis Anita dans un taxi. Je suis retourné au restaurant. Ce garçon y était toujours. Je l'ai attendu dehors, et suivi plus tard le long des Champs-Élysées, marchant de mon pas à cent mètres de lui, qui ne me voyait pas, qui était avec une fille blonde, énamourée comme vous l'êtes toutes. Il l'a emmenée chez lui à pied, dans la rue La Boétie. Ils s'arrêtaient souvent pour rire devant une vitrine éteinte ou s'embrasser comme des cochons sous le regard des derniers passants. Je les ai rejoints dans le couloir de l'immeuble où ils sont entrés. Je l'ai frappé lui, d'abord, puis elle, qui n'a pas eu le temps de revenir de sa surprise ni de crier. Je l'ai soulevée dans mes bras, évanouie, et je l'ai poussé, lui, qui titubait, dans l'escalier. Je lui ai juré de l'étrangler s'il appelait à l'aide. Il m'a fait entrer, éperdu de frayeur, dans un grand appartement du premier étage. J'ai déposé la fille blonde par terre et fermé la porte. J'ai frappé à nouveau le garçon, qui commençait à discuter. Je l'ai tenu par le devant de son veston déchiré, contre un mur, et je l'ai frappé à tour de bras, main ouverte. Puis, à moitié inconscient, je l'ai déculotté en lui arrachant du même coup son pantalon et l'étoffe fleurie de son caleçon, je l'ai emporté avec moi dans une autre pièce, à la recherche d'un instrument pour l'humilier plus encore, sous les yeux de son amie. Je crois qu'il me suppliait en disant monsieur, je crois qu'il n'avait ni courage ni la moindre réaction de défense, que c'était une larve abjecte, et que c'est cette abjecte faiblesse qui a éteint ma fureur. Je l'ai jeté sur une chaise, dans une cuisine. J'ai redressé son visage par le menton, dans ma main. Le sang coulait de ses oreilles et de son nez. Je lui ai parlé. Je ne sais pas ce que je lui ai dit. De toute manière, il ne pouvait pas entendre. Personne ne peut entendre. Je suis revenu vers la fille dans l'autre pièce. Elle aussi disait monsieur. Je lui ai fermé la bouche de ma main gauche, et je lui ai arraché tout le devant de ses vêtements, debout contre le même mur où j'avais assommé son amoureux. Elle me regardait tout près, avec des yeux démesurés, emplis de larmes. Elle était douce et morte de peur comme une enfant. Je l'ai lâchée, Dany. Personne ne peut entendre. Je ne sais comment, je me suis retrouvé dans ma voiture, rue Quentin-Bauchard, pleurant dans mes bras, sur mon volant. Je n'ai pleuré que deux fois depuis mon adolescence. Ce soir-là et vendredi dernier, à côté de cette photo immonde de ma femme. Pouvez-vous entendre, Dany ?

J'ai su cette même nuit votre voyage à Zurich et d'autres trahisons d'Anita depuis notre mariage. Cependant, elle ne m'a pas parlé de Kaub. Je suis resté seul longtemps devant ma petite fille endormie. Puis je me suis matraqué avec des somnifères, j'ai dormi d'un sommeil empli d'elle, sur le sol, près de son berceau. Le lendemain, j'ai fait ce qu'il fallait pour rencontrer, dans un café à côté de chez lui, le garçon que j'avais battu. Il était boursouflé de coups mais il pérorait devant un vilain jus de tomates, car il savait que c'était moi maintenant qui le craignait. Je lui ai signé un chèque. Il m'a dit que j'étais fou, qu'on devrait m'enfermer. Il riait entre deux morceaux de sparadrap. Je me suis abaissé à lui demander sa version de cette soirée de mai. Le plus horrible c'est qu'il n'en avait qu'un souvenir troué de vide, sans intérêt pour lui. Il disait qu'en définitive, je le payais pour avoir baisé ma femme. Il se demandait à voix haute s'il devait partager l'argent avec son copain.

Tout le reste du jour, je n'ai pu penser une seconde à

mon travail. Je ressassais, transpirant des pieds à la tête, les aveux d'Anita. Il y figurait un garçon au moins que je connaissais, que j'avais la possibilité de punir. Vous rappelez-vous ce dessinateur brun, à l'allure de torero, qui s'appelait Vitta, Jacques Vitta, et qui a quitté notre agence peu de temps après un accident de voiture ? La vérité, c'est que je l'ai attendu à son tour, ce soir-là, devant le grand ensemble où il habitait, à Bougival. D'abord, il était sept heures, le soleil couchant flamboyait sur la Seine. Des enfants, trois ou quatre, sont venus jouer près de moi. J'ai ramassé leur balle. J'ai parlé avec eux. Puis j'étais seul, les heures ont passé. Je fumais, je marchais à l'écart d'une ligne de réverbères. Il était plus de minuit quand Vitta est arrivé dans sa 2 CV, seul, et s'est rangé dans un parking. Quand il m'a vu approcher, il a compris tout de suite ce que je faisais là. Il ne voulait pas sortir de sa voiture, il s'accrochait désespérément à sa portière. Alors, j'ai attrapé à deux mains la 2 CV et je l'ai renversée. Des fenêtres, dans les immeubles voisins, se sont ouvertes. Des voix ont parlé dans la nuit. J'ai tiré Vitta au-dehors, qui était beaucoup plus fier que l'autre salopard, qui essayait de me porter des coups au bas-ventre, et je l'ai battu, relevé, battu à grandes claques, sur une pelouse, jusqu'à ce que je comprenne que j'allais le tuer. Je suis rentré chez moi. Cette nuit-là encore, j'ai dormi sur le sol, près de ma petite fille. Deux ou trois jours plus tard, j'ai reçu Vitta dans mon bureau, qui m'apportait sa démission. Lui a refusé mon chèque. Il m'a fait payer une portière, une aile de 2 CV, pas les coups. Il était allé cinq ou six fois avec ma femme dans un hôtel de la rue de Passy. Il a fait un geste obscène en me disant qu'il avait usé d'elle comme d'une pute, qu'il n'en voulait même plus. M'entendez-vous, Dany ?

Plus que n'importe qui, ensuite, c'est vous que je haïssais. Je m'efforçais de ne plus vous toucher des yeux pendant les réunions du lundi matin. Je me suis appliqué quelque temps à l'idée de vous renvoyer. Deux considérations m'ont arrêté : il me fallait, pour prétexte auprès de vos camarades, une faute professionnelle que vous ne pouviez pas vraisemblablement commettre ; ensuite, vous seriez aussitôt entrée dans une autre agence, je vous aurais retrouvée sur mon chemin, montée en grade, avec plus de pouvoir sur la vie que vous n'en avez aujourd'hui. J'ai choisi d'attendre.

Les mois ont passé. Je surveillais Anita, je croyais la surveiller bien. Je croyais que les quelques jours que je vous ai dits l'avaient guérie de nous faire du mal. Je l'aimais. Je l'ai toujours aimée. Je sais ce qu'on s'imagine, à l'agence. Qu'elle a voulu, dès son entrée, se faire engrosser et épouser par le patron. Rien n'est plus faux, Dany. Elle n'avait besoin de personne pour obtenir la fortune et la position dans le monde qu'elle souhaitait. Au contraire, elle refusait mes avances, je ne l'intéressais pas. Elle est sortie avec moi, quelquefois. Je l'emmenais dîner. Je lui parlais de mon enfance, de la crainte qu'avaient de moi les autres gamins, j'essayais de l'impressionner par des souvenirs qui mettaient en étalage ma force physique. Elle me trouvait simplement trop grand, trop gras, elle bâillait. Quand nous sortions du restaurant, qui ne lui donnait aucun plaisir, je ne savais plus que faire. Je ne sais pas danser, je ne connais aucun des endroits à la mode. Je la ramenais chez sa mère, boulevard Suchet. Ensuite, je ramassais n'importe quelle autre fille monnayable pour me passer l'envie que j'avais d'elle. Je veux que vous m'entendiez. La première fois que je l'ai possédée, ç'a été de force, un samedi après-midi où nous étions venus travailler seuls à l'agence. Rien ne m'a mieux réussi puisque Michèle a été conçue ce jour-là et que j'ai épousé Anita huit mois plus tard. Je sais qu'au moins avant notre mariage, elle avait une sorte d'attirance amoureuse pour moi, même si ce n'était que cette obscénité de découvrir qu'un homme de ma taille, de mon poids, est différent des autres par tout le corps. Les premiers temps, quand je la recevais chez moi, elle se déshabillait avec des mouvements fébriles, hésitants, et je ne sais ce qui l'agitait le plus par avance, de la douleur ou du plaisir. Autant elle était vive, assurée le reste du jour, et montrant à l'évidence un rare instinct de domination, autant étaient naïfs et maladroits ses manèges pour se retrouver avec moi dans l'inconfort et la soumission brutale de notre première étreinte. Tout le malheur d'Anita est là. Elle est désespérément attirée vers ce qui la brise. Le secret de son attachement à Maurice Kaub c'est qu'il pouvait la briser sans fin, l'effrayer, la plier à des actions qu'elle ne voulait pas — vos photos, Dany, ne sont qu'un faible exemple — il n'était rebuté par rien pour la tenir en son pouvoir. Une nuit, moi aussi, elle m'a donné dans l'amour une ceinture, avec de pauvres mots pour m'expliquer qu'il fallait que je la batte sans me soucier de ses cris, ou alors que je la tue, parce qu'il n'y avait pas d'issue dans son labyrinthe. Et moi, je ne pouvais pas la suivre, je ne pouvais pas m'accommoder de ce que je ne comprends pas. Qui le peut ? M'entendez-vous, Dany ? Ces deux coups de carabine dans la poitrine d'un homme, ils m'ont bouleversé parce qu'ils étaient une menace pour l'avenir de Michèle, j'ai frappé Anita dans ce sous-sol parce que je lui découvrais un salaud de plus qui m'avait pris pour ce que je suis, un cocu. Mais c'est tout. J'ai été heureux qu'il soit mort, j'ai été heureux que pour nous dégager de ce meurtre il faille vous tuer aussi. J'aime Anita. Je l'aime avec la même pitié que ma petite fille parce que je sais, contre tous les autres, qu'elle est réellement, misérablement, une petite fille elle-même. Je vous assure qu'il ne m'est pas venu une seconde à l'esprit, ni que cela ne me viendra jamais, de l'abandonner, de la laisser enfermer derrière des barreaux, de la laisser souffrir seule.

Quand je suis retourné vers elle, vendredi, dans cette pièce où je vous ai emmenée plus tard, elle ne pleurait plus. Nous avons parlé longtemps, ses bras autour de mon cou, son visage contre le mien. Elle m'a raconté d'une voix monotone sa liaison avec Maurice Kaub, qu'elle voyait épisodiquement depuis notre mariage, mais à qui elle revenait toujours. Elle avait tiré sur lui parce que le fusil se trouvait à sa portée, au cours d'une de leurs disputes, alors qu'il s'apprêtait à partir pour Villeneuve-lès-Avignon, où il devait accueillir une autre femme. Je ne voyais pas, dans ce qu'elle m'avouait, comment échapper à la police. Elle m'a dit qu'elle avait toujours, dans ses rencontres avec Kaub, pris beaucoup de précautions à cause de moi. Ils se retrouvaient chez lui quand ses domestiques n'étaient pas là — c'était le cas pour ce week-end — et elle avait toujours donné à l'extérieur, quand c'était nécessaire, un nom d'emprunt : le vôtre. Voilà, Dany. Je suis un homme lourd dans mes paroles, dans mes mouvements, mais je réfléchis vite. Il était quatre heures et quart, à ce moment-là. C'est à trois heures qu'elle m'avait téléphoné au bureau, pour me dire en pleurant de venir villa Montmorency. Il y avait une heure et quart que Kaub était mort. Il m'a fallu encore quelques minutes pour imaginer, au moins dans ses grandes lignes, la machination qui pouvait nous sauver. Je crois vous avoir suffisamment fait comprendre que votre sort ne m'intéressait pas. Tout ce qui occupait mon esprit, c'était le temps. Il est dit dans un livre — *Alice au pays des merveilles* — que le temps est un personnage. A partir de ce moment, je me suis appliqué à le mettre de notre côté, contre vous et tout le monde, je n'ai guère eu d'autre souci que lui.

J'ai pensé d'abord à reculer, pour ceux qui seraient chargés de l'enquête, le moment où Kaub avait été abattu, à gagner quelques heures qui seraient à moi seul, comme des pages blanches où je pourrais écrire une autre vérité que la vraie. Cela supposait en premier lieu qu'on ne puisse pratiquer une autopsie avant plusieurs jours. Il me fallait cacher le cadavre de Kaub jusqu'à ce qu'il soit impossible de savoir, à ces quelques heures près, celle de sa mort. D'autre part, il devait continuer à vivre d'une quelconque façon avant de mourir une seconde fois. C'est pour cela que j'ai transporté le meurtre de Paris à Villeneuve. Kaub avait prévu d'aller là-bas. Il irait. J'ai trouvé dans ses affaires son billet d'avion. Il devait, à Avignon, reprendre sa

Thunderbird laissée dans un garage. Il avait téléphoné le matin, en présence d'Anita, pour savoir si elle serait prête. Il la prendrait. Je me suis fait décrire la maison de Villeneuve. Anita y était allée deux ou trois fois, aux prix de mensonges que je n'avais même plus le cœur de lui reprocher. Elle disait que cette maison était assez isolée, mais qu'il y avait néanmoins d'autres propriétés sur la même route. Elle était sûre que si trois coups de carabine étaient tirés, non pas dans un sous-sol de béton cette fois, mais dans une pièce aux fenêtres ouvertes, des voisins les entendraient, pourraient ensuite en témoigner. Je n'en demandais pas davantage.

J'ai fouillé rapidement la pièce où nous nous trouvions, puis la chambre qu'Anita m'a indiquée comme celle de Kaub. Pendant que je le faisais, mes idées s'enchaînaient d'elles-mêmes. Je découvrais en même temps la personnalité de cet homme et ce que je devais faire, point par point, pour vous faire endosser la responsabilité de sa mort, à mille kilomètres de là. Je ne disais rien à Anita, car j'aurais perdu un temps précieux à la convaincre. Je ne l'ai mise au courant de mon plan que peu à peu, durant cette nuit, au fur et à mesure que j'avais besoin d'elle. Je ne lui ai dit qu'en dernier que vous deviez mourir. Je lui donnais le sentiment d'une grande conviction et d'aller de l'avant obstinément, comme toujours. Quand j'ai quitté la villa Montmorency, je n'achoppais plus d'ailleurs que sur des détails. Le plus grave était qu'à part l'emprunt de votre nom, par Anita, en quelques vagues circonstances, un seul lien vous rattachait à Maurice Kaub. Encore ne pouvais-je apprécier alors ce qu'il valait.

Anita, me racontant sa liaison, m'avait parlé de certains clichés qu'elle avait pris chez vous, à votre insu, sur la demande de Kaub, avec un appareil qui n'était qu'un gadget pour amateur de miniaturisme, guère plus grand qu'un briquet. Elle m'a dit qu'il était coutumier de « ce genre d'idioties » et qu'il savait tirer le maximum d'une image saisie dans de mauvaises conditions. Elle se rappelait cependant qu'à l'exception d'un seul, réussi un matin, en pleine lumière, alors que vous étiez sans lunettes et qu'elle pouvait prendre plus de risques, tous les clichés étaient soit obscurs, soit montrant à l'évidence l'abus dont vous étiez l'objet — donc inutilisables, voire dangereux pour le plan que je formais. De plus, Kaub les avait emportés à Villeneuve et Anita n'était même pas sûre qu'il les eût conservés. Pour le reste, vous aviez rencontré Kaub une fois, avant notre mariage, mais de manière fortuite, dans le couloir de votre immeuble, alors que vous rentriez chez vous et qu'elle en sortait avec lui. Il s'était intéressé à vous suffisamment pour la convaincre de prendre ces photos quand elle passait la nuit dans votre appartement — par pur besoin de la dégrader, elle — mais autant qu'elle s'en souvenait, vous ne lui aviez guère prêté attention.

J'ai laissé le cadavre de Kaub dans la salle de tir, que j'ai fermée à clef. J'ai rassemblé dans sa chambre les vêtements qu'il avait portés ce jour-là. J'ai gardé sur moi son portefeuille et divers papiers, dont une ordonnance pour un flacon de digitaline, l'adresse du garage d'Avignon et le billet d'avion pour Marseille-Marignane. J'ai fait mettre son téléphone aux abonnés absents jusqu'à la fin du week-end. J'ai laissé Anita dans la maison, avec les clefs de Kaub pour tout fermer lorsqu'elle en sortirait. Je lui ai dit que j'allais vous emmener là, pour vous tenir à l'écart une nuit, et le prétexte que je vous donnerais. Je l'ai chargée de faire disparaître dans les tiroirs, en vrac, ce qui pourrait vous laisser deviner que ce domicile n'était pas le nôtre. Elle était sûre que vous connaissiez notre véritable adresse. Peu m'importait en fait ce que vous penseriez puisque vous seriez morte le lendemain.

J'ai dit à Anita que je lui téléphonerais une demi-heure plus tard, avenue Mozart. Elle devait s'habiller pour le festival de films publicitaires où nous avions prévu d'aller. Je lui décrirais au téléphone les vêtements que vous porteriez, vous, ce soir-là, afin qu'elle tienne prêts, pour elle, des vêtements semblables. Elle ne comprenait pas. Elle était pâle, les larmes avaient laissé des traînées de rimmel sur son visage. Elle était comme brouillée. Je lui ai dit qu'il lui fallait maintenant être belle, naturelle et tenir bon.

J'ai repris ma voiture dans l'avenue des Trembles, à cinquante mètres du portail de Kaub. Je suis retourné directement à l'agence. En route, j'ai allumé ma première cigarette depuis que j'en étais sorti. Il était maintenant près de cinq heures. Dans mon bureau, j'ai expédié Muchet qui voulait me montrer une série d'annonces. Ça a été le bon à tirer le plus facilement obtenu dans toute sa carrière d'incapable. Je l'ai littéralement poussé hors de la pièce. J'ai pris un indicateur aérien dans un tiroir de ma table. J'ai noté les heures de départ et d'arrivée dont j'aurais besoin pendant la nuit. J'ai appelé ma secrétaire dans l'interphone et je lui ai demandé de faire porter chez moi, le soir, deux billets pour l'avion de la Swissair qui s'envolait pour Genève le lendemain à quatorze heures. Je lui ai demandé de rassembler le dossier Milkaby. Ensuite, j'ai bu un verre d'alcool — de la vodka, je crois — et je suis monté à l'étage supérieur, dans votre bureau.

C'était la première fois que j'entrais dans cette pièce depuis que vous l'occupez. Vous n'y étiez pas et j'ai pensé d'abord vous faire appeler. Puis je me suis dit que ce serait inutilement attirer l'attention. J'ai profité de votre absence pour étudier les lieux, ouvrir des tiroirs, puis votre sac à main laissé sur la table. J'étais à l'affût, bien sûr, d'une idée qui pût s'intégrer à mon plan, mais surtout je vous cherchais, vous, à travers des objets de tous les jours. Plus vous tardiez à apparaître, plus j'appréhendais le moment où vous le feriez. Je ne savais plus devant qui j'allais me trouver. J'ai regardé votre manteau blanc, pendu sur un cintre, contre un mur. Je l'ai touché. Il sentait le parfum qu'utilise Anita, ce qui m'a d'abord surpris et déplu, puis encouragé. Si par extraordinaire on décelait le même à la villa Montmorency, ou à Villeneuve — Anita y avait accompagné Kaub dans la semaine — on attribuerait cela aussi bien à votre passage qu'au sien. Mais il y avait autre chose, autour de ce manteau, dans cette pièce, à la fois d'indéfinissable et de très sensible, qui m'occupait plus que tout le reste, qui m'angoissait même. Je crois à présent, Dany, que c'était la prescience de ce qui allait m'arriver, en dépit de tous mes efforts — cette longue course sans sommeil, jusqu'ici, à travers la nuit et la lumière, cette longue course emplie des obsessions que je porte en moi depuis toujours.

L'être aux cheveux clairs qui a soudain ouvert la porte, je ne l'avais jamais vu, il m'était parfaitement étranger. Pas un de vos traits, Dany, pas un de vos gestes, pas une intonation de votre voix, dans ce bureau ensoleillé où il me semblait prendre toute la place, ne cadrait avec l'image que j'avais de vous. Vous étiez trop proche, trop présente, je ne sais pas. Vous montriez une assurance si paisible que j'ai douté même de vivre réellement ce que je vivais. Je tripotais un petit éléphant articulé. Je me rendais compte qu'aucune de mes hésitations ne vous échappait, que des idées s'enchaînaient dans votre esprit, à vous aussi, bref que vous étiez vivante. Jouer, dans mon plan, avec Maurice Kaub était simple. Je pouvais, comme un objet, à mon gré, le déplacer de toutes les façons, et même lui faire vivre n'importe quoi puisqu'il était mort. Vous, par un paradoxe encore plus grand, vous étiez une totale abstraction, vous portiez en vous dix millions de gestes imprévisibles dont un seul pouvait me perdre.

Je suis sorti. Je suis revenu parce que j'oubliais une chose importante. Il ne fallait pas que vous mettiez vos camarades au courant de cette soirée de travail chez moi. Je suis allé à la comptabilité où j'ai pris de l'argent liquide dans ma caisse noire. J'ai mis une grosse liasse de billets à même la poche de mon veston, comme je le faisais autrefois, quand j'avais vingt ans, pendant la guerre. C'est la guerre qui m'a révélé le seul talent que je possède, celui de pouvoir vendre n'importe quoi à n'importe qui, y compris ce qui s'achète le plus facilement et le plus cher : le vent. Une nouvelle dactylo — je ne connais pas son nom — m'observait d'un œil imbécile. Je lui ai demandé de s'occuper de son travail. J'ai téléphoné à ma secrétaire, afin qu'elle porte dans ma voiture le dossier Milkaby, une rame de papier-machine et des carbones. Je vous ai vue passer dans le couloir, en manteau blanc. Je suis allé à la rédaction où j'entendais un chahut que je connais. C'était Gaucherand qui distribuait les enveloppes de mois double. J'ai demandé la vôtre. Ensuite, je suis revenu dans votre bureau. J'étais certain que vous aviez laissé un mot pour expliquer votre départ aux autres.

Quand je l'ai vue, cette feuille, accrochée à votre lampe, je n'en ai pas cru mes yeux. Vous annonciez que vous preniez un avion le soir, alors que tout ce que je voulais faire croire c'était précisément que vous en prendriez un. Mais je vous l'ai dit, je réfléchis vite, Dany, et ma joie a été de courte durée. Déjà, vous aviez fait un geste qui semblait s'intégrer à mon plan au-delà de toute espérance, et déjà c'était un geste qui pouvait faire tout échouer. J'avais dans la tête d'envoyer le fameux message téléphoné à Orly, qui serait à votre nom, qui indiquerait votre résolution de rejoindre Kaub à Villeneuve s'il partait. Seulement, vous ne pouviez pas être résolue trois heures avant de savoir qu'il ferait fi du message et qu'il partirait quand même. Devant ce papier que n'importe qui à l'agence pouvait voir, je pouvais certes encore choisir ou lui ou mon message téléphoné. Mais pas les deux. Si je n'avais pas réfléchi à cela, si je n'avais pas prévu le hiatus de sentiments qui sauterait aux yeux du flic le plus borné, vous auriez gagné d'entrée, Dany, même morte. J'ai choisi mon message téléphoné. J'ai plié votre papier en quatre et je l'ai mis dans ma poche. Il n'était adressé à personne, et après le départ de l'avion de Kaub, il pourrait m'être utile pour de bon. Le temps est un personnage, Dany, et notre histoire, à vous et à moi, durant ces derniers jours, n'aura été qu'un duel pour gagner ses bonnes grâces.

Je vous ai retrouvée sous le porche. Vous étiez longue, immobile dans le contre-jour. Je vous ai emmenée chez vous, sous le prétexte de vous laisser prendre quelques affaires, en réalité pour connaître les lieux et pouvoir y revenir. Je me rappelle votre voix calme dans la voiture, votre profil au nez court, une brusque trouée de soleil qui éclairait votre chevelure. Je me méfiais. Moins je vous parlerais et vous regarderais, moins je donnerais prise à ce tic-tac étranger, incessant, que je devinais derrière vos lunettes noires, derrière ce front lisse. Il était plus tard que je l'avais prévu quand nous sommes entrés dans votre appartement. Je situais d'emblée tous les détails des aveux d'Anita, tous les mauvais rêves que j'avais faits. Vous avez disparu dans la salle de bains. J'ai téléphoné avenue Mozart. J'ai dit à voix basse à Anita de nous attendre villa Montmorency avec Michèle. Elle demandait d'une voix inquiète : « Michèle ? Pourquoi Michèle ? » Je lui ai répondu que c'était mieux. Je ne pouvais en dire plus, car j'entendais, moi, très distinctement vos mouvements de l'autre côté de la cloison. Je pensais que vous seriez plus crédule, en arrivant « chez nous », si vous y trouviez notre fille, mais ce n'était pas seulement cette considération qui me poussait. J'avais

275

besoin de sentir Michèle avec moi. J'avais peur sans doute, si les choses tournaient plus mal, d'être séparé d'elle quand nous pourrions encore fuir à l'étranger. J'ai eu là une bonne idée. Anita et Michèle sont à cette heure effectivement à l'abri.

Le plus vilain moment a été celui où vous êtes revenue dans la pièce. Anita me demandait des explications dans l'appareil et je ne pouvais lui répondre. Il me fallait, en votre présence, vous décrire et le faire sans éveiller vos soupçons. J'ai parlé comme si elle me demandait : « Il y a six mois que je n'ai pas vu Dany, a-t-elle changé ? » Vous vous étiez assise sur le bras d'un fauteuil. Vous passiez des escarpins blancs, l'un après l'autre. La jupe étroite de votre tailleur, courte comme la mode, découvrait plus qu'abondamment des jambes longues que je m'étonnais mieux que personne, en un tel moment, de remarquer. Je parlais. Je crois que ma voix était celle que j'ai toujours. J'avais l'esprit aussi brouillé que le maquillage d'Anita tout à l'heure. Je ressentais pour la première fois, physiquement, qu'il me faudrait vous tuer, arrêter la vie dans ce corps tout proche, non pas avec des calculs, des idées, mais bel et bien en le faisant de mes mains, comme un boucher. Un sale moment, Dany. Et puis, ça passe. Tout ce qu'on peut raconter là-dessus pour faire croire le contraire, je sais maintenant que c'est faux. Ça passe, oui. Il y a ce non-vouloir nauséeux une fois, une seule fois — en plus fort ce qu'on éprouve quand on croit devoir mourir soi-même — mais ensuite, ça passe pour toujours, et ce qu'il en reste on s'en accommode. C'est facile de tuer, c'est facile de mourir. Tout est facile. Sauf peut-être de consoler une minute celui qui est resté enfermé en nous, qui n'a pas grandi, qui ne grandira jamais, qui n'arrête pas d'appeler au secours.

Sur le chemin d'Auteuil, je vous ai envoyée acheter en personne ce flacon de digitaline dont j'avais l'ordonnance. Je n'avais pas pensé encore qu'il aurait d'autre utilité que de créer un lien entre vous et Kaub, mais en y réfléchissant, pendant que vous n'étiez pas là, je me suis dit qu'au moment voulu, le lendemain matin, ce pourrait être l'arme que je cherchais pour vous tuer. J'avais résolu de faire croire qu'après avoir transporté le cadavre de votre amant de Villeneuve à Paris, dans le coffre de sa Thunderbird, vous aviez finalement perdu tout espoir de camoufler votre meurtre et que vous vous étiez suicidée. Avaler un flacon de digitaline me semblait une manière de suicide vraisemblable pour une femme. Pour moi, l'affaire présentait peu de difficultés. Il me suffirait de vous le faire avaler de force, et vous n'étiez pas de taille à m'en empêcher.

A la villa Montmorency, vous n'avez marqué aucune surprise, vous êtes entrée chez Kaub en croyant de toute évidence que c'était chez nous. Anita n'a pu se faire à cette idée, quand je l'ai retrouvée au premier étage. Vous commenciez, en bas, à taper sur la vieille Remington de feu le maître de maison. Michèle était assise dans un fauteuil à haut dossier, sa poupée dans les bras, sur le palier à côté de nous. Je me sentais bien, maintenant qu'elle était là. Anita m'a dit : « Je connais Dany mieux que toi. Je suis sûre qu'elle n'est pas dupe. Seulement, ce qu'il y a derrière ses lunettes, on ne le sait jamais. » J'ai haussé les épaules. Ce qui me préoccupait, moi, c'était votre tailleur blanc. Le fait même qu'il sortait d'une boutique dont je faisais la publicité m'interdisait de téléphoner pour avoir le même dans l'heure. Or celui qu'avait Anita, bien qu'il fût tout aussi blanc, ne lui ressemblait en rien. Elle m'a dit qu'elle allait examiner le vôtre et qu'elle trouverait une solution. Elle avait des chaussures blanches et saurait se coiffer comme vous. Je lui ai dit ce qu'elle devait faire : emmener la petite chez sa mère ; acheter des billets d'avion à l'aéroport des Invalides ; se rendre seule au festival où nous devions paraître ensemble, et laisser croire que je m'y trouvais ; puis aller se changer avenue Mozart, prendre un taxi jusqu'à Orly, monter dans un avion Air-France qui s'envolait vers onze heures et faisait escale à Lyon. C'est à Lyon que nous devions nous retrouver. Nous avons réglé les détails de ce rendez-vous, puis celui de votre soirée, seule dans cette maison.

La machine à écrire, en bas, crépitait. Anita m'a dit que, vous connaissant, vous n'arrêteriez pas de taper avant que vos yeux vous fassent mal et que vous n'étiez pas quelqu'un à fouiller à droite, à gauche, dans une maison étrangère. Néanmoins, j'ai préféré prendre une précaution. Dans le vin que plus tard elle a déposé pour vous sur une table, avec une sorte de repas froid, nous avons dilué quelques cachets somnifères de Maurice Kaub. Il en fallait beaucoup pour faire de l'effet, car Anita m'a dit que vous ne prendriez jamais plus d'un verre. J'ai dosé au hasard. Nous avons fait cela dans la cuisine, alors que vous me croyiez déjà parti. En fait, quand Anita vous a montré la chambre où vous alliez dormir, je suis revenu dans la grande pièce, j'ai pris dans votre sac à main vos clefs, votre permis de conduire et — une idée soudaine — votre foulard de soie turquoise. J'ai embrassé doucement Michèle qui s'était endormie dans la cuisine. J'ai pris une valise de Kaub que j'avais remplie, là-haut, des vêtements qu'il avait portés ce jour-là et je suis descendu au sous-sol.

Il était comme une statue tombée, dérisoire, sous une lampe crue. Je lui ai dit intérieurement que c'était lui, le plus con des deux, maintenant. Anita et moi défendions une seule vie — la nôtre et celle de Michèle — elle n'avait jamais été à ce point mon épouse. Que pouvait-il répondre à ça ? Pauvre con, oui, pauvre ordure. J'ai pris la Winchester, je l'ai placée en travers de la valise. J'ai trouvé une boîte de cartouches (30 × 30) sur une tablette, et je l'ai emportée aussi. J'avais ramassé les deux douilles éjectées par Anita, après avoir vérifié que la troisième restait dans le magasin de la carabine. J'ai fermé à clef la porte de la salle et je suis sorti dans le jardin par-derrière. J'ai retrouvé Anita qui m'attendait dehors, adossée à un mur. Je lui ai donné de l'argent. J'ai gardé tout le trousseau de clefs de Kaub. Je n'avais pas le temps de chercher celles qui ouvraient la maison de Villeneuve. Anita m'a embrassé avec une bouche brûlante. Elle m'a dit qu'elle serait comme je l'espérais, et puis aussi que j'étais un homme fidèle et qu'elle m'aimait.

Quand j'ai repris la DS, il était plus de six heures et demie. La dernière chose que j'ai vue de la maison, ce soir-là, c'est une fenêtre éclairée au rez-de-chaussée, votre visage indistinct derrière, et vos cheveux blonds. Je suis allé rue de Grenelle. Je n'ai rencontré personne dans les escaliers. J'ai ouvert votre appartement et refermé la porte. J'ai téléphoné aussitôt le message à

Orly. Dans la valise de Kaub, j'ai enfourné deux robes, un pantalon noir, des sous-vêtements, quelques autres affaires trouvées dans vos tiroirs. J'ai pris aussi votre manteau blanc et une boucle d'oreille unique parce que l'autre a glissé sous un meuble. Sept heures dix. L'avion de Kaub s'envolait à quarante-cinq. J'ai pris le temps pourtant de jeter un coup d'œil dans la salle de bains. La robe que vous aviez plus tôt y traînait encore. J'ai emporté le flacon de votre parfum.

Ensuite, c'était l'autoroute du Sud, l'aiguille qui courait vers sept heures trente et celle qui touchait le cent soixante. J'ai laissé la DS à un gardien de parking, devant l'aérogare. J'ai donné, avec des excuses et un pourboire, ma valise au comptoir des bagages. Je courais de mon mieux. Au passage de la porte de piste, on m'a remis « votre » message téléphoné. J'ai donné un billet de mille pour qu'on se rappelle. On ne m'a pas demandé mon nom dans la Caravelle, mais j'ai dit deux fois à l'hôtesse, sous des prétextes anodins, que je m'appelais Kaub, Maurice Kaub, et que j'allais à Villeneuve-lès-Avignon. J'ai bu une vodka, accepté un journal. Un peu plus d'une heure de vol. J'ai réfléchi. Je n'étais pas préoccupé le moins du monde par le fait que je ne ressemblais pas à Kaub. Personne ne se rappellerait l'image physique d'un voyageur parmi tant d'autres. On se souviendrait vaguement du nom ou de certains mots qui frappent l'esprit comme Avignon, et c'était suffisant. C'est durant ce voyage, en pensant qu'Anita elle aussi jouerait le rôle d'une autre et se trouverait devant des difficultés beaucoup plus grandes — là, il faudrait créer des souvenirs très précis — que j'ai trouvé l'astuce proprement publicitaire du pansement à la main. Ce sont des détails comme celui-là qu'on se rappelle : « C'était la femme à la Thunderbird, qui portait un pansement à la main. » J'ai vu tout le parti à tirer de ce brand-image, si je choisissais la main gauche. Anita pourrait se présenter dans un hôtel et laisser carrément une fiche d'identité sans avoir à l'écrire puisque vous, vous étiez gauchère. Et ce pansement ne la gênerait en rien, elle, puisqu'elle ne l'était pas. En outre, votre suicide seul passerait pour un aveu du meurtre. Personne ne s'étonnerait que vous n'en ayez pas laissé un dûment signé.

A Marseille-Marignane, il faisait nuit. Après avoir récupéré ma valise, j'ai acheté dans le hall de quoi faire ce pansement. Je suis monté dans un taxi pour Avignon. J'ai parlé au chauffeur de mon prétendu métier de constructeur. Nous sommes tombés d'accord sur la misère des mal logés, puis je me suis à nouveau refermé sur moi-même. Il m'a déposé devant le porche du garage Cotti. Je lui ai donné un bon pourboire. Il avait fait quatre-vingts kilomètres en cinquante minutes. Je me suis aperçu plus tard que je n'avais aucun souvenir de lui. Je ne sais même pas la couleur de ses cheveux. Cela aussi, Dany, on peut toujours vous raconter le contraire. Mais personne ne fait vraiment attention à personne. J'avais misé là-dessus pour vendre du vent à ceux qui seraient chargés de l'enquête, et sur ce point au moins je crois que j'avais raison.

Le garage était faiblement éclairé, silencieux. Un homme m'a rejoint devant la cabine vitrée. C'est à lui que j'ai payé la réparation de la Thunderbird. Il m'a donné une facture. Je lui ai dit que j'avais une maison à

Villeneuve. Il a emmené la Thunderbird, qui était couverte, fraîchement lavée, jusque sous le porche. En m'installant au volant, j'ai essayé de comprendre d'un coup d'œil comment la mettre en marche. C'était simple. Je suis parti sans qu'il ait remarqué, je crois, la moindre hésitation.

J'ai dû demander mon chemin pour Villeneuve, que je ne savais pas si près d'Avignon. Il était dix heures et quart quand j'ai ouvert le portail du domaine Saint Jean. Dès mon entrée ici, j'ai sorti la carabine de la valise et tiré trois coups. Deux par une fenêtre ouverte, l'autre sur un mur de la pièce principale. Pour contrer un expert tatillon, j'ai ramassé les douilles éjectées, j'ai jeté par terre, sous les meubles, celles de la villa Montmorency. J'ai rajouté trois balles neuves dans le magasin. Puis j'ai écouté la nuit alentour. Si quelqu'un venait, j'avais prévu que je m'enfuirais en laissant là le costume de Kaub, vos affaires et la Thunderbird. Personne n'est venu. J'ai fait en un quart d'heure ce que j'avais à faire. La photo agrandie, collée sur un châssis de bois et qui vous montrait nue, je l'ai trouvée en haut, dans ce studio de pornographe. J'ai feuilleté toutes celles qu'il y avait dans des cartons. J'ai retiré les vôtres — sauf deux qui étaient acceptables pour mon plan — et celles, à hurler, d'Anita. Elle, elle avait posé de son plein gré, Dany. J'ai déchiré, versé cela dans un grand sac en papier que j'ai emmené plus tard avec moi. J'ai cherché les négatifs dans un tiroir où ils étaient numérotés, catalogués, où vous étiez toutes ravalées au rang de timbres-poste. J'ai trouvé ainsi des planches de contact. J'ai descendu votre photo sur châssis, je l'ai accrochée à un mur à la place d'une autre, une fille grotesquement accroupie, qui n'avait peut-être pas vingt ans. Avant de remonter, je vous ai regardée pour la première fois. Je ne saurais pas vous expliquer comment, ni pourquoi, mais j'avais soudain le sentiment que vous étiez dans notre camp, enfermée dans la pitié que j'avais de nous. Il y avait sur votre visage, dans cette photo, une tendresse évidente pour celle qui était, dans la même seconde, en train de vous trahir, qui profitait de ce que vous êtes plus qu'à moitié aveugle pour satisfaire le voyeurisme de ce fumier. C'était un échange fulgurant, chargé d'une étrange fatalité. J'ai laissé cela au mur, en sachant bien quel pauvre type je suis.

J'ai déposé vos vêtements où il fallait, j'ai imprégné de votre parfum des draps où il restait peut-être encore celui d'Anita. C'était un lit défait. La ceinture de cuir était à terre, je n'ai pas eu à y toucher. Je crois que je commençais à être fatigué, que je ne ressentais plus que des mouvements de nerfs assourdis. La ceinture de cuir ne m'a rien fait, rien. J'ai laissé la maison ouverte, en transportant dans la voiture mon sac en papier, votre manteau blanc, le tapis dans lequel vous avez plus tard trouvé Maurice Kaub. Et puis, cette boîte de balles et la carabine. J'ai laissé, derrière moi, tout en ordre pour une enquête, comme un robot.

J'ai roulé très vite, l'esprit à la route, pleins phares, sans me soucier de ceux qui me croisaient. J'étais à l'aéroport de Lyon-Bron vers une heure du matin, vingt minutes avant l'envol de l'avion que j'avais prévu de prendre pour revenir. C'était le dernier de la nuit. Anita ne m'attendait pas au lieu de notre rendez-vous, mais plus avant, sur le bord de la route. Elle portait un tailleur blanc dans la lumière de mes phares. Je lui ai ouvert la portière, je suis reparti. Elle était là depuis plus d'une heure. Elle avait peur et elle avait froid. Elle frissonnait à chaque instant. Je me suis arrêté dans un chemin, sous des arbres. Je lui ai indiqué ce qu'elle aurait à faire. Je lui ai donné votre permis de conduire, votre foulard, votre manteau blanc. Je lui ai fait ce pansement à la main gauche. J'ai déchiré les feuilles intérieures du passage d'avion pour Marseille-Marignane qu'elle avait acheté à votre nom et qui n'avait pas été utilisé. Je l'ai mis dans la poche du manteau, avec la facture du garage d'Avignon et votre enveloppe de mois double. De cette enveloppe, j'ai retiré le montant exact de votre billet d'avion. Le tailleur qu'avait Anita était neuf, il ressemblait au vôtre. Elle l'avait acheté, sans même l'essayer, dans une boutique encore ouverte du quartier de l'Étoile. Elle m'a montré sa jupe roulée à la taille, deux épingles de nourrice qui la retenaient. Je n'ai pas pu m'empêcher de lui parler du lit défait que j'avais vu chez Kaub. Je lui ai demandé si c'était elle qui avait fait l'amour dans ces draps froissés. J'avais un irrépressible besoin de détails et si peu de temps que je bégayais. Elle a posé une main sur ma bouche. Elle m'a juré que quoi qu'il puisse arriver, elle n'appartiendrait plus qu'à moi. Je suis revenu vers l'aéroport. Je lui ai montré comment la voiture se conduisait. En la quittant, je l'ai embrassée longtemps.

Elle m'a dit à nouveau qu'elle m'aimait.

Notre prochain rendez-vous était par téléphone, à quatre heures et demie du matin. Elle devait être alors à la hauteur d'Avallon, nous avions regardé sur une carte de Kaub. J'ai couru dans l'aéroport avec mon sac en papier, j'ai acheté un billet, au nom de M. Louis Carroll. Une heure de vol à nouveau, dans un appareil à hélices qui venait du Moyen-Orient. J'ai sommeillé, traversé plusieurs fois par l'image de votre corps dénudé sur un mur blanc. Je n'ai pas pris la DS, à Orly, mais un taxi qui m'a laissé peu avant trois heures à la porte d'Auteuil. J'ai marché dans les allées de la villa Montmorency sans rencontrer aucune fenêtre éclairée. La maison de Kaub aussi était obscure. En rentrant, j'ai parlé fort, comme au retour d'une soirée ennuyeuse, comme si Anita était avec moi. Je suis venu jusqu'à la porte de la chambre où vous couchiez, je vous ai appelée doucement. Vous ne dormiez pas. La bouteille de vin n'était plus dans la grande pièce. Je l'ai retrouvée dans la cuisine, avec votre couvert, que vous aviez malheureusement lavé. Néanmoins, il resterait dans cette maison bien d'autres traces de votre passage et j'ai été soulagé de voir, à la marque que j'avais faite sur la bouteille, que le niveau avait baissé de la valeur d'un verre. Sans doute la dose de somnifère n'était-elle pas suffisante pour vous assommer instantanément, mais je me suis persuadé qu'il suffisait d'attendre.

J'ai attendu dans le jardin, devant la maison car votre fenêtre donnait derrière. J'ai fumé, imaginant Anita au volant de la Thunderbird, fonçant à travers la nuit. J'ai revécu en pensée tout ce que j'avais fait depuis la mort de Kaub, cherchant une faute, un oubli. Non, j'avais bien vendu ma salade. Vers quatre heures, je suis revenu près de la porte de votre chambre, j'ai appelé à nouveau à voix basse. Cette fois, vous n'avez pas répondu. Je suis entré sans bruit. Vous étiez allongée sur le dos, dans la lumière diffuse qui venait avec moi de la grande pièce, votre visage aux yeux clos de profil sur l'oreiller. J'étais maintenant assuré que vous dormiez, je n'avais plus que le temps de rentrer avenue Mozart. Je n'ai pu m'empêcher pourtant de faire quelques pas vers vous, déraisonnables, de venir si près que j'entendais votre souffle. C'était la première fois que je vous voyais sans lunettes. Je vous reconnaissais encore moins que dans l'après-midi. Je suis resté plus d'une minute à vous contempler. Alors, il s'est produit une chose qui m'a comme arrêté le cœur. Vous avez parlé. Vous avez parlé aussi distinctement que vous le faites pendant le jour. Vous avez dit, dans le rythme même de votre sommeil : « Tuez-moi, je vous en prie, tuez-moi. » J'ai reculé à pas lents vers la porte, sans vous quitter des yeux. Je suis parti. J'ai fait le chemin à pied jusqu'à l'avenue Mozart, mon sac en papier à la main.

En entrant chez moi, j'ai joué la même comédie que chez Kaub, à l'intention de mes domestiques qui dorment au fond de l'appartement. J'ai parlé fort à une Anita imaginaire. Il était l'heure où elle devait m'appeler. J'ai attendu dans notre chambre. J'avais plusieurs choses à faire, mais je me suis forcé à attendre près du téléphone, pour interrompre la sonnerie dès qu'elle retentirait. Puis il était cinq heures, je voyais le jour glisser à travers les persiennes, j'entendais les premiers bruits de la rue. Il avait dû arriver quelque chose de grave à Anita. A mesure que le temps passait, je concevais la folie de notre entreprise. Enfin, la sonnerie a été juste sur le point d'ébranler le silence, je l'ai entendue gargouiller dans l'appareil pendant que je décrochais. C'était bien Anita — loin, si loin de la vie que je voulais la nôtre, si loin de ce que j'avais imaginé pour Michèle, pour nous. Elle a joué le jeu que je lui avais indiqué pour prévenir toute indiscrétion. Elle m'a dit qu'elle était Dany Longo, qu'elle se trouvait près d'Avallon, en voiture, et elle a prononcé la phrase-code qui signifiait que tout allait comme prévu. C'était : « J'ai un tapis dans mon coffre, monsieur Caravaille. » Elle a dit aussi qu'elle avait téléphoné à Bernard Thorr pour avoir notre numéro. Je sais que ce maquettiste est votre meilleur ami après le simili Gary Cooper qui vous a mis un enfant dans le ventre et vous a plaquée.

Après ce coup de téléphone, j'ai brûlé les morceaux de photos et les négatifs contenus dans mon sac en papier. J'ai jeté les cendres au vide-ordures de la cuisine. Puis j'ai préparé hâtivement trois valises, une pour Michèle, une pour Anita, une pour moi. J'ai enfourné les vêtements qui me semblaient indispensables. Dans la valise d'Anita, j'ai déposé ses bijoux et un chèque du montant de ce que j'ai en banque à Paris. Pour la plus grande partie, ma fortune se trouve déposée dans des banques suisses et la signature d'Anita vaut la mienne. En argent et en valeurs, je crois que je possède assez, quoi qu'il arrive, pour que ma petite fille puisse vivre toujours comme une princesse. En outre, Anita saurait défendre âprement ce que je laisse. Comme j'allais partir, Maria, notre domestique espagnole, est sortie de sa chambre en peignoir, baragouinant d'une voix de canari pour savoir si j'avais besoin d'elle. Je lui ai dit que je passerais le week-end en Suisse avec ma femme et je l'ai renvoyée se coucher en m'excusant.

J'ai pris deux valises dans une main, la troisième dans l'autre, et je suis retourné à pied villa Montmorency. Il faisait jour. Des garçons de café lavaient à grande eau leur bout de trottoir. J'avais faim et soif mais je ne me suis pas arrêté. Je n'entendais pas de bruit dans votre chambre, à travers la porte. Apparemment vous dormiez toujours. J'ai monté les valises à l'étage, je me suis installé dans un fauteuil pour sommeiller un peu. J'avais peur de m'endormir si je m'allongeais. A sept heures et demie, je n'entendais toujours rien au rez-de-chaussée. J'ai ôté mes vêtements, je me suis lavé sommairement à un lavabo. J'ai pris une robe de chambre dans ma valise et je suis descendu. J'ai préparé du café dans la cuisine. J'en ai bu deux tasses et je vous ai servi la vôtre. Il était huit heures, il faisait beau. Même avec du retard sur mon plan, Anita devait rouler maintenant sur l'autoroute du Sud. Elle ne mettrait pas plus d'une heure pour être là. J'avais une grande appréhension, parce que je sentais la fatigue et qu'elle devait la sentir encore plus. Je suis allé dehors ouvrir le garage et le portail, pour qu'elle n'ait qu'à entrer. Puis j'ai frappé à votre porte et vous m'avez répondu.

Il était plus de neuf heures et demie quand la Thunderbird est arrivée. Vous aviez depuis longtemps repris votre travail. Je suis venu vous rejoindre afin de détourner votre attention du jardin. Anita est entrée dans la maison par-derrière. Je l'ai retrouvée à l'étage, assise sur le rebord d'une baignoire dont les robinets coulaient, les traits tirés certes, mais beaucoup moins

288

fatiguée que je ne l'aurais cru. Elle avait enlevé son pansement et ses lunettes noires. Elle voulait plus que tout se laver. Elle disait : « Me nettoyer de tout ça. » Elle avait des yeux très grands, un peu fixes. Elle a gardé ma main dans les siennes pour me raconter sa course, qui avait duré huit heures. Elle avait laissé des traces de « votre » passage à Mâcon, Tournus, Chalon-sur-Saône, Avallon, et encore à l'entrée de l'autoroute du Sud, en faisant le plein d'essence. Le seul événement imprévu mais qui cadrait à merveille avec mon plan, c'était la rencontre d'un motard de la police pour un défaut d'éclairage à l'arrière de la voiture. Je l'ai aidée à se déshabiller, je me suis fait répéter tout cela pendant qu'elle était dans son bain. A Chalon, elle avait pris à votre nom une chambre qu'elle avait payée d'avance. Elle était ressortie de l'hôtel moins d'une demi-heure après, sans se faire remarquer. L'événement imprévu s'était produit cent kilomètres environ plus haut, après Saulieu. Elle disait qu'à bout de nerfs et sachant la Winchester dans le coffre arrière, elle aurait certainement fait feu sur ce policier s'il avait voulu visiter la voiture. Rétrospectivement, elle frissonnait, moi aussi. C'est dans un bistrot de village, pendant qu'on réparait l'éclairage de la Thunderbird, qu'elle avait appelé Bernard Thorr au téléphone, puis moi, et qu'elle avait abandonné votre manteau blanc. J'ai conclu de tout cela qu'elle avait aussi bien que possible tenu son rôle.

J'ai sorti une serviette-éponge et des sous-vêtements propres de sa valise, j'ai essuyé son dos nu. En combinaison blanche, elle a demandé une cigarette. Elle n'en avait plus depuis des heures. Nous sommes descendus. J'ai profité de ce qu'elle vous parlait pour replacer dans votre sac à main ce que j'avais pris. Je suis sorti. Dans le garage, j'ai essuyé de mon mieux l'intérieur de la Thunderbird. J'ai porté le tapis de Villeneuve, la carabine et la boîte de balles dans le sous-sol. Puis, je suis remonté à l'étage. Je me suis rasé, j'ai passé une chemise propre, un costume. Je me suis fait conduire en taxi à l'agence. Dans le studio désert, j'ai trouvé un carton de vieilles maquettes Milkaby. Je suis allé à la comptabilité. J'ai rempli à votre nom les colonnes imprimées d'une enveloppe de salaire. J'ai placé dedans le montant de votre mois double, augmenté des trois cents francs que je vous avais promis pour votre travail. J'ai donné quelques coups de fil à des confrères pour parler de la soirée de la veille, à Chaillot. Avant de revenir à la villa Montmorency, je me suis fait conduire rue de Grenelle. Je suis monté à votre étage et j'ai laissé en évidence, sur votre porte, le mot que vous aviez écrit pour prévenir les autres de votre départ. Dans un café d'Auteuil, où un autre taxi m'a déposé, j'ai mangé un sandwich, bu deux nouvelles tasses de café noir, puis un cognac. Je me sentais au bout de cette misère. Je pensais avoir déjà gagné la partie.

Il était alors un peu plus de onze heures. Anita était prête à partir, vous aviez fini votre travail. Je vous ai donné cette enveloppe de salaire que je pensais vous reprendre plus tard, quand vous ramèneriez la Thunderbird. Il me fallait absolument vous mettre au volant de cette voiture. Fût-il mieux réussi encore, mon plan ne tiendrait pas sans cela devant les enquêteurs. Ils examineraient en premier lieu la Thunderbird, avec

des moyens que j'ignore mais que je présume haute-
ment efficaces. Il tomberait sous le sens que vous ne
pouviez avoir parcouru près de sept cents kilomètres
avec elle sans qu'on puisse y retrouver quelque chose
de vous, une empreinte, un fil de votre tailleur blanc,
un cheveu. Or, en dépit de mon nettoyage sommaire,
ils retrouveraient cela d'une autre femme. Il leur serait
simple de vérifier, sur votre cadavre, que vous-même
ne gardiez rien, pas une poussière, de cette voiture. J'ai
eu du mal à vous convaincre, Dany. Et quand j'étais
devant vous, j'ai hésité, je crois même que le temps
d'un regard j'ai perdu jusqu'à l'envie de continuer. Je
ne savais plus où je trouverais le courage de revenir
dans ces lieux derrière vous, de vous abîmer une main,
de vous faire avaler un flacon de digitaline — surtout
de supporter, pendant les quelques minutes que vous
mettriez à mourir, votre affolement, votre incompré-
hension. J'ai continué, cependant. Nous avons pris
Michèle chez ma belle-mère, boulevard Suchet. Nous
vous avons laissée dans la Thunderbird, à Orly. Je
vous avais dit que notre avion s'envolait à midi, mais il
me restait deux heures pour vous suivre, vous tuer,
laisser tout comme il fallait chez Kaub, puis retrouver
Anita et la petite au restaurant de l'aérogare.

J'ai fait enregistrer nos bagages. Jusque-là, jusqu'au
moment où je l'ai quittée dans le hall empli de monde,
Anita ne savait pas que je vous tuerais. Ou bien, si elle
était venue d'elle-même à cette idée, elle s'était persua-
dée que j'en avais une autre et qu'elle déraisonnait.
Elle m'a demandé ce que j'allais faire. J'ai répondu que
je ne pouvais pas vous laisser derrière nous. Elle a
secoué la tête, sans un mot, notre petite dans les bras,

avec des yeux où les larmes jaillissaient brusquement. Je lui ai dit d'attendre au restaurant jusqu'à deux heures. Si je n'étais pas revenu, elle devait prendre de toute manière l'avion avec Michèle. Je les rejoindrais à Genève. Elle secouait la tête, secouait la tête — je suis sorti. C'était le moment où vous entrepreniez de conduire la Thunderbird. J'ai récupéré ma DS au parking. Je vous ai perdue de vue quelques instants. Puis vous étiez à nouveau à cinquante mètres de moi, arrêtée à une autre place. Je vous ai regardée traverser à pied l'avenue devant l'aérogare. Je ne comprenais pas. Pour la première fois, je ne comprenais pas, Dany.

Je vous ai suivie, à pied moi aussi. J'avais peur que vous rencontriez Anita et la petite dans le bâtiment. Moi, je les ai vues, au deuxième étage, mais vous étiez comme tournée vers l'intérieur de vous-même. Vous êtes longtemps restée assise à une table du bar. J'étais à vingt mètres de vous, derrière une cabine de photomaton. J'avais imaginé tout ce qui pouvait m'arriver en vous laissant cette voiture entre les mains, et même un accident qui attirerait la police. Je vous savais cependant trop myope pour aller vite et accoutumée à faire toujours tout avec beaucoup d'attention : j'étais certain que vous ramèneriez la Thunderbird sans accroc, plus sûrement que personne. J'avais tout prévu, Dany, tout. Ce que j'ignorais encore et que j'allais apprendre jusqu'à devenir fou, c'est qu'il n'est pas une seule de vos réactions qui soit prévisible. Vous allez comme ce crabe sous le signe duquel vous êtes née.

Comprenez-vous, Dany, maintenant ? Vous avez repris la Thunderbird, et moi, je vous suivais dans la DS. Vous deviez aller vers Paris et vous êtes allée vers le Sud. Je pensais que vous aviez fait une erreur à l'embranchement de l'autoroute, mais pas du tout, vous avez continué. Je vous regardais à travers une vitre, dans ce restaurant près de Fontainebleau, où vous avez déjeuné. C'était moi, alors, que l'incrédulité, la rage pétrifiaient. J'ai attendu que vous sortiez, assis un peu plus loin dans ma voiture. L'aiguille de ma montre continuait de courir. Je me rendais compte que je n'attraperais plus l'avion de la Swissair et qu'Anita s'envolerait seule avec la petite. Je cherchais désespérément une idée nouvelle. J'espérais encore qu'après votre repas, vous reviendriez villa Montmorency. Il ne pouvait s'agir que d'une balade de quelques kilomètres, pour le plaisir de piloter ce cabriolet. Et puis, je t'en fiche, c'était ce manège désemparé dont j'étais prisonnier, qui n'arrêtait plus. Vous êtes entrée dans Fontainebleau. Je vous ai vue acheter des vêtements et une valise. La sueur dégoulinait le long de mon dos. Plus rien n'avait de sens. Vous aviez soudain carrément inversé nos rôles. Toute cette nuit, je vous avais ignorée, j'avais dirigé les événements sans me préoccuper de vous plus que d'un tire-botte. Et c'était vous, maintenant, qui déteniez le secret de la suite, qui suiviez votre plan sans vous soucier de moi. Tout au long de cette route qui vous amenait à Joigny — et moi derrière, roulant constamment à deux cents mètres de vous, votre vitesse devenant ma vitesse — j'ai échafaudé les hypothèses les plus délirantes. La plus délirante de toutes était qu'Anita avait raison, la veille au soir, que vous n'aviez jamais été dupe de rien et que vous connaissiez ma présence sur vos traces. Il n'y a que la vérité que je n'ai pas envisagée. En outre, vous preniez de l'assurance au fil des kilomètres, je devais enchaîner mon esprit à la conduite pour ne pas vous perdre. Personne, jamais, ne vous a observée avec une si totale fixité, mais vous me preniez toujours de court. Au bar-tabacs de Joigny, j'ai failli ne pas voir que vous vous arrêtiez. Plus tard, quand vous êtes repartie, je me suis demandé avec angoisse qui était le camionneur qui vous avait parlé. Je ne savais pas encore quelle chance vous accompagne, Dany, mais j'ai deviné que cette rencontre, comme toutes les autres, allait se retourner contre moi. Et puis, c'était déjà la fin de l'après-midi et cette autoroute, près d'Auxerre, où vous rouliez à plus de cent soixante, où vous m'avez inexorablement distancé. A ce moment, il m'est apparu que votre allure, vos achats de Fontainebleau ne pouvaient signifier qu'une chose : vous n'aviez pas gardé la Thunderbird pour une simple balade, mais pour la durée du week-end, vous alliez droit vers je ne savais où, il fallait que je vous arrête. En même temps, et c'était plus effroyable que tout, je me rendais compte que vous étiez en train de refaire, en sens inverse, le chemin d'Anita. J'ai failli à nouveau ne pas vous voir — et révéler ma présence — quand j'ai traversé ce village à la sortie de l'autoroute. Vous parliez à une vieille femme près de la Thunderbird arrêtée. Je vous ai attendue plus loin, cent mètres après une station-service où j'ai lu le nom de la commune : Deux-Soirs-lès-Avallon. Je me croyais devenu fou tout à fait. C'était dans ce village qu'Anita m'avait dit avoir laissé votre manteau blanc. Vous étiez en train, consciemment, farouchement, de tout détruire. Je n'en ai plus douté quand j'ai vu à nouveau la Thunderbird, la tache de votre foulard turquoise. Vous vous arrêtiez à la station-service. Il ne pouvait s'agir que de ce garage où Anita s'était arrêtée elle aussi. J'avais sa facture de réparation dans ma poche, portant un tampon. J'ai vérifié. Je l'ai déchirée avec une fureur idiote, assis à mon volant, et puis j'ai sorti le flacon de digitaline du coffre à gants, j'ai marché vers vous dans le soleil, à travers des herbes et des arbres, faisant un long détour pour arriver derrière ce bâtiment blanc où vous étiez entrée. Des hommes bavardaient dehors, près des pompes à essence. Je ne réfléchissais à rien d'autre qu'au moyen de vous rejoindre et de vous abattre sans me faire voir, sans me faire entendre. Ces lavabos à l'écart, la porte que vous aviez laissée ouverte s'y prêtaient. Je vous ai vue soudain, de dos, blanche, blonde et immobile, à moins de trois mètres de moi. Il y avait un miroir en face de vous. Je me suis rejeté contre le mur, au-dehors, à peine le temps de prendre mon souffle, et j'ai foncé. Je vous ai attrapée, arrachée de terre, ma grosse main sur votre visage, vos lunettes volant à travers la pièce étroite, dans un désordre qui était proprement celui de mes pensées. Vous vous êtes accrochée de la main gauche au montant de la porte. J'ai vu cette main. Je ne crois pas que la chose ait duré plus d'une demi-seconde, mais cette demi-seconde a été la plus étirée de toute ma vie. J'ai compris, avec une netteté parfaite, que je détruisais moi-même tout mon plan. La femme qu'on avait vue sur la route était blessée à la main gauche. Vous ne l'étiez pas. Je pouvais vous tuer, mais vous ne l'étiez pas. J'ai saisi la poignée de la porte, j'ai refermé le battant de toute ma force. Il y a eu comme un grand cri muet dans ma propre main, plaquée sur votre bouche, et d'un coup, votre corps s'est affaissé entre mes bras. Je vous ai laissée glisser à terre. Vous êtes tombée à genoux, bizarrement en équilibre, votre front, votre chevelure sur le sol. Je ne sais si c'est le bruit que j'avais fait, la peur des voix que j'entendais dehors, ou la vue de votre main gauche qui enflait avec une rapidité saisissante, ou encore le sentiment que si je vous tuais tout de suite, la simultanéité de votre mort et de cette enflure n'échapperait pas à un médecin légiste : j'ai fui. Je n'ai pas repris ma respiration avant d'être à nouveau dans ma voiture.

J'aurais pu vous tuer là, Dany. J'aurais fait une sottise. Il fallait que je vous tue près du cadavre de Kaub ou qu'après vous avoir tuée je vous y ramène. Dans cette station-service, je n'aurais pas pu vous escamoter, purement et simplement. J'ai bien agi. Plusieurs fois, j'ai pu regretter ce moment où je vous avais tenue à ma merci, mais je crois que j'ai bien agi.

J'ai attendu jusqu'au soir, un peu plus loin. J'ai tourné ma voiture vers Paris. J'étais sûr que vous reviendriez vers Paris après cela. Je me demandais si vous m'aviez vu. J'avais faim, soif et sommeil. Quelquefois, je sortais de la DS pour faire un tour à l'ombre. Je ne connaissais pas encore cet entêtement que vous avez, ri ce don ahurissant de reprendre courage dans la profondeur même de vos abattements. Je ne savais pas encore la chance que cela vous donne.

Vous êtes repartie dans la direction que je n'attendais pas. C'était la nuit. J'ai fait demi-tour. Vous alliez lentement. Vous m'imposiez à nouveau votre allure. Les feux arrière de la Thunderbird m'aveuglaient. Je vous ai perdue à Saulieu, où brutalement vous avez tourné dans une rue, quittant la nationale. J'ai traversé plusieurs fois la ville pour vous retrouver. En vain. J'ai continué vers le sud, après m'être arrêté pour faire le plein d'essence, boire un verre de vin, m'acheter un sandwich. Les kilomètres défilaient sous mes roues, j'étais seul avec un sentiment d'abandon comme je n'en ai jamais connu.

La Thunderbird était arrêtée sur un quai de la Saône, à Chalon. J'ai stoppé cinquante mètres plus loin sur le même trottoir. Je riais, je crois. J'ai marché à pas lents, dans la nuit, vers le cabriolet qui était maintenant couvert. Ses phares se sont brusquement allumés. J'ai vu qu'il y avait un homme avec vous. Et alors, vous avez démarré. Je suis revenu en courant au volant de la DS. Je me disais que vous faisiez toutes ces choses incompréhensibles par pur sadisme, que vous étiez décidée à me briser avant d'avoir ma peau. Je vous ai rattrapée, cependant, je vous ai vue, main gauche bandée, entrer avec ce garçon en pull gris dans l'hôtel La Renaissance. De toute manière, je serais allé là, car Anita m'avait donné le nom de l'hôtel où elle avait pris une chambre pendant la nuit. Il était clair maintenant que vous saccagiez point par point mon plan. Je vous ai laissée ressortir. Je vous ai laissée rouler hors de Chalon avec ce type, dont vous aviez envie uniquement parce qu'il était le symbole même de ce qui me fait mal. Vous ne pouvez savoir comme j'étais fatigué, Dany.

Je suis resté longtemps dans le jardin de cet autre hôtel où vous étiez avec lui, à une table, dans une salle à manger déserte. Je vous ai observée comme au déjeuner, derrière une fenêtre. Vous portiez un pantalon de la couleur de votre foulard, c'était la même tache turquoise qui m'avait tiré après vous durant le jour. Je crois que je réfléchissais à ce moment comme si vous aviez été réellement la maîtresse de Kaub, que j'achetais le vent que j'avais voulu vendre aux autres. J'ai attendu, attendu. Je vous ai vue monter, abandonnée à ce salaud, j'ai vu un trait de lumière apparaître à une fenêtre, derrière des rideaux lourds, fermés sur votre nuit à tous les deux.

J'ai repris la route de Paris. La colère m'a tenu éveillé encore quelques heures. Je roulais à nouveau tous phares éclairés, sans me préoccuper des autres. Trois cent quarante kilomètres. J'arriverais à Paris avant cinq heures du matin. Oui, je le ferais. J'emporterais le cadavre de Kaub, roulé dans son tapis, et la carabine. Je détruirais la photo d'Anita que j'avais oubliée sur le mur de la chambre. Je ne dormirais pas. Je serais fort, plus fort que ma fatigue et mes regrets. Je reviendrais à Chalon à travers le jour levant, j'abattrais encore les kilomètres comme je les abattais, je serais de retour dans ce jardin d'hôtel avant que vous ayez repris la Thunderbird. Peut-être vers dix heures du matin. Il fallait que je sois de retour à dix heures. Gavée de saletés derrière vos rideaux, vous dormiriez au moins jusque-là, sans vous douter que le grand pataud allait encore de l'avant. Je trouverais un moyen, même pendant le jour, de transporter le cadavre de Kaub et la carabine dans le coffre de la Thunderbird. Après, je vous tuerais n'importe où, le flacon de digitaline entre vos dents, votre cœur arrêté dans ma main comme celui d'un oiseau. J'ai vu des gamins tuer un oiseau quand j'étais gosse. J'ai crié, je les ai battus, tous. A treize ans, j'étais déjà plus haut qu'un homme normal, et j'étais gros, on me donnait des noms qui me rendaient enragé. Mais je les battais, tous. Ils se moquaient de mes parents, qui étaient pauvres. Mais je les battais, tous. Je voudrais revenir en arrière. Je voudrais je ne sais quoi et que les saletés n'existent pas, et que tout soit propre, et rassurant, et immobile. Je n'en peux plus, Dany.

J'ai pris du retard en allant vers Paris. Le temps était contre moi. Et puis, villa Montmorency, je n'avais plus les clefs. Il a fallu que je dévisse une serrure, sur la porte de derrière, que je la revisse après. J'ai porté le corps de Kaub, dans son tapis, jusqu'au coffre de la DS. J'ai eu du mal à le faire rentrer. Et puis, j'ai dû retourner chercher la carabine. Et puis encore revenir pour brûler la photo d'Anita, vérifier partout que nous n'avions pas laissé de traces de notre passage. J'ai regardé le lit où vous aviez couché. Je me suis allongé dessus à plat ventre, me jurant de me reposer seulement quelques minutes. J'ai dormi. Je ne sais quelle force m'a réveillé une demi-heure plus tard. J'aurais pu dormir ainsi tout le jour. Je me suis passé de l'eau sur le visage et je suis reparti.

Après Fontainebleau, j'ai dû m'arrêter sur le bord de la route. Il devait être environ huit heures. Il pleuvait. Des voitures passaient dans un grand souffle près de moi, la DS bougeait. Je suis tombé à nouveau dans le sommeil, la tête dans mes bras sur le volant. Je n'ai dormi qu'un quart d'heure, peut-être moins. Je m'en voulais, c'était comme si je laissais la vie de Michèle s'échapper de moi chaque fois que je fermais les yeux.

Je me suis arrêté encore près de Chagny, dans un relais routier, pour boire du café. Je sursautais quand un nouveau client marchait, dehors, près du coffre de ma voiture.

Vous étiez envolée, Dany. Il était plus de midi quand je suis arrivé devant le jardin de cet hôtel, à Chalon. Je ne savais dans quel sens vous étiez partie, ni l'avance que vous aviez sur moi. Je ne pouvais prendre le risque de le demander. J'ai continué vers le sud. A Valence, j'avais perdu tout espoir de vous retrouver. J'ai téléphoné à Genève. Anita pleurait, parlait d'une voix douce, sans espoir elle non plus. Je lui ai dit : « Elle a gardé la voiture, elle va vers le Midi, mais j'ai le photographe avec moi, rien n'est perdu. » Elle répétait dans l'appareil : « Qui ? Qui est avec toi ? » Je lui ai demandé de m'attendre, de m'aimer. Je lui ai dit que je téléphonerais le soir. J'ai roulé encore. Le soleil bourdonnait dans ma tête.

Je vous ai retrouvée à Salon. On faisait le plein de la Thunderbird dans une station d'essence. Elle était découverte. Vous êtes sortie un peu plus tard d'un café, enlacée par ce type de la veille. Je n'ai même pas ressenti de soulagement. Je n'avais qu'une seule pensée : me débarrasser du cadavre de Kaub et de la carabine dans le coffre du cabriolet. Je l'ai fait une demi-heure après, sur cette route déserte, près de Marseille, où vous vous êtes arrêtés pour j'imaginais bien quelles cochonneries. Je vous ai vus disparaître tous les deux à travers les arbres de la colline. J'ai amené sans plus réfléchir la DS à côté de la Thunderbird. J'ai ouvert votre coffre et le mien dans la pleine lumière. J'avais ôté ma veste depuis longtemps. Ma chemise était trempée de sueur. Il me semblait que ma tête allait éclater. Après ce transfert, j'ai roulé dans le chant des cigales jusqu'à un virage qui dissimulait ma voiture. J'ai fait demi-tour sur place. Je me disais qu'après votre partie de plein air, vous reprendriez la nationale vers Marseille. Je suis sorti de la DS. J'ai attendu au bord de la route. J'ai pensé un moment vous rejoindre, vous tuer tous les deux, n'importe comment, à coups de poing, et laisser les enquêteurs dans la plus extrême confusion. Puis je me suis dit qu'alors ils auraient quelqu'un à rechercher, qu'ils me retrouveraient.

J'ai vu votre type monter seul dans la Thunderbird, faire lui aussi demi-tour, jeter votre valise ouverte au bord de la route. C'est ainsi que je vous ai à nouveau perdue. Il y avait ce cabriolet qui s'en allait, chargé d'une sorte d'explosif, il y avait vous. Je ne savais plus ce qui était le plus important, m'attacher à lui ou m'attacher à vous. J'ai pensé que vous étiez à pied, que je vous récupérerais plus facilement que la Thunderbird. J'ai suivi ce garçon sur la nationale et jusque sur l'autoroute qui descend vers Marseille. Là, il allait trop vite pour la DS, il prenait une avance régulière, sans merci. Je me suis entêté pourtant. Je comprenais qu'il volait la voiture. A l'entrée de la ville, il avait disparu. Il y a un rond-point à cet endroit. J'en ai fait plusieurs fois le tour, à la dérive, au point d'attirer l'attention d'un agent qui réglait le flot d'arrivée de l'autoroute. J'ai repris celle-ci en sens inverse. La fatigue paralysait mes idées, ma volonté, je n'agissais plus qu'à tort et à travers, absurdement. Je pensais : « Elle doit être dans le même état que moi, je vais la retrouver désemparée, au même endroit. Je l'éliminerai, elle, et au diable ce qui arrivera de ce salopard et de la Thunderbird. » C'était toujours mal vous connaître, Dany. Je n'ai retrouvé sur cette colline que le message que vous aviez laissé, ces quelques mots écrits de votre main droite : CE SOIR 10 HEURES DEVANT 10 CANEBIÈRE. Du moins il me restait un espoir de vous retrouver. J'ai déchiré le papier. Je suis revenu à Marseille en roulant lentement, l'esprit tout occupé de vous. Je crois que je commençais à deviner le sens de vos attitudes incompréhensibles, mais c'était diffus, j'avais besoin de dormir avant que la vérité se mette en place. J'ai pris une chambre dans un hôtel près de la gare Saint-Charles. Je me suis laissé tomber tout habillé dans un sommeil éperdu.

On m'a réveillé, comme je l'avais demandé, peu après neuf heures du soir. J'ai fait monter à boire, à manger, j'ai pris un bain. Mon visage était noir de barbe, ma chemise crasseuse, mais j'étais reposé, j'avais les idées claires. Je me suis dit enfin que vous ne saviez rien du meurtre ni de ma poursuite, que vous aviez gardé la Thunderbird sur un coup de tête et c'était tout. Les papiers étaient au nom de la société de Kaub, I. C. P. quelque chose comme Immobilier-Construction-Promotion. Vous ne vous en étiez certainement pas aperçue. Vous étiez retombée, je ne savais à partir de quoi, sur un ou deux jalons laissés par Anita la nuit précédente, mais vous n'aviez, de toute évidence, rien compris à cette agression dans les lavabos de la station-service, à l'écrasement de votre main gauche. Et ce qui devait vous préoccuper en ce moment, c'était uniquement de récupérer la voiture.

Peut-être aviez-vous un moyen que j'ignorais de revoir votre entôleur. Cela expliquerait, hors votre courage, que vous ayez réagi aussi vite sur la colline.

J'ai téléphoné, de la cabine de l'hôtel, à Anita. Elle ne tenait plus le coup. Elle disait clairement, sur cette ligne où n'importe quelle standardiste pouvait nous entendre, qu'il valait mieux avouer le meurtre et s'en remettre à la police. Je l'ai encouragée de mon mieux à se reprendre. Je lui ai dit que j'avais une solution, que tout allait s'arranger. J'entendais la voix de Michèle qui demandait : « C'est papa-minou ? C'est papa ? » J'ai promis à Anita que je les rejoindrais à Genève le lendemain.

A dix heures, j'étais en face du 10 Canebière. Une demi-heure plus tard je vous ai suivis, vous et votre gigolo, en m'attachant, de loin, à deviner ce qui roulait dans vos têtes. Je n'ai compris qu'une chose, c'est que vous saviez l'un et l'autre qu'un cadavre était dans le coffre de la Thunderbird. Je m'étais attendu à vous trouver seule, à pied, ou à ne pas vous trouver du tout, puisque lui ne connaissait pas votre message de la colline. J'étais sidéré plus encore de le voir vous enlacer à nouveau, tandis que vous reveniez vers la Canebière. J'avais laissé la DS dans une rue. J'ai dû vous abandonner pour aller la reprendre, quand je vous ai vus devant la Thunderbird. Et là, bien sûr, je vous ai perdue définitivement.

J'ai tourné au hasard à travers la ville. Même pas dans l'espoir de vous retrouver encore, non. Comme ça. Je pensais à vous, anxieuse, main bandée, dans cette robe de mousseline blanche, la veste du garçon sur vos épaules. Plus tard, il m'est apparu que vous étiez retenue de prévenir la police de votre découverte par le fait que la voiture ne vous appartenait pas, que vous l'aviez gardée à mon insu. Peu à peu, j'arrivais à me mettre à votre place. Je me suis dit alors que ce soir-là, ou le lendemain, vous téléphoneriez à Genève pour nous demander notre aide. Un autre solution était de vous débarrasser du cadavre, sans essayer de savoir qui l'avait jeté dans le coffre. De toute manière, le piège que j'avais tendu se refermait. J'avais placé sur Kaub, dans une poche de sa robe de chambre, le message téléphoné d'Orly. Ce papier ramènerait les enquêteurs sur vous. Anita et moi n'aurions qu'à nier vous avoir vue le vendredi. Nous apparaîtrions de bonne foi puisque ni la maison de la villa Montmorency, ni la Thunderbird n'étaient à nous.

J'ai dormi dans ma chambre d'hôtel jusqu'en fin de matinée. J'ai demandé à un garçon d'étage de me procurer un rasoir électrique et les journaux de la ville. J'ai vérifié en me rasant que rien n'avait paru sur le meurtre de Kaub. Je n'ai pas lu non plus qu'un cadavre non identifié eût été découvert dans la région. J'ai téléphoné à Anita. Je lui ai dit que j'allais attendre jusqu'à ce soir, parce qu'il y avait une chance que vous l'appeliez. Je lui ai dit que, quoi qu'il arrive, nous ne savions rien de toute cette affaire, qu'elle devait tenir bon. Je lui ai laissé le numéro de mon hôtel pour qu'elle puisse me prévenir. Nous courions beaucoup de risques avec ce téléphone, mais je ne voyais pas comment faire autrement. Après avoir déjeuné, j'ai marché à travers Marseille. J'ai acheté cette chemise, que j'ai gardée sur moi. J'ai jeté le sac qui contenait l'autre dans une bouche d'égout. Au moment où je me relevais, j'ai aperçu mon image dans un grand miroir de vitrine. C'était bien moi, c'était bien Michel Caravaille, publicitaire fortuné, patron d'une jeune agence qui monte, époux et père sans reproche, homme de bonne compagnie pour gens en place, enfin ce type que vous voyez, Dany, que vous ne reconnaissez pas, qui ne se reconnaît pas. Qui est qui, finalement ?

Anita m'a téléphoné vers huit heures. Vous veniez de l'appeler à Genève. Elle était folle. Elle pleurait. Elle disait : « Je t'en supplie, ne lui fais pas de mal. Elle croit vraiment qu'elle a tué Kaub, tu comprends ? Je ne veux pas de cette horreur. Il faut que tu lui dises, que tu lui expliques. » Je ne sais pas où ses pensées, son angoisse, durant ces deux jours et ces deux nuits sans moi, l'ont entraînée. Je ne sais pas, Dany. J'entendais les cris de Michèle, qui s'effrayait sans doute de voir sa mère ainsi. J'ai promis, promis et promis encore que je ne vous ferais rien. Elle ne m'a pas cru. Elle m'a dit : « Je veux que Dany me rappelle, qu'elle me dise que tout est bien. Je te jure, Michel, si tu suis ton idée, moi je me tuerai aussi, je me tuerai, m'entends-tu ? Je te jure que je le ferai ! » J'ai promis tout ce qu'elle voulait pour qu'elle se taise, pour gagner quelques heures.

J'ai roulé dans le soir qui tombait, comme un fou, jusqu'ici. Je montais la route de l'Abbaye au moment où vous la descendiez. Je vous ai suivie jusqu'à cette brasserie devant la gare d'Avignon. J'ai vu ce camionneur, puis votre manteau blanc, dont la présence tenait de la magie pure. Je n'ai encore pas compris par quel cheminement obstiné vous en étiez venue à ce moment. Mais quelle importance ? Je vous voyais

fouiller les poches de ce manteau, sortir cette enveloppe de salaire alors que l'autre, celle que je devais
vous reprendre et ne vous avais pas reprise, vous
l'aviez sans doute dans votre sac. J'étais entré dans la
salle, je pouvais deviner à nouveau ce tic-tac derrière
vos lunettes. Vous étiez belle, Dany, quand vous avez
embrassé la joue de votre ami, quand la certitude vous
traversait, fulgurante, de savoir tout ce qui était arrivé,
uniquement parce qu'il ne pouvait y avoir, pour le
même salaire, deux enveloppes à votre nom. Vous étiez
belle, oui, mais vous redeveniez pour moi la plus
dangereuse des créatures. Je me suis rejeté instinctivement hors de votre champ de vision.

Je vous ai épiée, tandis que vous accompagniez le
camionneur dans la gare, mais je ne vous ai pas suivie.
Il y avait un risque pour moi, une chance pour vous,
que vous partiez avec lui, par le train, en abandonnant
la Thunderbird devant la brasserie. Je vous laissais
cette chance. J'ai entrouvert le coffre de la voiture,
juste assez pour voir que Kaub n'y était plus. Je suis
retourné à ma DS de l'autre côté des remparts. De
loin, plus tard, je vous ai vue sortir de la gare, me
chercher des yeux. Je vous ai regardée passer dans la
Thunderbird. Alors, j'ai repris à mon tour le volant.
Quand j'ai été sûr que vous retourniez à Villeneuve,
j'ai foncé par d'autres rues pour arriver ici avant vous.

Je vous ai attendue dans le noir plus longtemps que
je ne pensais. La Winchester, que vous aviez laissée sur
le canapé, était dans mes mains. Vous êtes entrée, vous
avez allumé la lampe dans le vestibule. J'ai dû faire un
mouvement brusque. Vous vous êtes immobilisée. Je
vous voyais en silhouette dans la lumière, vous ne me

306

voyiez pas. Mais il fallait que je m'approche de vous, que je tire ce coup de carabine tout près pour qu'on puisse encore croire à un suicide. J'ai fait un autre pas. J'imaginais en même temps quel allait être votre mouvement de défense. J'étais certain que vous iriez vers le canapé, que vous chercheriez à saisir l'arme qui ne s'y trouvait plus. J'avançais de manière à vous barrer le passage. Jusqu'au bout, Dany, pas une de vos réactions n'aura été prévisible. Au moment où je vous atteignais, j'ai compris trop tard que vous n'alliez pas vers le canapé, mais droit sur la lampe allumée dans le vestibule, et soudain tout a été noir. J'ai entendu l'éclatement de l'ampoule, une course, j'ai cherché à tâtons, en vain, un commutateur. Puis j'ai entendu un bruit dont je n'ai d'abord pas compris la nature. Et ensuite, votre voix. Elle était aussi nette, aussi précise que toujours. Vous disiez : « Ne bougez pas, monsieur Caravaille. Je viens de poster une lettre qui contient les deux enveloppes de salaire et où je m'explique en peu de mots. Je l'ai adressée à moi-même, mais on l'ouvrira si je meurs. Je ne l'ai adressée à personne d'autre parce qu'Anita est mon amie, que je l'aime, et que je veux l'aider. Maintenant, ne vous tracassez pas pour allumer une lampe dans cette baraque, j'ai arraché les plombs. » Est-ce que j'oublie quelque chose, Dany ? Si. Vous m'avez demandé de lâcher « mon fusil », parce que vous aviez peur « de devoir m'obliger à le faire ». Je ne me suis même pas demandé comment. Je pouvais vous faire confiance pour avoir encore trouvé quelque idée invraisemblable. Mais c'est pour autre chose, dans ce que vous aviez dit, que j'ai lâché la Winchester. Je suis alors venu m'asseoir sur ce canapé, d'où, plus tard, habitué à l'obscurité, pendant que je vous parlais, je vous ai vue, indistincte et claire, vous asseoir sur un bras de fauteuil en face de moi.

Vous m'avez écouté sans m'interrompre, Dany. Je voudrais que vous me disiez où est le corps de Kaub. Puis vous prendrez vos affaires, vous rentrerez chez vous. Je voudrais que vous agissiez vis-à-vis des autres comme si rien, dans cette histoire, ne vous avait jamais concernée. Je voudrais que vous vous taisiez, que vous déchiriez ces deux enveloppes. Moi, je choisirai la solution la moins mauvaise. Je remettrai tout en ordre et j'irai me rendre à la gendarmerie. Je prendrai sur moi. Je paierai ce meurtre beaucoup moins cher qu'Anita, vous comprenez. Je serai le mari bafoué qui brise sa vie sur un accès de désespoir, en découvrant son infortune. J'aurai vécu un week-end de désarroi, mais en définitive j'aurai tout avoué de mon plein gré. J'engagerai les meilleurs avocats, je mettrai, cette fois, tout de mon côté pour vendre ma salade. Vous pouvez me croire, je serai un grand vendeur, je ne désespère pas de décrocher le sursis.

Voilà. J'ai essayé de vous donner de moi, Dany, l'image la plus sincère. Je souhaiterais, même si elle est laide, qu'il s'en dégage l'idée que le mal, le bien ne sont que l'endroit et l'envers d'une même fascination. Je vous ai beaucoup regardée. En définitive, je ne sais pas qui vous êtes. Mais vous devez me comprendre puisque vous avez cru un moment avoir pu faire vous-même ce qu'a fait Anita. Je voudrais que vous me rendiez ces plombs, que les lampes se rallument « dans la baraque », que vous téléphoniez à Genève pour dire à Anita que tout est bien, qu'elle m'attende, que je ferai de mon mieux pour ne pas rentrer tard. Voilà, Dany. Allumez les lumières. Merci pour le week-end. Voilà.

La jeune femme qui portait un pansement à la main gauche occupait la chambre 18 de l'hôtel Noailles. Elle demanda du café, les journaux. Elle lut d'un bout à l'autre, sur chaque quotidien de Marseille, l'article relatant qu'un publicitaire en renom avait tué l'amant de sa femme et s'était rendu de lui-même, dans la nuit, à la police d'Avignon. Au milieu de la matinée, elle se fit déposer par un taxi quai de la Joliette, attendit devant les grilles un passager pour Le Caire, l'attrapa par un bras, lui dit qu'elle était bonne pomme mais qu'il ne fallait rien exagérer, se fit rendre son argent et au revoir. Elle monta dans l'autocar de Cassis, récupéra une valise à l'hôtel Bella Vista, paya sa chambre et profita de l'occasion pour étrenner un maillot deux-pièces bouton d'or dans la piscine. Avant de se rhabiller, elle déjeuna sur la terrasse, les jambes au soleil, regardant la mer à travers ses lunettes noires. Au début de l'après-midi, en attendant l'autocar de Marseille, elle rencontra sur le port un petit garçon qu'elle connaissait, qui donnait la main à son père, et qu'elle embrassa en l'appelant Titou. A quatre ans, les garçons ont encore moins de mémoire qu'après, car Titou ne la reconnut pas. Elle ne put s'empêcher, le long d'une rue, vingt mètres derrière lui, de le suivre un moment. Elle aimait cela, le suivre simplement, mais une vieille femme qui ne la quittait jamais lui dit ma pauvre bécasse, qu'elle se faisait du mal et qu'il fallait se tenir droite. Alors, elle s'arrêta, sortit une casquette à carreaux rouges de son sac, la mit sur sa tête, plantée un peu en arrière sur ses cheveux blonds, et elle retourna sur le port d'un pas tranquille, sa valise à la main. Deux heures plus tard, elle prit le premier avion de sa vie à Marseille-Marignane. Elle eut peur durant tout le vol. Il y avait du soleil aussi, à Paris. Les rues étaient décorées de drapeaux. Elle rentra chez elle, téléphona aussitôt à un maquettiste de ses amis pour lui demander, quoi qu'il lût dans les journaux, de fermer sa bouche. Ensuite elle se fit belle et appela un numéro écrit à l'intérieur de sa casquette. Environ cinq mois plus tard, elle se mariait à Marseille, non pas comme n'importe qui aurait pu le prévoir avec un camionneur chipeur de violettes — il fut son garçon d'honneur et devint comme son frère — mais avec le meilleur ami de celui-ci, l'être le plus merveilleux, le plus beau, le plus intelligent, le plus amusant, le plus adorable, le plus tuant, le plus tout qu'elle eût jamais rencontré, un pousse-à-l'amour qui conduisait un Berliet sur les routes, allait devenir milliardaire parce qu'il pensait que c'était mieux et se nommait Baptistin Laventure. Elle devint donc Dany Laventure. De sorte que sur le trousseau de jeune fille qu'elle avait brodé avec espoir et des yeux miros à l'orphelinat, elle n'eût même pas besoin de changer ses initiales.

Paris, avril 1966.

Impression Bussière à Saint-Amand (Cher),
le 4 avril 1986.
Dépôt légal : avril 1986.
1er dépôt légal dans la collection : septembre 1980.
Numéro d'imprimeur : 902.

ISBN 2-07-037223-5./Imprimé en France.
Précédcmment publié par les éditions Denoël
ISBN 2-207-21159-2